W0295819

BASTEI
LÜBBE

BASTEI LÜBBE ROBERT A. HEINLEIN IM TASCHENBUCH-PROGRAMM:

14 159 Starship Troopers (Sternenkrieger)
21 211 Die Marionettenspieler
23 163 Das geschenkte Leben
23 167 Ein Doppelleben im Kosmos
23 191 Von Stern zu Stern
23 210 Tunnel zu den Sternen
23 214 Der rote Planet
23 220 Weltraumkadetten
24 118 Das Buch Hiob
24 124 Die Katze, die durch Wände geht
24 163 Die Sternenbestie
24 176 Die Tür in den Sommer
24 183 Farnhams Oase
24 187 Segeln im Sonnenwind
24 191 Der Mond ist eine herbe Geliebte
24 214 Fremder in einer fremden Welt
24 220 Gestrandet im Sternenreich

Robert A. Heinlein

# WELTRAUM KADETTEN

Roman

Ins Deutsche  bertragen
von Heinz Nagel

BASTEI
LÜBBE

BASTEI LÜBBE TASCHENBUCH
Band 23 220

Erste Auflage: Januar 2000

© Copyright 1948 by Robert A. Heinlein
All rights reserved
Deutsche Lizenzausgabe 1999 by
Bastei-Verlag Gustav H. Lübbe GmbH & Co.,
Bergisch Gladbach
© Copyright der deutschen Übersetzung by
Wilhelm Heyne Verlag GmbH & Co KG, München
Originaltitel: Space Cadets
Lektorat: Stefan Bauer
Titelbild: Kelly Freas / Agentur Luserke
Umschlaggestaltung: QuadroGrafik, Bensberg
Satz: Fotosatz Steckstor, Rösrath
Druck und Verarbeitung:
Brodard & Taupin, La Flèche, Frankreich
Printed in France
ISBN 3-404-23220-8

Sie finden uns im Internet unter
http://www.luebbe.de

Der Preis dieses Bandes versteht sich einschließlich der gesetzlichen Mehrwertsteuer

# Inhalt

# 1
# Terrastützpunkt

»Sehr geehrter Mr. Matthew Brooks Dodson«, stand auf dem Brief, den er in der Hand hielt.

»Nachdem Sie die Auswahltests für den Kadettendienst in der interplanetarischen Patrouille erfolgreich bestanden haben, werden Sie hiermit aufgefordert, sich vor dem 1. Juli 2075 beim Kommandanten des Terrastützpunkts, Santa Barbara Field, Colorado, Nordamerikanische Union, zu weiteren Prüfungen zu melden.

Wir müssen Sie darauf hinweisen, daß die Mehrzahl der Kandidaten, die sich dieser Abschlußprüfung unterziehen, diese nicht besteht. Sie sollten daher ...«

Matt faltete den Brief zusammen und schob ihn in die Tasche. Er mochte gar nicht daran denken, daß er durchfallen könnte. Der ihm gegenübersitzende Passagier, ein etwa gleichaltriger Junge, sah ihn an. »Der Brief kommt mir bekannt vor. Bist du auch ein Prüfling?«

»Allerdings.«

»Dann gib mir die Hand. Ich heiße Jarman. Ich komme aus Texas.«

»Nett, dich kennenzulernen, Tex. Und ich bin Matt Dodson aus Des Moines.«

»Tag, Matt, wir sollten gleich da sein.« Der Wagen gab ein seufzendes Geräusch von sich und verlangsamte seine Fahrt; ihre Sessel gaben etwas nach, um den Bremsdruck aufzufangen. Dann hielt der Wagen, und ihre Sessel schwangen wieder in die Normallage zurück. »Wir sind da«, kommentierte Jarman.

Auf dem Bildschirm vorne im Wagen, wo soeben noch eine blonde Schönheit die Vorzüge irgendeiner Superseife angepriesen hatte, stand jetzt: »TERRA-STÜTZPUNKT.« Die zwei jungen Männer schnappten sich ihre Taschen und rannten hinaus. Im nächsten Augenblick waren sie im Lift und fuhren nach oben.

Wenige hundert Meter vom Bahnhof entfernt stand in der kühlen dünnen Luft Hayworth Hall, das Erdhauptquartier der sagenumwobenen Patrouille. Matt starrte es an und versuchte sich klarzumachen, wie nahe er dem Ziel seiner Träume gekommen war.

Jarman stieß ihn an: »Komm.«

»Was? Oh – natürlich.« Zwei Laufbänder verbanden Bahnhof und Halle; sie betraten dasjenige, das zu dem Gebäude hinführte. Das Laufband war überfüllt. Hinter ihnen ergoß sich noch ein ganzer Strom junger Leute aus dem Bahnhof. Matt fielen zwei Jungen mit dunklen, schmalen Gesichtern auf, die hohe, enggeschlungene Turbans trugen, ansonsten aber ganz wie er gekleidet waren. Etwas weiter unten erblickte er einen hochgewachsenen, gutaussehenden Neger.

Der Texaner schob die Daumen in den Gürtel und sah sich um. »Oma, noch 'n Huhn in den Topf! Wir kriegen Besuch«, sagte er. »Weil wir schon davon reden«, fuhr er dann zu Matt gewandt fort, »hoffentlich muß man hier nicht zu lange auf das Essen warten. Ich hab Hunger.«

Matt holte einen Riegel Schokolade aus der Tasche, brach ihn in der Mitte auseinander und hielt Jarman die eine Hälfte hin. »Willst du davon, Tex?«

»Das ist nett von dir, Matt; ich hab' seit dem Frühstück von meinem eigenen Fett gezehrt – und das ist riskant. – Hey, dein Telefon!«

»Oh!« Matt holte den Apparat aus der Tasche. »Hallo?«

»Bist du das, Junge?« ertönte die Stimme seines Vaters.

»Ja, Dad!«

»Bist du gut angekommen?«

»Na klar, will mich gerade melden.«

»Was macht dein Bein?«

»Schon in Ordnung, Dad.« Damit log er; er hatte gerade eine Operation an der Achillessehne hinter sich, und sein Bein schmerzte.

»Gut. Jetzt will ich dir noch was sagen, Matt: Wenn es dazu kommen sollte, daß die dich nicht annehmen, dann solltest du dich davon nicht entmutigen lassen. Ruf mich sofort an, und ...«

»Schon gut, schon gut, Dad«, unterbrach ihn Matt. »Ich muß jetzt abschalten. Hier sind zu viele Leute. Wiedersehn. Danke für den Anruf.«

»Wiedersehn, Junge. Viel Glück!«

Tex Jarman sah ihn verständnisvoll an. »Die machen sich wohl auch die ganze Zeit Sorgen, wie? Ich hab meine Leute stillgelegt – hab mein Telefon in den Koffer gepackt.« Das Laufband beschrieb jetzt einen weiten Bogen; sie waren vor Hayworth Hall angekommen und verließen das Band. Tex blieb stehen und las die Inschrift über dem Eingangsportal. »*Quis custodi* – was heißt das, Matt?«

»*Quis custodiet ipsos custodes* – das ist Latein und heißt: ›Wer bewacht die Wächter?‹«

»Du kannst wohl Latein, Matt?«

»Nein, ich kenne den Satz bloß aus einem Buch über die Patrouille.«

Die Eingangshalle war riesengroß und wirkte noch

größer, weil die Kuppeldecke das Licht überhaupt nicht reflektierte und daher schwarz wie die Nacht war – schwarz und mit Sternen besetzt. Vertraute Sterne – der flammende Orion gegenüber dem hochgeworfenen Kopf des Stiers; am nordnordöstlichen Horizont der große Wagen, so als balancierte er auf seinem Deichselbalken; und südlich des Zenits die Sieben Schwestern.

Es war genau, als wäre man nachts im Freien – überwältigend. Die beleuchteten Wände schienen nur ein schmaler Streifen aus Licht, ein Kreis der Wärme gegen die endlosen Tiefen des Weltalls.

Die Jungen hielten den Atem an, wie jeder, dem sich dieser Anblick das erste Mal bot. Aber sie hatten keine Zeit, das alles auf sich einwirken zu lassen, da etwas anderes ihre Aufmerksamkeit forderte. Der Boden der Eingangshalle lag ein gutes Stück unter der Stelle, an der sie hereingekommen waren; sie standen auf einem Balkon, der die große kreisförmige Halle im Bogen umgab. Und inmitten dieser Halle ruhte ein eingedrücktes, beschädigtes Weltraumschiff auf einem Sockel aus Felsgestein und Sand, so als hätte es eine Bruchlandung aus dem nachgebildeten Nachthimmel über ihren Häuptern hinter sich.

»Das ist die *Kilroy* –«, sagte Tex, so, als hätte er Zweifel daran.

»Das *muß* sie sein«, pflichtete Matt ihm im Flüsterton bei.

Sie traten an die Brüstung des Balkons und lasen die dort angebrachte Tafel:

USSF Raumschiff *Kilroy Was Here*
Erstes interplanetarisches Raumschiff

Von der Erde zum Mars und zurück
Kommandant: Lieut. Colonel Robert de Fries Sims
Besatzung: Captain Saul Abrams;
Master Sergeant Malcolm McGregor.
Keines der drei Besatzungsmitglieder überlebte
die Landung bei der Rückkehr. Ruhet in Frieden.

Sie drängten sich an zwei anderen jungen Leuten vorbei und starrten die *Kilroy* an. Tex stieß Matt an. »Siehst du die Furche im Boden? Sag mal, meinst du, die haben das einfach über die Absturzstelle gebaut?«

Einer der beiden anderen Jungen – ein vierschrötiger, großer Bursche mit dunkelblondem Haar – antwortete. »Nein, die *Kilroy* ist in Nordafrika gelandet.«

»Dann müssen die das hier nachgebaut haben. Bist du auch ein Bewerber?«

»Ja.«

»Ich bin Bill Jarman – aus Texas. Und das hier ist Matt Dodson.«

»Ich bin Oscar Jensen – und das ist Pierre Armand.«

»Tag, Oscar – Tag, Pierre.«

»Nenn mich Pete«, meinte Armand. Matt stellte fest, daß er die Universalsprache *Basic English* mit Akzent sprach, aber Matt wußte nicht, was das für ein Akzent war. Auch Oscar redete irgendwie seltsam – fast eine Art Lispeln. Er wandte sich wieder dem Schiff zu.

»Allein die Vorstellung, in einer solchen Keksschachtel ins Weltall zu fliegen –«, sagte er. »Richtig Angst könnte man da kriegen.«

»Ja, geht mir auch so«, pflichtete Oscar Jensen ihm bei.

»Wirklich eine Schande«, sagte Pierre leise.

»Was ist eine Schande, Pete?« wollte Jarman wissen.

»Daß sie nicht bis zum Schluß Glück hatten. Man kann ja sehen, daß es eine fast perfekte Landung war – sie sind nicht abgestürzt, sonst wäre bloß noch ein Loch im Boden übriggeblieben.«

»Yeah, da wirst du recht haben. Sag mal, dort hinten ist doch eine Treppe. Siehst du sie, Matt? Meinst du, wir könnten uns das Schiff aus der Nähe ansehen?«

»Kann schon sein«, meinte Matt, »aber ich glaube, das sparen wir uns besser für später auf. Schließlich müssen wir uns ja melden.«

»Ja, das sollten wir, glaube ich, alle tun«, nickte Jarman.

»Kommt ihr jetzt?« sagte Matt.

Armand griff nach seiner Tasche. Oscar Jensen schob ihn weg und nahm die Tasche an sich. »Das ist doch nicht nötig!« protestierte Armand, aber Oscar tat, als hätte er nicht gehört.

Jarmann sah Pierre an. »Bist du krank, Pete?« fragte er. »Mir ist schon aufgefallen, daß du ein bißchen blaß bist. Was ist denn?«

»Vielleicht solltest du dir einen Prüfungsaufschub genehmigen lassen«, riet Matt.

Armand schien das Ganze peinlich zu sein. »Er ist nicht krank und er wird die Prüfung auch bestehen«, sagte Jensen mit fester Stimme. »Laßt mal.«

»Schon gut, schon gut«, brummte Tex. Sie folgten den anderen und fanden eine Tafel, auf der stand, daß alle Kandidaten sich auf Zimmer 3108 melden sollten.

Sie fanden den entsprechenden Gang, betraten ein Laufband und stellten ihr Gepäck ab.

»Sag mal, Matt«, meinte Tex, »wer war eigentlich Kilroy?«

»Laß mich mal nachdenken«, antwortete Matt. »Ich glaube, jemand im Zweiten Weltkrieg, ein Admiral, denke ich. Yeah, Admiral ›Bull‹ Kilroy.«

»Komisch, daß die ein Raumschiff nach einem Admiral benennen.«

»Er war eben ein Fliegeradmiral.«

»Schlaues Kerlchen«, meinte Tex bewundernd. »Ich glaube, ich halt' mich während der Prüfung in deiner Nähe auf.«

Matt machte eine wegwerfende Handbewegung. »Das habe ich mir nur zufällig gemerkt.«

Im Zimmer 3108 saß eine junge Dame, die den Kandidaten Daumenabdrücke abnahm, ansonsten aber auf ihre Ausweispapiere verzichtete. Sie schob die Karten mit den Fingerabdrücken in eine Maschine, die links von ihr stand. Die Maschine spuckte unmittelbar darauf eine Art Merkblatt für die Prüflinge aus, die mit dem Namen, dem Aktenzeichen, dem Daumenabdruck und dem Foto eines jeden Kandidaten versehen war und aus der hervorging, wo sie untergebracht waren.

Das Mädchen reichte ihnen die Bogen und sagte, sie sollten nebenan warten. Dann wandte sie sich abrupt ab.

»Warum die bloß so kurz angebunden ist?« beklagte sich Tex, als sie hinausgingen. »Ich hätte gern ihre Telefonnummer gehabt. Hey«, fuhr er dann nach einem Blick auf seinen Bogen fort, »da bleibt ja gar keine Zeit für eine Siesta.«

»Hast du das etwa erwartet?« fragte Matt.

»Nee – aber hoffen darf man doch, oder?«

Im Raum nebenan standen eine Menge Bänke, aber die Bänke waren alle mit jungen Leuten besetzt. Jarman trat vor eine Bank, auf der drei große Koffer und ein Banjokasten lagen. Ein Junge mit rosafarbenem Gesicht saß daneben. »Sind das deine Sachen?« fragte ihn Tex.

Der Junge gab das etwas widerstrebend zu. »Dann macht's dir sicher nichts aus, wenn wir das wegschieben und uns setzen«, fuhr Tex fort. Er stellte die Koffer auf den Boden. Der Eigentümer schien davon nicht sehr erbaut, sagte aber nichts.

Damit hatten drei Platz. Tex bestand darauf, daß die anderen sich setzten und nahm dann auf seinem Koffer Platz und lehnte sich an Matts Knie, wobei er die Beine ausstreckte.

Er trug herrlich gearbeitete Cowboystiefel mit hohen Absätzen und Stickereien.

Ein Prüfling, der auf der Bank gegenüber saß, starrte die Stiefel eine Weile an und stieß dann den neben ihm sitzenden Jungen an: »Ein echter Cowboy!«

Tex schluckte und wollte schon aufstehen. Matt legte ihm die Hand auf die Schulter und schob ihn zurück. »Das ist es nicht wert, Tex. Heute gibt's noch viel zu tun.«

Oscar nickte. »Nur ruhig, Junge.«

Tex' Muskeln entspannten sich. »Also gut. Trotzdem«, fügte er dann hinzu, »mein Onkel Bodie würde ihm schon für viel weniger als das sein Maul mit den Stiefeln stopfen.« Er sah den Übeltäter böse an.

Pierre Armand beugte sich hinüber und meinte, zu

Tex gewandt: »Entschuldige – aber sind das wirklich Schuhe, die man zum Reiten von Pferden braucht?«

»Was? Was hast du denn gedacht? Zum Skifahren etwa?«

»Oh, das tut mir leid! Aber weißt du, ich habe noch nie ein Pferd gesehen.«

»Was?«

»*Ich* schon«, verkündete Oscar, »im Zoo, meine ich.«

»In einem *Zoo?*« wiederholte Tex.

»Im Zoo von New Auckland.«

»Oh ...«, sagte Tex, »jetzt verstehe ich. Du bist ein Venuskolonianer.« Jetzt erinnerte sich Matt, wo er Oscars seltsamen Akzent schon einmal gehört hatte – bei einem Vortrag, den ein Venusbewohner gehalten hatte. Tex wandte sich Pierre zu. »Pete, kommst du auch von der Venus?«

»Nein, ich ...«, aber Petes Stimme wurde übertönt.

»Achtung, bitte, alles herhören!« Der Mann, der damit die Aufmerksamkeit aller auf sich zog, trug die streng geschnittene hellgraue Uniform eines Weltraumkadetten. Er hielt ein Megaphon in der Hand. »Alle, die ungerade Nummern auf dem Bewerbungsbogen haben, bitte mitkommen. Bringt euer Gepäck mit. Gerade Nummern warten noch.«

»Ungerade Nummer?« sagte Tex. »Das bin ich!« Er sprang auf.

Matt warf einen Blick auf seine Akte. »Ich auch!«

Der Kadett kam jetzt den Gang herunter. Matt und Tex ließen ihn vorbei. Der Kadett hielt sich nicht gerade; er ging geduckt, die Knie gelockert und federnd, die Hände herunterhängend, als wollte er jeden Augenblick irgend etwas packen. Seine Füße glitten leicht über den Boden. Das Ganze wirkte katzenartig, irgendwie elegant; Matt war überzeugt, sollte der Raum plötzlich in Bewegung geraten, sich um seine Achse drehen, würde der Kadett auf den Füßen auf der Decke landen – und damit hatte er auch recht.

Matt empfand den Wunsch, sich ebenso bewegen zu können.

Als der Kadett vorüberging, zupfte ihn der Junge mit dem vielen Gepäck am Ärmel. »Hey, Mister!«

Der Kadett drehte sich halb geduckt um, so als wollte er einen Angriff abwehren, richtete sich dann aber gleich auf. »Ja?«

»Ich habe eine ungerade Ziffer, aber ich kann das Zeug nicht alles tragen. Wo finde ich jemanden, der mir hilft?«

»Nirgends.« Der Kadett stieß mit der Fußspitze gegen einen Koffer. »Gehört das *alles* Ihnen?«

»Ja. Was soll ich machen? Ich kann es doch nicht hierlassen. Jemand könnte es stehlen.«

»Ich wüßte nicht, warum das jemand tun sollte.« Der Kadett musterte den Haufen Gepäck irgendwie angewidert. »Tragen Sie es zum Bahnhof zurück und schicken Sie es heim. Oder werfen Sie es weg.«

Der junge Mann sah ihn verständnislos an. »Am Ende müssen Sie das ja doch«, fuhr der Kadett fort. »Wenn Sie zum Schulschiff fliegen, dürfen Sie maximal zehn Kilo mitnehmen.«

»Aber – nun gut, aber wer hilft mir dann, es zum Bahnhof zu tragen?«

»Das ist Ihr Problem. Wenn Sie zur Patrouille wollen, müssen Sie lernen, mit Ihren Problemen selbst fertig zu werden.«

»Aber –«

»Mund halten.« Der Kadett wandte sich ab; Matt und Tex folgten ihm.

Fünf Minuten später stopfte Matt splitterfasernackt seine Tasche und seine Kleider in einen Sack, auf dem wieder sein Aktenzeichen stand. Dann zwängte er sich durch eine Tür, sein ›Merkblatt‹ in der Hand und am Rest seiner Würde festhaltend. Er mußte durch eine Duschkabine, die ihn nicht nur von Kopf bis Fuß mit Wasser besprühte, sondern ihn zu allem Überfluß auch noch mit einem Heißluftgebläse trocknete. Sein Karteiblatt war wasserfest; er brauchte bloß ein paar Tropfen davon abzuschütteln.

Dann wurde er zwei Stunden lang fotografiert, gewogen, geröntgt, untersucht und gegen alle möglichen Krankheiten geimpft, bis er völlig verwirrt war. Einmal sah er Tex in einer anderen Schlange stehen. Der winkte ihm zu, schlug sich auf die Brust und zitterte. Matt wollte etwas sagen, aber in dem Augenblick setzte seine eigene Schlange sich wieder in Bewegung.

Die Ärzte untersuchten sein zusammengeflicktes Bein, ließen ihn es bewegen, erkundigten sich nach dem Operationsdatum und fragten, ob es weh täte. Ganz gegen seine Absicht gab er das sogar zu. Dann wurden weitere Fotos gemacht, zusätzliche Tests durchgeführt. Und schließlich erklärte man ihm: »Das ist alles. Gehen Sie in die Reihe zurück.«

»Ist alles in Ordnung, Sir?« platzte Matt heraus.

»Wahrscheinlich. Sie werden etwas Gymnastik treiben müssen. Gehen Sie jetzt.«

Nach einer Weile kam er in ein Zimmer, in dem sich ein paar junge Leute anzogen. Der Weg führte ihn über eine Wiegestation. Irgendwie mußte er eine Fotozelle ausgelöst haben, denn ein Relais schloß sich, und dann lief eine automatische Sequenz ab, wobei sein Gewicht, seine Größe und seine Körperumrisse aufgenommen wurden. Kurz darauf rutschte ein Paket aus einem Fallschacht und klatschte vor ihm auf den Boden.

Es enthielt eine Garnitur Unterwäsche, einen blauen Overall und ein paar weiche Stiefel, alles genau in seiner Größe.

Die blaue Uniform betrachtete er als Zwischenlösung, da er erpicht darauf war, sie mit der ebenso schmucklosen, aber hellgrauen, fast weißen Uniform eines Kadetten zu vertauschen. Die Schuhe bereiteten ihm großes Vergnügen. Er zog die Reißverschlüsse zu und genoß ihre Weichheit, den fast handschuhähnlichen Sitz. Er bildete sich ein, mit diesen Schuhen auf einer Münze stehen zu können und zu erkennen, ob Kopf oder Zahl obenlagen. ›Katzenfüße‹ – seine ersten Weltraumstiefel! Er machte ein paar Schritte und versuchte dabei, wie der Kadett zu gehen, den er vorher gesehen hatte.

»Dodson!«

»Komme schon.« Er eilte hinaus und trat in ein Zimmer, in dem ein älterer Mann in Zivilkleidung saß.

»Setzen Sie sich. Ich bin Joseph Kelly.« Er nahm Matts Karteiblatt. »Matthew Dodson ... nett, Sie kennenzulernen, Matt.«

»Guten Tag, Mr. Kelly.«

»Nun, Matt – warum wollen Sie eigentlich zur Patrouille?«

»Weil – äh –«, Matt zögerte. »Ehrlich gesagt, Sir, ich

bin im Augenblick so durcheinander, daß ich die Frage nicht beantworten kann!«

Kelly lachte glucksend. »Das ist die beste Antwort, die ich heute den ganzen Tag gehört habe. Haben Sie irgendwelche Geschwister, Matt?« Das Gespräch entwickelte sich ganz locker, und Kelly ermunterte Matt zum Reden. Die Fragen waren ziemlich persönlich, aber Matt war intelligent genug, um zu wissen, daß ›Mr. Kelly‹ vermutlich ein Psychiater war; also stotterte er nur ein- oder zweimal, versuchte aber im großen und ganzen ehrlich zu antworten.

»Können Sie mir jetzt sagen, warum Sie zur Patrouille wollen?«

Matt überlegte. »Ich wollte immer, solange ich mich erinnern kann, ins Weltall.«

»Reisen, fremde Planeten und fremde Menschen kennenlernen – das ist verständlich, Matt. Aber warum eigentlich nicht zur Handelsmarine? Die Akademieausbildung für die Friedenspatrouille ist lange und mühsam, die Chancen stehen drei zu eins, daß Sie die Abschlußprüfung nicht schaffen, selbst wenn Sie als Kadett aufgenommen werden und höchstens ein Viertel der Kadetten besteht die Aufnahmeprüfung. Aber Sie könnten in die zivile Astronautenschule eintreten – das ginge heute noch – und bei Ihrer Qualifikation hätten Sie garantiert noch vor Ihrem zwanzigsten Geburtstag die Weltraumpiloten-Lizenz. Was meinen Sie?«

Matt gab keine Antwort, aber man sah ihm die Enttäuschung an.

»Warum denn nicht, Matt? Warum bestehen Sie darauf, Offizier in der interplanetarischen Friedenspatrouille zu werden? Man wird Ihr Innerstes nach außen kehren und Sie einer Gehirnwäsche unterziehen, und keiner wird Ihnen für die größte Mühe danken, die Sie sich geben. Am Ende sind Sie ein ganz anderer Mensch – Ihre eigene Mutter wird Sie nicht mehr erkennen. Und Sie selber werden auch nicht glücklicher davon werden. Glauben Sie mir, junger Mann – ich weiß es.«

Matt blieb stumm.

»Wollen Sie es immer noch versuchen, obwohl die Chancen gegen Sie stehen?«

»Ja. Ja, ich glaube schon.«

»Warum, Matt?«

Matt zögerte immer noch. Schließlich antwortete er mit leiser Stimme: »Nun, zu einem Offizier der Patrouille blickt man auf.«

Mr. Kelly sah ihn an. »Das reicht mir für den Augenblick als Begründung, Matt. Später werden Ihnen noch andere Motive einfallen – oder Sie werden uns verlassen.« Plötzlich sagte eine Uhr an der Wand:

»Dreizehn Uhr! Dreizehn Uhr!« Und dann fügte sie nachdenklich hinzu: »Ich hab' Hunger.«

»Du lieber Gott!« sagte Kelly. »Ich auch. Gehen wir Mittagessen, Matt.«

# 2
# Das Auswahlverfahren

Auf Matts Karteiblatt stand, daß er in der Kantine im Ostflügel am Tisch Nummer 147 essen könne. Ein Lageplan auf der Rückseite des Blatts zeigte ihm, wo der Ostflügel und die Kantine waren; unglücklicherweise wußte er aber nicht, wo er sich selbst im Augenblick befand; die Prozedur am Morgen hatte ihn völlig durcheinander gebracht. Und im Augenblick sah er ringsum nur würdige Persönlichkeiten in den nachtschwarzen Uniformen der Patrouillenoffiziere und brachte es einfach nicht fertig, eine dieser erhabenen Persönlichkeiten anzuhalten und zu fragen.

Schließlich orientierte er sich, indem er zur Eingangshalle zurückging und wieder von vorne anfing, aber auf die Weise kam er zehn Minuten zu spät. Er ging eine endlose Reihe von Tischen entlang und suchte Nummer 147, was ihm höchst peinlich war. Als er seinen Tisch schließlich fand, war sein Gesicht gerötet.

Am Kopfende des Tisches saß ein Kadett; die anderen trugen die Overalls der Kandidaten. Der Kadett blickte auf und sagte: »Setzen Sie sich, Mister – dort drüben rechts. Warum kommen Sie zu spät?«

Matt schluckte. »Ich habe mich verlaufen, Sir.«

Jemand kicherte. Der Kadett musterte ihn kühl. »Sie, ja, Sie dort unten mit dem Gelächter wie ein Pferd, wie heißen Sie?«

»Äh, Schultz, Sir.«

»Mister Schultz, an einer ehrlichen Antwort ist nichts Komisches. Haben Sie sich je verlaufen?«

»Äh – nun ja, ein- oder zweimal vielleicht.«

»Hm ... bin ich auf Ihre Astrogationsarbeiten gespannt. Falls Sie jemals soweit kommen sollten.« Der Kadett wandte sich wieder Matt zu. »Haben Sie keinen Hunger? Wie heißen Sie?«

»Doch, Sir. Matthew Dodson.« Matt blickte auf die Schalter vor ihm, entschied sich gegen Suppe und drückte die Knöpfe für ›Hauptgericht‹, ›Nachtisch‹ und ›Milch‹. Der Kadett beobachtete ihn immer noch, während der Tisch das Gewünschte von sich gab.

»Ich bin Kadett Sabbatello. Mögen Sie keine Suppe, Mr. Dodson?«

»Doch, Sir. Aber ich hatte es eilig.«

»Es ist keine Eile. Suppe ist gut für Sie.« Kadett Sabbatello streckte den Arm aus und drückte Matts ›Suppen-Knopf‹. »Außerdem freut sich der Koch, wenn alles aufgegessen wird.« Damit wandte der Kadett sich zu Matts großer Erleichterung ab. Er aß herzhaft. Die Suppe schmeckte ausgezeichnet, aber alles andere schmeckte, verglichen mit dem, was er zu Hause gewöhnt war, ziemlich langweilig.

Er hielt die Ohren offen. Eine Bemerkung, die der Kadett machte, merkte er sich. »Mr. van Zook, wir fragen bei der Patrouille niemals einen Mann, woher er kommt. Wenn Mr. Romolus uns von sich aus sagt, daß er aus Manila kommt, so ist das in Ordnung; aber daß Sie ihn danach fragen, ist nicht in Ordnung.«

Der Nachmittag war mit Tests ausgefüllt; Intelligenz, Reflexe, Reaktionszeit. Einige Male mußte er zwei oder mehr Dinge gleichzeitig tun. Einige der Tests kamen ihm richtig albern vor. Matt gab sich große Mühe.

Einmal betrat er einen Raum, in dem sich nichts als

ein großer, am Boden befestigter Sessel befand. Eine Lautsprecherstimme wies ihn an: »Schnallen Sie sich in dem Stuhl fest. Mit den Griffen auf den Armlehnen des Sessels können Sie einen Lichtpunkt an der Wand steuern. Bringen Sie den Lichtpunkt in den Kreis und sorgen Sie dafür, daß er dort bleibt.«

Matt schnallte sich fest. An der Wand vor ihm erschien ein heller Lichtfleck. Er stellte fest, daß er mit dem Hebel seiner rechten Hand den Punkt auf- und abbewegen konnte, während der linke Hebel dazu diente, ihn seitlich zu bewegen. »Ruhig Blut!« ermahnte sich Matt. »Wenn die bloß schon anfangen würden.«

Die Lichter im Raum gingen aus; der beleuchtete Zielkreis tanzte langsam auf und ab. Es fiel ihm nicht sonderlich schwer, seinen Lichtpunkt in den Kreis zu lenken und ihn auch dort zu halten.

Dann kippte sein Sessel plötzlich um.

Als er sich von seiner Überraschung darüber erholt hatte, daß er mit dem Kopf nach unten in der Luft hing, sah er, daß der Lichtpunkt aus dem Kreis herausgewandert war. Hastig lenkte er ihn wieder hinein, geriet dabei über das Ziel hinaus, mußte korrigieren.

Der Sessel schwang nach links, dann nach rechts, plötzlich ertönte an seinem linken Ohr eine laute Explosion. Der Sessel bäumte sich unter ihm auf, hüpfte; ein elektrischer Schock fuhr durch seine Hände, und er verlor den Kreis ganz.

Matt begann jetzt wütend zu werden. Er zwang seinen Lichtpunkt in den Kreis zurück und hielt ihn dort fest. »Jetzt habe ich dich!«

Rauch quoll in den Raum, machte ihn husten, trieb ihm das Wasser aus den Augen und versteckte sein

Ziel. Er kniff die Augen zusammen und ließ nicht locker, konzentrierte sich völlig darauf, den Lichtkreis festzuhalten trotz aller Explosionen, Trompetenstöße, Blitze, Windböen und endlosen verrückten Sprünge seines Sessels.

Plötzlich flammte die Raumbeleuchtung auf, und die mechanische Stimme sagte: »Test abgeschlossen. Gehen Sie in den nächsten Raum.«

Einmal gab man ihm eine Handvoll Bohnen und eine kleine Flasche und sagte ihm, er solle sich hinsetzen und die Flasche auf eine bestimmte Marke am Boden stellen und sich die Stelle genau merken. Dann sollte er die Augen schließen und die Bohnen eine nach der anderen in die Flasche fallen lassen – falls das möglich war.

Er konnte hören, daß er nicht sehr oft traf, war aber zu Tode erschrocken, als er schließlich die Augen aufschlug und feststellte, daß nur eine Bohne in der Flasche war.

Er legte die Hand um die Flasche und stellte sich in die Reihe, die zum Tisch des Prüfungsleiters führte. Einige seiner Kollegen hatten eine ganze Menge Bohnen in ihren Flaschen, zwei dagegen überhaupt keine. Schließlich reichte er die Flasche dem Beamten hin. »Dodson, Matthew, Sir. Eine Bohne.«

Der Mann notierte das, ohne eine Miene zu verziehen.

Matt platzte heraus: »Entschuldigen Sie, Sir – aber was hindert einen eigentlich daran, zu schummeln? Indem man hinsieht, meine ich?«

Der Mann lächelte. »Gar nichts. Gehen Sie zu Ihrem nächsten Test.«

Matt ging hinaus. Er war etwas verärgert. Auf den

Gedanken, daß er vielleicht gar nicht wußte, was hier geprüft wurde, kam er nicht.

Ziemlich spät am Nachmittag wies man ihn an, sich in ein kleines Zimmerchen zu begeben, in dem ein Stuhl stand, ein Schreibtisch mit einem Apparat darauf, Papier und Bleistift und eine Tafel an der Wand mit Anweisungen.

»Falls in dem Fenster mit der Aufschrift PUNKTZAHL die Punktzahl eines vorhergegangenen Tests erscheinen sollte«, las Matt, »schieben Sie den Starthebel auf LÖSCHEN zurück, um die Anlage für Ihren Test freizumachen.«

Matt fand das Fenster mit der Aufschrift PUNKTZAHL; dort stand ›37‹. Nun, dachte er, damit habe ich immerhin ein Ziel. Er beschloß, zuerst die Anweisung ganz zu lesen, ehe er löschte.

»Nach Beginn des Tests«, las er weiter, »bekommen Sie jedesmal einen Punkt, wenn Sie den linken Knopf drücken. Drücken Sie den linken Knopf jedesmal, wenn das rote Licht aufleuchtet, sofern nicht gleichzeitig das grüne Licht leuchtet. Es darf jedoch kein Knopf gedrückt werden, wenn das rechte Fenster geöffnet ist, es sei denn, alle Lichter sind verloschen. Wenn das rechte Fenster geöffnet und das linke Fenster geschlossen ist, ist durch Drücken eines Knopfes kein Punkt zu erreichen, dennoch muß der linke Knopf unter diesen Umständen gedrückt werden, falls alle anderen Umstände es gestatten, einen Knopf zu drücken, ehe in weiteren Testphasen Punkte erzielt werden können. Um das grüne Licht zum Verlöschen zu bringen, ist der rechte Knopf zu drücken. Falls das linke Fenster nicht geschlossen ist, darf kein Knopf gedrückt werden. Falls das linke Fenster geschlossen ist und das rote Licht aufleuchtet, darf der linke Knopf nicht gedrückt werden, falls das grüne Licht verloschen ist, es sei denn, das rechte Fenster wäre offen.

Um den Test zu beginnen, ist der Starthebel von LÖSCHEN ganz nach rechts zu schieben. Der Test läuft, beginnend mit dieser Hebelbewegung, zwei Minuten lang. Machen Sie sich gründlich mit diesen Anweisungen vertraut und beginnen Sie den Test, sobald Sie bereit sind. Es ist nicht zulässig, dem Prüfungsbeamten Fragen zu stellen; vergewissern Sie sich also, daß Sie die Anweisungen begriffen haben. Ziel des Tests ist es, eine möglichst hohe Punktzahl zu erreichen.«

»Puh!« machte Matt.

Trotzdem schien der Test ganz einfach; ein Hebel, zwei Knöpfe, zwei farbige Lämpchen, zwei Fenster. Sobald er die Testanweisung begriffen hatte, würde das ein Kinderspiel sein – genauso einfach wie Drachensteigenlassen – und viel leichter als einen Hubschrauber zu steuern! (Matt hatte schon seit seinem zwölften Lebensjahr einen Hubschrauberpilotenschein.) Er machte sich an die Arbeit.

Zunächst, so schloß er, scheint es nur zwei Möglichkeiten zu geben, einen Punkt zu bekommen, einmal, wenn das rote Lämpchen brennt und einmal, wenn beide Lämpchen aus sind und ein Fenster offen ist.

Jetzt zu den anderen Anweisungen – mal sehen, wenn das linke Fenster nicht geschlossen ist – nein, wenn das linke Fenster geschlossen *ist* – er hielt inne und las das Ganze noch einmal.

Einige Minuten später hatte er sechzehn mögliche Kombinationen von Fenstern und Lämpchen. Er verglich sie noch einmal mit den Anweisungen und versuchte, daraus Kombinationen zu ermitteln, die ihm Punkte bringen konnten. Als er fertig war, sah er sich das Ergebnis an und prüfte dann alles noch einmal.

Nachdem er das zweite Mal alles überprüft hatte, starrte er das Blatt an, pfiff tonlos vor sich hin und kratzte sich am Kopf. Dann nahm er das Blatt, verließ die Zelle und ging zu dem Prüfungsbeamten.

Der Mann blickte auf. »Keine Fragen bitte.«

»Ich habe keine Fragen«, sagte Matt. »Ich möchte etwas melden. Mit dem Test stimmt etwas nicht. Vielleicht hat man die falsche Erklärung in der Zelle angebracht. Jedenfalls gibt es nach den dort angebrachten Instruktionen keine Möglichkeit, einen Punkt zu erzielen.«

»Ach, hören Sie auf!« antwortete der Beamte. »Sind Sie da ganz sicher?«

Matt zögerte und antwortete dann entschieden: »Ich bin sicher. Wollen Sie meinen Beweis sehen?«

»Nein. Ihr Name ist Dodson?« Der Prüfungsbeamte sah auf die Uhr und machte sich eine Notiz. »Das ist alles.«

»Aber – bekomme ich nicht Gelegenheit, den Test durchzuführen?«

»Keine Fragen bitte! Ich habe mir Ihr Ergebnis notiert. Gehen Sie weiter – es ist Zeit zum Abendessen.«

Beim Abendessen war eine ganze Anzahl Plätze frei. Kadett Sabbatello sah sich um. »Ich sehe, daß es ein paar Ausfälle gegeben hat«, bemerkte er. »Gratuliere, meine Herren, daß Sie soweit durchgekommen sind.«

»Sir – bedeutet das, daß wir alle Prüfungen bestanden haben, die wir heute abgelegt haben?« fragte einer der Kandidaten.

»Das oder zumindest, daß Sie wiederholen dürfen. Durchgefallen sind Sie nicht.« Matt seufzte erleichtert. »Aber machen Sie sich noch keine Hoffnungen, morgen werden noch weniger von Ihnen hier sein.«

»Wird's noch schlimmer?« fuhr der Kandidat fort.

Sabbatello grinste. »Viel schlimmer. Ich gebe Ihnen den guten Rat, wenig zum Frühstück zu essen. Aber«, fuhr er fort, »ich hab' auch gute Nachrichten. Es geht das Gerücht, daß der Kommandant selbst nach Terra kommt, um Ihnen bei der Vereidigung die Ehre seiner Anwesenheit zu erweisen – falls Sie vereidigt werden.«

Den meisten Anwesenden schien das nicht viel zu sagen. Der Kadett sah sich um. »Kommen Sie, meine Herren, kommen Sie!« sagte er scharf. »Sie können doch nicht alle so unwissend sein. Sie!« Er sah Matt an. »Mister – äh – Dodson, Sie scheinen zumindest eine Ahnung von dem zu haben, was ich gesagt habe. Warum ist die Anwesenheit des Kommandanten eine Ehre für Sie?«

Matt schluckte. »Meinen Sie den Kommandanten der Akademie, Sir?«

»Natürlich. Was wissen Sie über ihn?«

»Nun, Sir, das ist Commodore Arkwright.« Matt verstummte, als wäre der Name Erklärung genug.

»Und was zeichnet Commodore Arkwright aus?«

»Äh, er ist blind, Sir.«

»Nicht blind, Mr. Dodson, nicht blind! Es hat sich nur ergeben, daß ihm die Augen ausgebrannt wurden. Wie hat er sein Augenlicht verloren?« Der Kadett brachte Matt mit einer Handbewegung zum Schweigen. »Nein, sagen Sie es ihnen nicht. Die sollen das selbst herausfinden.«

Der Kadett aß weiter und Matt schloß sich ihm an. Er dachte an Commodore Arkwright. Er selbst war damals zu jung gewesen, um Nachrichten zu hören, aber sein Vater hatte ihm einen Bericht über den Zwischenfall vorgelesen – eine spektakuläre Rettungsaktion eines in Not geratenen privaten Raumschiffs innerhalb der Merkurbahn.

Er hatte vergessen, wie der Patrouillenoffizier seine Augen der direkten Sonnenstrahlung ausgesetzt hatte – es hing irgendwie mit dem Umladen der Passagiere zusammen – aber er hörte immer noch, wie sein Vater die letzte Zeile in dem Bericht vorlas: »... dieses Verhalten steht im Einklang mit der Tradition der Patrouille.«

Er fragte sich, ob je etwas, was er tun würde, dieses höchste Lob erfahren würde. Unwahrscheinlich, entschied er. »Pflichten befriedigend erfüllt«, war so ziemlich das Beste, was ein gewöhnlicher Mensch erhoffen konnte.

Als Matt die Messehalle verließ, stieß er mit Tex Jarman zusammen. Tex klopfte ihm auf den Rücken. »Freut mich, dich zu sehen, Kleiner. Wo ist dein Zimmer?«

»Ich habe noch gar keine Zeit zum Nachsehen gehabt.«

»Zeig mir dein Karteiblatt.« Jarman nahm es ihm weg. »Wir sind im selben Korridor, prima. Gehen wir hinauf.«

Sie fanden den Saal und traten ein. Auf der unteren der zwei Pritschen saß ein anderer Kandidat. Er rauchte und las dabei ein Buch. Er blickte auf. »Nur herein, Kollegen«, sagte er. »Ihr braucht nicht anzuklopfen.«

»Haben wir auch nicht«, sagte Tex.

»Das habe ich schon bemerkt.« Der Junge legte sein Buch weg. Matt sah, daß es derjenige war, der sich über Tex' Stiefel lustig gemacht hatte. Er beschloß, nichts zu sagen – vielleicht würden die beiden sich nicht erkennen. Der Junge fuhr fort: »Sucht ihr jemand?«

»Nein«, antwortete Matt, »man hat mir dieses Zimmer zugewiesen.«

»Mein Zimmerkollege, was? Willkommen im Palast. Fall nicht über die Tanzmädchen. Ich habe deine Sachen auf dein Bett gelegt.«

Der Sack mit Matts Tasche und Zivilkleidung stand auf dem oberen Bett.

Er zog ihn herunter.

»Was soll das heißen, sein Bett?« fragte Tex. »Ihr solltet knobeln, wer das untere Bett kriegt.«

Matts Zimmerkollege zuckte die Achseln. »Wer zuerst kommt, mahlt zuerst.«

Tex' Gesicht rötete sich. »Laß nur, Tex«, meinte Matt. »Mir ist das obere lieber. Übrigens«, fuhr er fort, dem anderen Jungen zugewandt, »ich bin Matt Dodson.«

»Girard Burke, wenn's beliebt.«

Das Zimmer war angemessen, aber spartanisch. Matt schlief zu Hause in einem Wasserbett, hatte aber gelegentlich bei Schulausflügen schon auf Matratzen geschlafen. Die Badezelle nebenan war rein funktionell, aber nicht modern – Matt stellte befriedigt fest, daß die Dusche mit einem Massageautomaten ausgestattet war. Eine Rasiermaske gab es nicht, aber besonders häufig brauchte er sich auch noch nicht zu rasieren.

In seinem Spind fand er ein Paket, das wieder sein Aktenzeichen trug und zwei Garnituren Kleidung sowie ein zusätzliches Paar Weltraumstiefel enthielt. Er packte seine Reisetasche aus, verstaute alles im Spind und wandte sich dann Tex zu. »So, was machen wir jetzt?«

»Sehen wir uns den Laden mal an.«

»Prima. Vielleicht können wir die *Kilroy* besichtigen.«

Burke schnippte seine Zigarette in den Aschenbecher. »Augenblick noch, ich komme mit.« Er verschwand in der Badezelle. Tex sagte mit leiser Stimme: »Sag ihm, er soll uns den Buckel runterrutschen, Matt.«

»Wäre mir ein Vergnügen. Aber ich möchte gern mit ihm auskommen, Tex.«

»Nun, vielleicht fliegt er morgen durch?«

»Oder ich«, grinste Matt schief.

»Ja, oder ich. Ach Quatsch, Matt – wir schaffen's schon: Hast du schon mal daran gedacht, wen du auf dauernd als Zimmerkollegen haben willst? Gehn wir zusammen?«

»Gerne.« Sie schüttelten sich die Hand.

»Freut mich, daß das klar ist«, fuhr Tex fort. »Der Junge, den ich im Zimmer habe, ist recht nett, aber er hat irgendeinen Blutsbruder oder so etwas, mit dem er zusammenziehen möchte. Vor dem Abendessen hat er ihn besucht. Die haben die ganze Zeit auf Hindustani oder so etwas Ähnliches getuschelt. Hat mich ganz nervös gemacht. Dann haben sie aus Höflichkeit auf *Basic* umgeschaltet, und das hat mich noch nervöser gemacht.«

»Du wirkst eigentlich gar nicht so nervös.«

»Ach, weißt du, wir Jarmans sind alle ein wenig aufgedreht. Da brauchst du bloß meinen Onkel Bodie zu nehmen. Beim Jahrmarkt hat der sich so aufgeregt, daß er sich vor ein Sulky spannen ließ und zwei Rennen gewann, ehe die ihn einfangen und rauswerfen konnten.«

»Tatsache?«

»Mein Ehrenwort. Hat sich aber nicht rentiert. Die haben ihn disqualifiziert, weil er kein Zweijähriger war.«

Jetzt kam Burke wieder aus der Zelle, und sie schlenderten in die Halle hinunter. Ein paar hundert andere Kandidaten hatten die gleiche Idee gehabt, aber damit hatte die Verwaltung schon gerechnet. Ein Kadett stand am Treppenabgang und ließ die Besucher nur in Zehnergruppen hinein, wobei jede Gruppe von einem Kadetten geführt wurde. Burke sah sich die Schlange an. »Das Warten lohnt sich nicht, das kann man sich ausrechnen.«

Matt zögerte, aber Tex meinte: »Komm nur, Matt. Da geben bestimmt noch ein paar auf.«

Burke zuckte die Achseln und meinte: »Na, wenn euch das Warten Spaß macht. Wiedersehn«, und schlenderte davon.

»Wahrscheinlich hat er recht, Tex«, sinnierte Matt.

»Sicher – aber jetzt sind wir ihn zumindest losgeworden, oder?«

Das ganze Untergeschoß war so etwas wie ein Museum der Patrouille. Die Jungen fanden eine Unzahl von Schaukästen an den Wänden – das Logbuch des ersten Raumschiffs, das den Mars umkreist hatte, ein Foto vom Start der gescheiterten ersten Venusexpedition, ein Modell der deutschen Kriegsraketen aus dem Zweiten Weltkrieg, ein Stück Mondgestein von der ersten Apolloexpedition.

Dann erreichten sie eine Nische, die den Eindruck vermittelte, als blickte man auf eine Mondebene hinaus. Das Ganze wirkte mit dem schwarzen Himmel, den Sternen und der Erde am Horizont völlig naturgetreu.

Vorne stand ein junger Mann in einem altmodischen Druckanzug. Man konnte seine Gesichtszüge ganz deutlich durch den Helm sehen, seinen großen Mund, die freundlichen Augen und das dicke, sandfarbene Haar, das im Stil des letzten Jahrhunderts geschnitten war.

Unter dem Bild stand: Leutnant Ezra Dahlquist. Er half mit, die Tradition der Patrouille aufzubauen – 1969 bis 1996.

Matt flüsterte: »Eigentlich könnten die ja irgendwo schreiben, was er getan hat.«

»Ich seh keine Tafel«, flüsterte Tex zurück. »Warum flüsterst du eigentlich?«

»Tu ich gar nicht. – Ja, doch, du hast recht. Schließlich kann er uns ja nicht hören, oder? Oh, hier ist ein Lautsprecher mit einem Knopf darunter!«

»Nun, dann drück ihn doch.«

Matt drückte den Knopf; die Nische füllte sich mit den ersten Takten von Beethovens fünfter Symphonie. Dann ertönte eine Stimme: »Die Patrouille bestand ursprünglich aus Offizieren, die von den einzelnen Nationen der damaligen westlichen Föderation entsandt wurden. Einige waren vertrauenswürdig andere nicht. Im Jahre 1996 kam ein Tag in der Geschichte der Patrouille, der Schande und Ruhm zugleich bedeutet: ein Putschversuch, die sogenannte Revolte der Obersten. Eine Verschwörung hoher Offiziere versuchte vom Mondstützpunkt aus, die Macht an sich zu reißen. Das Komplott wäre erfolgreich gewesen, hätte Leutnant Dahlquist nicht jede einzelne Atombombenrakete im Mondstützpunkt unbrauchbar gemacht, indem er die Auslösemechanismen zerstörte und das spaltbare Material entfernte. Dabei bekam er soviel harte Strahlung ab, daß er an seinen Verbrennungen starb.« Die Stimme verstummte, und das Walhallathema aus der Götterdämmerung ertönte.

Tex atmete tief; Matt wurde erst klar, daß auch er den Atem angehalten hatte. Er atmete aus und wieder ein und hatte das Gefühl, als erleichterte das den Druck auf seiner Brust.

Hinter ihnen lachte jemand glucksend. Girard Burke lehnte an der Wand. »Die geben sich ganz schön Mühe, das hier zu verkaufen,« bemerkte er. »Paßt nur auf, Jungs, sonst kauft ihr denen das am Ende noch ab.«

»Was willst du damit sagen? Was verkaufen die?«

Burke deutete auf das Bild. »Das da. Und alles, was dazu gehört. Wenn ihr so etwas mögt – von der Sorte gibt's noch drei. In jeder Himmelsrichtung eines.«

Matt starrte ihn an.»Was hast du denn, Burke? Willst du nicht zur Patrouille?«

Burke lachte. »Klar will ich das, aber ich bin praktisch eingestellt; solche Propaganda verfängt bei mir nicht.« Er deutete auf das Bild Ezra Dahlquists. »Er zum Beispiel. Daß er die Befehle seines Vorgesetzten mißachtet hat, sagt einem keiner. Wenn die Dinge anders ausgegangen wären, dann würde man ihn jetzt einen Verräter nennen. Außerdem erwähnt keiner, daß er sich die Strahlungsverbrennungen aus purer Ungeschicklichkeit zugezogen hat. Und da soll ich ihn jetzt für einen Supermann halten?«

Matts Gesicht rötete sich. »Nein, das sollst du nicht.« Er trat einen Schritt vor. »Aber da du so praktisch eingestellt bist – was würdest du eigentlich von einem hübschen, praktischen Kinnhaken halten?«

Burke war nicht so kräftig gebaut wie Matt und auch ein wenig kleiner. Trotzdem lehnte er sich vor und ging in Kampfstellung. Er meinte mit leiser Stimme: »Mit dem größten Vergnügen. Du und wer noch?«

Tex trat vor. »Ich, zum Beispiel.«

»Halt du dich da raus, Tex!« herrschte Matt ihn an.

»Nein, das tu ich nicht! Ich halt' nicht viel davon, gegen Leute, die ich gesellschaftlich nicht für ebenbürtig halte, Fair-play einzusetzen.«

»Du sollst dich heraushalten, habe ich gesagt!«

»Nee, ich will da mitmachen. Du verpaßt ihm einen Kinnhaken, und ich trete ihn dann in den Magen, wenn er umkippt.«

Burke sah Jarman an, und seine Muskeln lockerten sich, als wüßte er, daß der Augenblick für die Prügelei vorbei war. »Aber, aber, meine Herren! Sie können sich wohl nicht einig werden.« Er wandte sich ab. »Gute Nacht, Dodson. Weck mich nicht auf, wenn du ins Zimmer kommst.«

Tex war immer noch wütend. »Wir hätten dem Kerl wirklich eine verpassen sollen. Der wird dich so lange ärgern, bis du ihn einmal richtig vertrimmst. Mein

Onkel Bodie sagt, mit solchen Knilchen kommt man nur aus, wenn man sie solang verprügelt, bis sie sich entschuldigen.«

»Ich soll mich wohl aus der Patrouille jagen lassen, ehe wir richtig drin sind? Ich hab' zugelassen, daß er mich ärgert, also hat er einen Pluspunkt. Komm schon – schauen wir uns an, was es sonst noch zu sehen gibt.«

Aber ehe sie den nächsten der vier Alkoven erreichten, kam das Signal. Matt verabschiedete sich an seiner Tür von Tex und ging hinein. Burke schlief oder tat so. Matt zog sich aus, kletterte auf seine Pritsche, suchte den Lichtschalter, entdeckte ihn und befahl ihm abzuschalten.

Das Wissen um Burke unter ihm machte ihn unruhig, aber er war dennoch schon fast eingeschlafen, als ihm einfiel, daß er vergessen hatte, seinen Vater zurückzurufen. Der Gedanke weckte ihn. Und kurz darauf spürte er irgendwo einen unbestimmten Schmerz. Hatte er sich irgendeine Krankheit zugezogen?

Oder hatte er gar Heimweh? In seinem Alter? Je länger er darüber nachdachte, desto wahrscheinlicher kam es ihm vor, so ungern er es sich auch eingestand. Er grübelte immer noch, als er einschlief.

## 3
## Erschütterungen

Am nächsten Morgen ignorierte Burke die kleine Auseinandersetzung einfach und ging nicht darauf ein. Er wirkte sogar einigermaßen kooperativ, als es um die Zeiteinteilung in der Duschkabine ging. Trotzdem war Matt froh, als zum Frühstück gerufen wurde.

Tisch 147 stand nicht an der gewohnten Stelle. Matt sah sich verblüfft um, bis er einen Tisch mit der Tafel ›147 bis 149‹ fand, an dessen Kopfende der Kadett Sabbatello saß. Als er sich hinsetzte, stellte er fest, daß Pierre Armand neben ihm saß. »Oh, Pete!« begrüßte er ihn. »Wie geht's denn?«

»Freut mich, dich zu sehen, Matt. Ganz gut, denke ich.« Er klang etwas unsicher.

Matt musterte ihn. Pete wirkte ziemlich müde. Er wollte ihn schon fragen, was los sei, als Kadett Sabbatello auf den Tisch klopfte. »Anscheinend«, meinte der Kadett, »haben einige von Ihnen sich meinen Rat von gestern abend nicht gemerkt, heute morgen nur wenig zu essen. Heute stehen Beschleunigungstests auf dem Programm, und dabei hat schon mancher Erdenwurm sein Frühstück wieder verloren – von seiner Würde ganz zu schweigen.«

Matt erschrak. Er hatte vorgehabt, sich sein übliches opulentes Frühstück zu bestellen. Er begnügte sich jetzt statt dessen mit Toast und Tee. Pete schien den Rat des Kadetten ignorieren zu wollen; er war mit einem Steak, Bratkartoffeln und Rühreiern beschäftigt – Appetitlosigkeit schien es also nicht zu sein, was Pete plagte.

Jetzt bemerkte Kadett Sabbatello es auch. Er beugte sich zu Pete hinüber. »Mister äh –«

»Armand, Sir«, antwortete Pete mit vollem Mund.

»Mr. Armand, Sie haben entweder die Verdauung eines marsianischen Sandwurms oder Sie glauben, daß ich Witze mache. Haben Sie keine Angst, fallkrank zu werden?«

»Nein, Sir.«

»Nein?«

»Sehen Sie, ich bin auf Ganymed geboren.«

»Oh, entschuldigen Sie. Nehmen Sie sich noch ein Steak. Wie kommen Sie denn zurecht?«

»Im Ganzen ziemlich gut, Sir.«

»Sie können sich ruhig von einigen Prüfungen befreien lassen, wissen Sie. Sie werden feststellen, daß jeder hier für Ihre Lage Verständnis hat.«

»Vielen Dank, Sir.«

»Ich meine das ernst. Spielen Sie nur ja nicht den Helden. Das hätte keinen Sinn.«

Nach dem Frühstück schloß Matt sich Armand an. »Hör mal, Pete, jetzt verstehe ich, warum Oscar gestern deine Tasche getragen hat. Entschuldige, daß ich so blöd war.«

Pete schien das peinlich. »Laß nur. Oscar hat sich etwas um mich gekümmert – ich hab' ihn auf dem Flug von der Terra-Raumstation kennengelernt.«

Matt nickte. »Versteh schon.« Er wußte nicht sehr gut Bescheid über interplanetarische Flugpläne, vermutete aber, daß Oscar, der von der Venus kam, und Pete, der von einem der Jupitermonde angereist war, auf der um die Erde kreisenden Raumstation, die Terrastation hieß, hatten umsteigen müssen, ehe sie die Landerakete zur Erde nahmen. Das erklärte auch die

Tatsache, daß die beiden Jungen einander ziemlich gut kannten, obwohl kosmische Weiten zwischen ihren Heimatplaneten lagen. »Wie fühlst du dich?« fuhr er fort.

Pete zögerte. »Mir ist, als müßte ich in Sand waten, der mir bis zum Hals reicht. Jede Bewegung ist so mühsam.«

»Mann, das ist schlimm! Wie groß ist die Schwerkraft auf Ganymed? Etwa ein Drittel g?«

»Zweiunddreißig Prozent. Von meinem Standpunkt aus bedeutet das, daß alles hier dreimal soviel wiegt, als es wiegen sollte. Mich selbst eingeschlossen.«

Matt nickte. »So, als müßtest du zwei weitere Leute mitschleppen, einen auf den Schultern und einen auf dem Rücken.«

»Ja, so etwa. Das Schlimmste ist, daß meine Füße die ganze Zeit wehtun. Aber ich werd' schon darüber hinwegkommen –«

»Ganz bestimmt wirst du das!«

»– da meine Vorfahren ja schließlich von der Erde kommen, und ich potentiell genauso stark bin, wie mein Großvater war. Ich war die letzten zwei Erdjahre jeden Tag in der Zentrifuge. Ich bin schon viel kräftiger als ich früher war. Da kommt Oscar.« Matt begrüßte Oscar und eilte dann auf sein Zimmer, um seinen Vater anzurufen.

Ein Hubschrauber brachte Matt und fünfzig weitere Kandidaten zum Beschleunigungstestgelände – der ›Achterbahn‹, wie die Kadetten sie nannten. Die Anlage befand sich westlich des Stützpunkts in den Bergen, weil man für die Falltests eine steil abfallende Klippe benötigte. Sie landeten auf einer Plattform am Rande eben dieser Klippe, wo bereits andere Kandidaten auf sie warteten. Es war ein kühler, frischer Morgen. Die Lichtung war von hohen, schlanken Tannen umgeben, die der Wind zerzauste.

Von einem Gebäude hinter der Plattform führten zwei Stahlschienen senkrecht an der sechshundert Meter hohen Klippe in die Tiefe. Sie sahen wie Aufzuggerüste aus, und um solche handelte es sich bei einem der beiden Gebilde auch. Das andere war eine Führungsschiene für das Testfahrzeug.

Matt drängte sich an das Geländer und beugte sich hinaus. Das untere Ende des Gerüsts verschwand in schwindelerregender Tiefe unter ihm im Dach eines Gebäudes, das sich an die Canyonwand drängte. Während er überlegte, ob der Ingenieur, der die ganze Anlage entworfen hatte, wohl sein Handwerk verstanden hatte, stieß ihn jemand in die Rippen. Es war Tex. »Wie auf dem Jahrmarkt, was, Matt?«

»Tag, Tex. So kann man es auch ausdrücken.«

Der Kandidat, der links neben Matt stand, meinte: »Soll das heißen, das wir in dem Ding nach unten fahren?«

»Allerdings«, meinte Tex gedehnt. »Und dann sammeln sie die Stücke unten zusammen und ziehen sie an der anderen Schiene wieder nach oben.«

»Wie schnell fährt das denn?«

»Wirst du gleich – hey! *Da*!«

Ein silbernes, fensterloses Gefährt tauchte jetzt ganz oben im Führungsgerüst auf. Den Bruchteil einer Sekunde lang schien das Fahrzeug in der Schwebe zu bleiben, dann fiel es. Es fiel und fiel und fiel, und wurde dabei immer schneller, bis es mit unfaßbarer Geschwindigkeit – tatsächlich etwa vierhundert Stundenkilometer – in dem Gebäude unten verschwand.

Matt rührte sich nicht von der Stelle, als erwartete er jeden Augenblick, ein Krachen zu hören. Aber es blieb still, und er atmete weiter.

Wenige Augenblicke später tauchte das Fahrzeug wieder am Fuße des anderen Gerüstes auf. Es schien zu kriechen; tatsächlich beschleunigte es freilich während der ersten Hälfte der Bergfahrt ganz beachtlich. Dann verschwand es oben an der Klippe in dem Gebäude.

»Gruppe neun!« plärrte ein Lautsprecher hinter ihnen.

Tex seufzte. »Jetzt bin ich dran, Matt«, sagte er. »Sag Mutter, daß mein letzter Gruß ihr gegolten hat. Meine Briefmarkensammlung vermache ich dir.« Er schüttelte ihm die Hand und ging weg.

Der Kandidat, der vorher mit ihnen gesprochen hatte, schluckte plötzlich. Matt sah, daß er ganz blaß geworden war. Und dann eilte er in dieselbe Richtung, in die Tex gegangen war, stellte sich aber nicht mit der Gruppe an, sondern ging auf den Kadetten zu, der die Tests leitete, und redete kurz und eindringlich auf ihn ein. Der Kadett zuckte die Achseln und schickte ihn weg.

Matt tat der Junge leid.

Seine eigene Gruppe wurde als nächste gerufen. Er und seine Kollegen wurden in das obere Gebäude geführt, und ein Kadett erklärte ihnen den Test: »Bei dieser Prüfung wird ihre Verträglichkeit für starke Beschleunigung, freien Fall beziehungsweise Gewichtslosigkeit sowie heftige Beschleunigungsveränderungen geprüft. Sie fangen mit einer Zentrifugalkraft von drei g an und werden dann gewichtslos, wenn die Kabine über die Klippe geht. Unten sind die Führungsschienen spiralförmig angeordnet, so daß eine Bremsverzögerung von drei g auftritt. Anschließend kommt die Kabine zum Stillstand, steigt dann mit zwei g hoch und verlangsamt dann die Steigfahrt wieder auf ein g. Wenn die Spitze erreicht ist, tritt wieder Gewichtslosigkeit ein. Dann wird der ganze Zyklus bei höherer Beschleunigung wiederholt, bis jeder von Ihnen reagiert hat. Irgendwelche Fragen?«

Matt fragte: »Wie lange dauert der freie Fall, Sir?«

»Etwa elf Sekunden. Wir würden das gerne ausdehnen, aber um die Zeitspanne zu verdoppeln, würden wir eine viermal so hohe Klippe benötigen. Aber die hier wird Ihnen schon hoch genug sein.« Er lächelte grimmig.

Eine furchtsame Stimme fragte: »Sir, was meinen Sie mit ›reagieren‹?«

»Nun, Blutungen zum Beispiel oder Bewußtlosigkeit.«

»Ist das gefährlich?«

Der Kadett zuckte die Achseln. »Was ist schon ungefährlich? Zu Unfällen ist es nie gekommen. Ihr Puls, Ihre Atemgeschwindigkeit, Ihr Blutdruck und alle möglichen anderen Daten werden in der Kontrollzentrale über Telemetrie verfolgt. Wir geben uns große Mühe, daß uns keiner beim Test stirbt.«

Kurz darauf führte er sie aus dem Saal, einen Gang hinunter durch eine Tür in das Testfahrzeug. Es war mit Pendelsitzen ausgestattet, wie alle Hochgeschwindigkeitsfahrzeuge, aber die Sitze waren zusätzlich dick gepolstert. Sie schnallten sich an, und dann brachten Medizintechniker Drähte an ihnen an, um die Telemetriegeräte mit Daten zu versorgen. Der Kadett überprüfte sie, verließ dann die Kabine und kam kurz darauf mit einem Offizier zurück, der die Prüfung wiederholte. Dann verteilte der Kadett Spucktüten und fragte dann: »Alles fertig?« Als keiner antwortete, ging er hinaus und schloß die Türe.

Matt wünschte sich jetzt, er hätte ihn aufgehalten, ehe es zu spät war.

Ein paar Augenblicke lang – eine Ewigkeit, wie es ihnen schien – geschah nichts. Dann schien der Wagen sich zu neigen; tatsächlich neigten sich die Sitze, als das Fahrzeug sich in Bewegung setzte und seine Geschwindigkeit zunahm.

Die Sitze schwangen in die Ruheposition zurück, aber Matt spürte, wie er immer schwerer wurde und schloß daraus, daß sie jetzt zentrifugiert wurden. Er wurde gegen die Polster gedrückt, seine Arme waren bleiern, seine Beine waren viel zu schwer, als daß er sie hätte bewegen können.

Nach einer Weile spürte er, wie er wieder sein Normalgewicht bekam. Dann verlor er sogar sein Normalgewicht. Er sank in die Sicherheitsgurte.

Der Magen schien ihm durch den Hals steigen zu wollen. Er schluckte, würgte; sein Frühstück blieb unten. Jemand schrie: »Wir fallen!« Matt schien das die unnötigste Bemerkung, die er je gehört hatte.

Er biß die Zähne zusammen und wartete auf den Stoß. Er kam nicht – und sein Magen schien seine Versuche immer noch nicht aufgegeben zu haben, aus ihm herauszuklettern. Elf Sekunden? Sie waren doch ganz bestimmt schon länger als elf Sekunden gefallen! Was war schiefgegangen?

Und immer noch fielen sie, endlos ...

Und fielen.

Und dann wurde er wieder in die Polster gedrückt.

Der Druck nahm gleichmäßig zu, bis er so schwer war, wie er vor dem Fall gewesen war. Sein gequälter Magen versuchte zu würgen, aber der Druck war ihm zu hoch.

Dann ließ der Druck wieder nach, er hatte wieder sein Normalgewicht. Kurz darauf schien der Wagen einen Satz zu machen, und einen Augenblick lang war Matt gewichtslos, während sein Inneres verzweifelt irgendeinen Halt suchte. Das Gefühl, gewichtslos zu sein, dauerte nur einen Augenblick; er sackte in die Kissen.

Die Tür wurde aufgerissen; der Kadett kam herein, gefolgt von zwei Medizintechnikern. Jemand schrie: »Laßt mich hier raus! Laßt mich hier raus!« Der Kadett achtete gar nicht darauf, sondern ging zu dem Sitz vor Matt. Er schnallte den jungen Mann los, der dort saß, und die beiden medizinischen Assistenten trugen ihn hinaus. Der Kopf hing ihm dabei schlaff zur Seite. Dann ging der Kadett zu dem Kandidaten, der sich so aufgeregt hatte, schnallte ihn los und trat einen Schritt zurück. Der Junge stand auf, taumelte und schlurfte hinaus.

»Braucht jemand eine frische Spucktüte?« Ein paar halberstickte Antworten kamen. Der Kadett erfüllte die entsprechenden Bitten. Matt war sehr stolz darauf, daß seine Tüte noch rein war.

»Jetzt kommen fünf g«, erklärte der Kadett. Er rief sie der Reihe nach namentlich auf. Während er noch damit beschäftigt war, zerrte ein anderer Junge an seinen Gurten. Ohne die Verlesung der Namen zu unterbrechen, half der Kadett ihm und ließ ihn hinausgehen. Dann ging er selbst zur Tür und verschloß sie hinter sich.

Matt spürte, wie sich alle Muskeln in ihm spannten. Er war erleichtert, als dann der Druck einsetzte – aber nur einen Augenblick lang, denn fünf g waren viel schlimmer als drei, stellte er bald fest. Seine Atmung schien paralysiert, er kämpfte um Luft.

Und dann ließ der mächtige Druck nach; sie waren jetzt wieder über den Klippenrand gefahren und stürzten. Sein mißhandelter Magen regte sich sofort; jetzt bedauerte er es, daß er überhaupt gefrühstückt hatte.

Immer noch fielen sie. Und dann gingen die Lichter aus. Jemand schrie. Fallend und würgend war Matt überzeugt, daß die Schwärze, die sie umgab, auf irgendein Geräteversagen zurückzuführen war; diesmal würden sie abstürzen, aber selbst das war ihm in seinem Zustand beinahe gleichgültig.

Er war mitten in dem schwarzen Kräftewirbel, der die Bremsverzögerung unten kennzeichnete, ehe ihm klar wurde, daß er auch diesmal den Sturz lebend überstanden hatte. Besondere Freude bereitete ihm der Gedanke nicht; er war voll und ganz damit beschäftigt, bei fünf g überhaupt Luft zu kriegen. Die Fahrt an der Klippe nach oben bei doppeltem Gewicht, das dann auf Normalgewicht zurückging, schien ihm wie eine Vergnügungsreise – nur daß sein Magen protestierte, als sie ruckartig zum Stillstand kamen.

Die Lichter flammten auf, und der Kadett kam wieder herein. Sein Blick erfaßte den Jungen zu Matts Rechten. Der Junge blutete aus Nase und Ohren, wehrte den Kadetten aber mit schwachen Handbewegungen ab. »Ich ertrag das schon«, protestierte er. »Machen Sie weiter.«

»Kann schon sein«, antwortete der Kadett, »aber für heute sind Sie fertig.« Nach kurzem Nachdenken fügte er hinzu: »Sie brauchen sich nichts zu denken, das muß nicht bedeuten, daß Sie nicht bestehen.«

Er untersuchte die anderen und rief dann den Offizier heran. Die beiden diskutierten kurz im Flüsterton über einen Jungen, der dann aus der Kabine halb geführt und halb getragen wurde. »Frische Spucktüten?« fragte der Kadett.

»Hier«, antwortete Matt mit halberstickter Stimme. Sein Wunsch wurde erfüllt, während Matt sich insgeheim schwor, nie wieder Toast zu essen.

»Sieben g«, verkündete der Kadett. Wieder rief er die Namen auf. Matt war nahe daran aufzugeben, ertappte sich dann aber dabei wie er »hier« rief, und ehe er es sich anders überlegen konnte, war der Kadett bereits wieder draußen. Jetzt waren nur noch sechs von ihnen übrig.

Ihm schien es, daß die Lichter wieder stufenweise dunkler wurden, während sein Körpergewicht auf fast fünfhundert Kilo anwuchs. Aber als die Kabine dann über die Klippe stürzte, wurde es wieder hell; da wurde ihm unbewußt klar, daß er einen Augenblick lang die Besinnung verloren hatte.

Er hatte sich vorgenommen, bei diesem Sturz die Sekunden zu zählen, damit ihm der Fall nicht so endlos vorkäme, aber dazu war er zu benommen. Selbst sein unruhiger Magen schien ihm grenzenlos weit entfernt. Fallen – fallen –

Wieder zerquetschte der Riese seine Brust, drückte das Blut aus seinem Gehirn und verschloß seine Augen vor dem Licht. Das Stück seines Ich, das Matt war, wurde völlig zerquetscht ...

»Wie fühlen Sie sich?« Er schlug die Augen auf, sah ein verschwommenes Doppelbild und begriff halb benommen, daß der Kadett sich über ihn beugte. Er versuchte zu antworten. Dann entschwand der Kadett seinen Blicken; er spürte, daß jemand nach ihm griff; man hob ihn auf und trug ihn weg.

Jemand wischte ihm mit einem feuchten, kalten Tuch das Gesicht. Er setzte sich auf und sah sich einer Krankenschwester gegenüber. »Jetzt ist wieder alles gut«, sagte sie munter. »Behalten Sie das, bis Ihre Nase zu bluten aufhört.« Sie reichte ihm das Tuch. »Wollen Sie aufstehen?«

»Ja, ich denke schon.«

»Stützen Sie sich auf meinen Arm. Wir gehen ins Freie hinaus.«

Draußen auf der Landeplattform saß Matt dann in der Sonne, betupfte sich gelegentlich die Nase und kam langsam wieder zu Kräften. Jedesmal, wenn die Kabine in die Tiefe raste, konnte er vom Geländer aufgeregte Rufe hören. Er saß da, genoß das Sonnenlicht und fragte sich, ob er nun wirklich Astronaut werden wolle.

»Hey, Matt.« Das war Tex. Er sah blaß aus und nicht so selbstsicher wie sonst. Sein Overall war vorne mit Blut beschmiert.

»Tag Tex. Ich sehe, du hast's hinter dir.«

»Mhm.«

»Wieviel g?«

»Sieben.«

»Ich auch. Was hältst du davon?«

»Nun –« Tex schien ganz gegen seine Gewohnheit um Worte verlegen. »Ich wünschte, mein Onkel Bodie hätte das mal ausprobieren können. Dann würde er nicht die ganze Zeit mit seinem Kampf gegen den Grizzlybären angeben.«

Beim Mittagessen waren eine Menge Sitze frei. Matt dachte über die Ausgeschiedenen nach – ob es ihnen etwas ausmachte, daß sie den Test nicht bestanden hatten? Oder waren sie gar erleichtert?

Er hatte Hunger, aß aber wenig, weil er wußte, was ihnen am Nachmittag bevorstand – eine Raketenübung. Darauf hatte er sich gefreut. Ein echter Raumflug! Nur ein kleiner Testhopser, aber trotzdem echt. Selbst wenn er die Prüfung nicht bestand, hatte er sich immer eingeredet, war allein dieser Flug die ganze Anstrengung wert.

Jetzt war er da nicht mehr so sicher. Die ›Achterbahn‹ hatte ihn kuriert. Er hatte jetzt neuen Respekt für Beschleunigung und hielt auch Fallkrankheit nicht mehr für etwas Komisches; statt dessen stellte er sich ernsthaft die Frage, ob er sich je ganz an den freien Fall würde gewöhnen können. Einige schafften das nie, das wußte er.

Seine Testgruppe war um 14.30 Uhr auf Santa Barbara Field dran. Er hatte also eine ganze Stunde Zeit, in der er nichts anderes zu tun hatte, als zu grübeln. Schließlich war es Zeit, nach unten zu gehen, sich zu melden und mit dem Rollband aufs Feld hinauszufahren.

Der Kadett, der den Einsatz leitete, führte sie nach oben in einen ausbetonierten Graben, der etwa ein Meter zwanzig tief war. Matt kniff die Augen zusammen, als er in die Sonne hinaustrat. Seine Tiefstimmung war vorbei. Er war geradezu darauf erpicht, anfangen zu können. Zu beiden Seiten, etwa je zweihundert Meter entfernt, standen Übungsraketen, aufgereiht wie riesige Geburtstagskerzen, die scharfen Spitzen in den Himmel gereckt.

»Wenn etwas schiefgeht«, sagte der Kadett, »werfen Sie sich einfach flach in den Graben. Lassen Sie sich davon nicht irre machen – ich muß Sie warnen.

Der Sprung dauert neun Minuten, und die ersten eineinhalb sind unter Antrieb. Sie werden drei g verspüren, aber die Beschleunigung ist in Wirklichkeit nur zwei g, weil Sie noch nahe bei der Erde sind.

Nach neunzig Sekunden bewegen Sie sich ein wenig schneller als eine Meile in der Sekunde, und dann fallen Sie die nächsten drei Minuten aufwärts, etwa hundert Meilen, bis auf eine Höhe von rund hundertfünfzig Meilen. Sie fallen weitere drei Minuten zur Erde zurück, bremsen Ihren Sturz mit der Düse und landen am Ende der neunten Minute.

Eine flügellose Landung auf einem Atmosphäreplaneten mit starker Schwerkraft, wie die Erde sie hat, ist ziemlich kompliziert. Die Landung wird von Radar per Computer überwacht, aber ein menschlicher Pilot hält sich bereit, um den Landeanflug mit dem Flugplan zu vergleichen. Wenn nötig, kann er eingreifen. Irgendwelche Fragen?«

Jemand fragte: »Sind das atombetriebene Schiffe?«

Der Kadett prustete. »Diese Jeeps? Sie sehen doch an der Konstruktion, daß sie chemisch betrieben sind. Monoatomarer Wasserstoff. Sie ähneln den ersten großen Raketen, die man je gebaut hat, bloß daß sie variablen Schub haben, um zu vermeiden, daß Pilot und Passagiere zu Erdbeermarmelade zerquetscht werden, wenn das Masseverhältnis absinkt.«

Eine grüne Signalrakete schoß vom Kontrollturm in die Höhe.

»Achten Sie auf die zweite Rakete vor dem Ende der Reihe im Norden«, riet der Kadett.

Eine orangerote Flamme, hell wie die Sonne, erschien plötzlich am Sockel der Rakete. »*Da fliegt sie!*«

Das Schiff hob sich majestätisch und schwebte einen Augenblick reglos wie ein Helikopter in der Luft. Jetzt drang das Geräusch an Matts Ohr und schien gegen seinen Brustkasten zu drücken. Es war wie das Brüllen einer unglaublich großen Lötlampe. Ein Scheinwerfer im Tower blitzte auf, und das Schiff stieg in die Höhe, höher und schneller, und seine Geschwindigkeit nahm so gleichmäßig zu, daß es schwerfiel, sich vorzustellen, wie schnell es eigentlich flog – bloß, daß das Brüllen nicht mehr zu hören war. Matt ertappte sich dabei, wie er gerade zum Zenit starrte und einer schnell zusammenschrumpfenden künstlichen Sonne nachblickte, die fast so grell leuchtete, wie Sol selbst.

Und dann war der Stern verschwunden. Matt klappte den Mund zu und wollte gerade wegsehen, als die Kondensspur, die die Rakete bei ihrem Aufstieg durch die äußere Atmosphäre hinterlassen hatte, seine Aufmerksamkeit auf sich zog. Weiß und seltsam wand sie sich wie eine Schlange, der man das Rückgrat gebrochen hatte. Getrieben von den ein paar hundert km/h schnellen Winden jener Höhe verzerrte sich der Kondensstreifen vor seinen Augen.

»Das ist alles!« schrie der Kadett. »Die Landung können wir nicht abwarten.«

Sie gingen hinunter, durch einen Korridor, und bestiegen dann einen Lift. Die Kabine fuhr in die Höhe, verließ den festen Boden und stieg von einem hydraulischen Kolben getragen, in die Luft. Sie schob sich an der Seitenwand eines Raketenschiffs entlang; Matt staunte, wie groß es aus der Nähe wirkte.

Jetzt kam die Liftkabine zum Stillstand; ihre Türe klappte nach Art einer Zugbrücke heraus und schob sich über die offene Luke in der Seitenwand der Rakete. Sie marschierten hinüber. Der Kadett zog die Brücke hinter ihnen in die Höhe und fuhr wieder hinunter.

Sie befanden sich in einem konisch geformten Raum. Über ihnen lag der Pilot auf seiner Beschleunigungsliege. Neben ihnen waren Beschleunigungsliegen für Passagiere angeordnet. »Legen Sie sich in die Pritschen!« rief der Pilot. »Anschnallen!«

Zehn junge Männer drängten sich zu den Liegen. Einer zögerte. »Äh, Mister!« rief er.

»Ja? Legen Sie sich hin.«

»Ich hab' es mir anders überlegt. Ich fliege nicht mit.«

Der Pilot sagte etwas, was ganz bestimmt nicht offiziersgemäß war, und wandte sich dann seinen Armaturen zu. »Tower! Passagier von Nummer neunzehn abholen.« Er lauschte eine Weile und sagte dann: »Zu spät, um den Flugplan zu ändern. Schicken Sie Masse.« Er schrie den wartenden Jungen an: »Was wiegen Sie?«

»Äh, sechzig Kilo, Sir.«

»Sechzig Kilo, ein bißchen fix!« Er wandte sich wieder dem jungen Mann zu. »Sie sehen besser zu, daß Sie schleunigst von diesem Stützpunkt verschwinden, denn wenn ich meinen Start verpasse, drehe ich Ihnen den Hals um.«

Im nächsten Augenblick erschien die Liftkabine

wieder, und drei Kadetten rannten über die Zugbrücke. Zwei trugen Sandsäcke und einer fünf Bleigewichte. Sie schnallten die Sandsäcke auf die leerstehende Liege und befestigten die Gewichte an der Seite. »Sechzig Masse«, verkündete einer der Kadetten.

»Haut ab«, herrschte der Pilot sie an und wandte sich wieder seinen Instrumenten zu.

»Jetzt dreh nicht gleich durch, Harry«, riet ihm der so angesprochene Kadett. Matt staunte und gelangte dann zu dem Schluß, daß der Pilot ebenfalls ein Kadett sein mußte. Die drei eilten davon und nahmen den Jungen mit; die Lukentür schloß sich zischend hinter ihnen.

»Fertigmachen zum Start!« rief der Pilot und sah sich dann um, um sich zu vergewissern, daß bei seinen Passagieren alles in Ordnung war. »Passagiere sicher, neunzehn«, rief er den Tower an. »Ist dieser verdammte Lift klar?«

Schweigen herrschte, während die Sekunden dahintropften.

Das Schiff zitterte. Ein leises Brausen, so gedämpft, daß es kaum zu hören war, dröhnte in Matts Kopf. Einen Augenblick lang kam er sich schwer vor. Dann verging das Gefühl, und gleich darauf wurde er kräftig gegen die Polster gedrückt.

Matt war erfreut festzustellen, daß drei g nicht schlimm waren, wenigstens nicht auf dem Rücken liegend. Die eineinhalb Minuten unter Antrieb dehnten sich; es gab nichts zu hören, nur das gedämpfte Dröhnen des Reaktors, nichts zu sehen, außer das Stück Himmel durch das Ausblickfenster des Piloten.

Aber der Himmel wurde immer dunkler. Er war

bereits purpurfarben und jetzt wurde er schwarz. Fasziniert sah er zu, wie die Sterne herauskamen.

»Bereithalten für freien Fall!« rief der Pilot, wobei er sich eines Verstärkers bediente. »Sie finden Spucktüten unter den Kissen. Wenn Sie sie brauchen, dann benutzen Sie sie. Ich habe keine Lust, es nachher vom Fenster zu kratzen.«

Matt tastete mit schweren Fingern unter seinem Kopf herum und fand die Tüte. Das Geräusch der Düse erstarb und damit auch der Schub, der sie gegen ihre Liegen gedrückt hatte. Der Pilot schwang sich aus seinem Sessel, schwebte plötzlich und sah sie an: »So, jetzt hört mal her Leute – wir haben sechs Minuten. Ihr könnt euch losschnallen, jeweils zwei zugleich, und raufkommen, um euch mal umzusehen. Aber damit eines klar ist: hübsch festhalten. Jeder, der frei herumschwebt, kriegt einen Minuspunkt.« Er deutete auf einen Jungen. »Sie da – und der nächste.«

Der ›nächste‹ war Matt. Sein Magen beklagte sich, und ihm war so speiübel, daß er das ihm angebotene Privileg eigentlich gar nicht ausnutzen wollte. Aber immerhin stand sein Image auf dem Spiel; er biß die Zähne zusammen, schluckte den Speichel hinunter, der ihm in den Mund floß, und schnallte sich ab.

Als er frei war, klammerte er sich an einen Riemen, der jetzt frei vor ihm schwebte, und versuchte, sich zu orientieren. Es war höchst verwirrend, kein Oben und kein Unten zu haben. Alles schien rings um ihn zu schwimmen – er hatte Mühe, scharf zu sehen. »Bißchen fix, dort vorne!« hörte er den Piloten rufen, »sonst nehm ich den nächsten dran.«

»Komm schon, Sir.«

»Festhalten – ich drehe das Schiff jetzt um.« Der

Pilot kuppelte seine Gyros aus und schaltete die kreiselnden Schwungräder ein. Das Schiff drehte sich langsam herum. Bis Matt sich nach vorne gearbeitet hatte, wobei er sich wie ein vorsichtiger, etwas ältlicher Affe bewegte, wies die Nase der Rakete bereits wieder zur Erde.

Matt starrte auf die Oberfläche des Planeten hinunter, die fast hundert Meilen unter ihnen lag und sich immer noch entfernte. Das Grün und das Braun schienen im Vergleich zu den weißen Wolken dunkel. Links und rechts konnte er den tintenblauen Himmel sehen, an dem die Sterne funkelten. »Das ist der Stützpunkt dort unten«, sagte der Pilot gerade. »Sehen Sie genau hin, dann können Sie vielleicht Hayworth Hall ausmachen, am Schatten.«

Matt schien das nicht ›dort unten‹, ihm schien es eher ›draußen‹ oder in gar keiner Richtung. Es war beunruhigend. »Dort drüben – sehen Sie es? – ist der Krater, wo einmal Denver lag. Und jetzt nach Süden – dieser braune Streifen dort ist Texas. Sie können den Golf dahinter sehen.«

»Sir –«, fragte Matt, »können wir von hier aus Des Moines sehen?«

»Das ist schwer auszumachen. Dort drüben – sehen Sie am Kaw River entlang, lassen Sie die Augen wandern, bis Sie den Missouri erreichen, und dann flußaufwärts. Dieser dunkle Fleck – das ist Omaha und Concil Bluffs. Des Moines liegt zwischen dort und dem Horizont.« Matt kniff die Augen zusammen und versuchte, seine Heimatstadt auszumachen. Er war nicht sicher – aber er sah jedenfalls, daß er über den Rand der Erde starrte, auf einen gebogenen Horizont; er sah die Erde tatsächlich als Kugel. »Das ist alles«, befahl der Pilot. »Zurück in Ihre Pritschen. Die nächsten zwei!«

Er war froh, sich wieder einen Gurt über den Leib schnallen zu können. Die restlichen vier Minuten dehnten sich endlos. Er begann sich damit abzufinden, daß er die Raumkrankheit wohl nie ganz überwinden würde. Schließlich jagte der Pilot die letzten zwei zurück, drehte die Schiffsdüse zur Erde und schrie: »Bereithalten für Schub – jetzt reiten wir auf dem Schwanz hinunter!«

Ein segensreiches Gefühl von Gewicht lastete plötzlich wieder auf ihm, und sein Magen hörte auf, sich zu beklagen. Die neunzig Sekunden der Bremsbeschleunigung kamen ihm länger vor; es machte ihn unruhig zu wissen, daß die Erde ihnen jetzt entgegenraste und er sie nicht sehen konnte. Aber ganz am Ende kam ein leichter Stoß, und sein Gewicht sank plötzlich wieder auf Normalmaß zurück. »Gelandet«, verkündete der Pilot, »und sogar in einem Stück. Sie können sich abschnallen, Sportsfreunde.«

Gleich darauf traf ein Lastwagen ein, eine Teleskopleiter fuhr zur Luke hinauf, und sie kletterten hinunter. Auf dem Weg zurück kamen sie an einem riesigen Traktor vorbei, der hinauskroch, um die Rakete abzuholen. Jemand streckte den Kopf aus dem Traktor heraus. »Hey, Harry – warum bist du denn nicht in Kansas gelandet?«

Der Pilot winkte zurück. »Sei froh, daß ich das nicht getan habe!«

Matt hatte bis zur Essenszeit frei – er beschloß, in den Beobachtungsgraben zurückzukehren; er wollte noch ein Schiff auf seinen Düsen landen sehen. Er hatte schon Flügellandungen kommerzieller Stratosphärenraketen gesehen, aber noch nie eine Düsenlandung.

Matt hatte gerade einen freien Platz im Graben gefunden, als sich ein Schrei erhob – ein Schiff kam herein.

Es war ein Feuerball, der am Himmel anwuchs, und dann eine Flammensäule, die vor ihm herunterschoß.

Die Flamme fegte über den Boden, balancierte wie ein Ballettänzer und erstarb.

Das Schiff war gelandet.

Er wandte sich dem Kandidaten, der neben ihm stand, zu. »Wie lange dauert's bis zum nächsten?«

»Die kommen alle fünf Minuten rein. Da.«

Im nächsten Augenblick ging eine grüne Rakete vom Kontrollturm hoch. Er sah sich um, versuchte, das Schiff auszumachen, das gleich starten würde, als ein weiterer Schrei ihn dazu veranlaßte, sich umzudrehen. Da war wieder ein Feuerball am Himmel und wuchs.

Unglaublicherweise erlosch er plötzlich. Matt stand wie gelähmt – da hörte er, wie jemand schrie: »Hinunter! Hinunter, alle! Flach hinlegen!« Ehe er sich aus seiner Benommenheit lösen konnte, hatte ihn jemand gepackt und zu Boden geworfen.

Eine scharfe Schockwelle erfaßte ihn, und dann war das Brüllen einer Explosion zu hören. Etwas riß ihm die Luft aus den Lungen.

Er setzte sich auf und sah sich um. Ein Kadett neben ihm spähte vorsichtig über die Brüstung. »Großmächtiger Allah!« hörte er ihn sagen.

»Was ist passiert?«

»Abgestürzt. Tot. Alle tot.« Der Kadett schien ihn

zum erstenmal wahrzunehmen. »Gehen Sie auf Ihr Quartier«, sagte er scharf.

»Wie ist es passiert?«

»Lassen Sie nur – jetzt ist nicht die Zeit für Sehenswürdigkeiten.« Der Kadett ging die Reihe entlang und sonderte die Zuschauer aus.

# 4
# Erster Appell

Matts Zimmer war leer, und das war eine Erleichterung. Er wollte Burke nicht sehen und auch sonst niemanden.

Er setzte sich hin und dachte nach.

Elf Leute – einfach so. Alle glücklich und aufgeregt und dann – *wumm!* – nicht genug übrig, daß man sie einäschern konnte. Plötzlich war er selbst wieder am Himmel – er riß sich gewaltsam von dem Gedanken los, zitterte.

Als eine Stunde vorbei war, hatte er den Entschluß gefaßt, daß die Friedenspatrouille nicht das Richtige für ihn war. Er hatte sie immer nur mit den strahlenden Illusionen eines Kindes gesehen – *Captain Jenks von der Raumpatrouille, Die jungen Raketenflieger,* und solches Zeug. Diese Bücher waren schon in Ordnung für Kinder –, aber er war nicht aus dem Stoff, aus dem man Helden macht, das mußte er zugeben.

Und sein Magen würde sich ohnehin nie an den freien Fall gewöhnen. Im Augenblick verkrampfte sich sein Magen schon, wenn er bloß daran dachte.

Bis Burke zurückkam, war er ruhig, und wenn schon nicht glücklich, so zumindest nicht unglücklich, weil er wieder Ruhe in seine Gedanken gebracht hatte.

Burke kam pfeifend ins Zimmer. Er blieb stehen, als er Matt sah. »Nun, Kleiner, immer noch da? Ich hatte schon gedacht, die würden dich heimschicken.«

»Nein.«

»Bist du nicht fallkrank geworden?«

»Doch.« Matt wartete und versuchte, sich zusammenzureißen. »Du nicht?«

Burke lachte glucksend. »Unwahrscheinlich. Schließlich bin ich kein Anfänger, Kleiner. Ich –«

»Nenn mich ›Matt‹.

»Okay, Matthew. Ich bin in den Raum geflogen, ehe ich gehen konnte. Mein Alter baut sie nämlich, weißt du.«

»Hab' ich nicht gewußt.«

»Sicher. ›Reactors Limited‹ – er ist Aufsichtsratsvorsitzender. Sag mal, hast du das Feuerwerk draußen gesehen?«

»Meinst du das Schiff, das abgestürzt ist?«

»Was denn sonst? Das war vielleicht 'ne Schau, wie?«

Matt spürte, wie es in ihm langsam zu kochen begann. »Willst du dich tatsächlich hinstellen und sagen«, meinte er ruhig, »daß du den Tod von elf Menschen als ›vielleicht 'ne Schau‹ ansiehst?«

Burke starrte ihn an. Dann lachte er. »Tut mir leid, alter Junge. Ich bitte um Entschuldigung. Aber es ist mir tatsächlich nicht in den Sinn gekommen, daß du das nicht wissen könntest.«

»Was nicht wissen könnte?«

»Aber das solltest du natürlich auch nicht. Ganz ruhig, mein Sohn – niemand ist getötet worden. Die haben dich reingelegt.«

»Was? Wovon redest du denn?«

Burke setzte sich hin und lachte, bis ihm die Tränen in den Augen standen. Matt packte ihn an der Schulter. »Hör jetzt auf damit und rede.«

Der andere Kandidat hörte zu lachen auf und blickte zu ihm auf. »Ehrlich, ich mag dich wirklich,

Dodson – du bist so der richtige Vetter vom Lande. Glaubst du auch noch an den Weihnachtsmann und den Storch?«

»Du sollst reden!«

»Hast du wirklich noch nicht kapiert, was die mit dir hier anstellen – seit du hier angetreten bist?«

»Was anstellen?«

»Nervenkrieg, Mann. Hast du nicht bemerkt, daß ein paar Tests zu leicht waren – zu leicht, um zu schummeln, meine ich? Als die dich über den Hang kippten, hast du da nicht bemerkt, daß sie dich zuerst einen Blick in den Abgrund tun ließen? Wo sie dich doch genauso gut hätten drinnen behalten können, wo es dir nichts ausgemacht hätte?«

Matt dachte darüber nach. Es war ein verlockendes Bild – er konnte sich gut vorstellen, wie einiges von dem, was er nicht begriffen hatte, zu einer solchen Theorie paßte.

»Weiter.«

»Oh, es ist kein übler Gag; die Schwächlinge schafft das beiseite und die Dummköpfe auch – die Leute, die so blöd sind, daß sie einfach der Aufforderung zum Schummeln nicht widerstehen können, ohne sich je träumen zu lassen, daß es eine Falle ist. Wirklich wirksam – ein Offizier der Patrouille muß clever sein, schnell denken und einen kühlen Kopf behalten. Das vermeidet, daß man an zweitrangige Typen Geld vergeudet.«

»Du hast mich gerade blöd genannt, und ich bin durchgekommen.«

»Natürlich, Kleiner, weil du ein reines Herz hast.« Er lachte wieder. »Und ich bin auch durchgekommen, aber einen Patrouillenmann wirst du nie abgeben,

Matt. Die haben andere Methoden, um die guten blöden Knaben loszuwerden. Du wirst es schon sehen.«

»Okay, dann bin ich eben blöd. Aber nenn mich nicht noch einmal Kleiner. Was hat das mit dem Schiff zu tun, das abgestürzt ist?«

»Ganz einfach. Die wollen all den Ballast loswerden, ehe sie uns vereidigen. Es gibt Kandidaten mit Mägen aus Gußeisen, denen die Tests nichts ausmachen. Also schicken sie ein Schiff unter Robotsteuerung hinauf – kein Pilot, keine Passagiere – und lassen es abstürzen, bloß um denen Angst zu machen, die sich sonst keine Angst machen lassen. Das ist verdammt billiger, als nur einen Kadetten auszubilden, wenn er sich am Ende nicht rentiert.«

»Woher weißt du das denn? Hast du irgendwelche Insider-Informationen?«

»In gewisser Weise schon. Das ist einfach eine logische Notwendigkeit – diese Schiffe *können* nicht abstürzen, wenn man sie nicht absichtlich abstürzen läßt. Das *weiß* ich, mein Alter baut sie.«

»Nun – vielleicht hast du recht.« Matt ließ das Thema fallen. Er war nicht zufrieden, hatte aber keine Grundlage für ein weiteres Argument. Von einem freilich überzeugte es ihn – mit oder ohne Raumkrankheit, komme, was da wolle, er würde so lange dabeibleiben wie Girard Burke und mindestens vierundzwanzig Stunden länger!

Beim Abendessen stand auf dem Tisch bereits eine Tafel mit den Nummer ›147,149,151,153‹. Es war Platz genug da, um alle Überlebenden unterzubringen.

Kadett Sabbatello musterte sie freundlich. »Gratuliere, meine Herren, daß Sie so weit gekommen sind. Da Sie heute abend vereidigt werden, werden Sie, wenn wir uns das nächstemal sehen, einen anderen Status besitzen.« Er grinste. »Also wollen wir unser letztes Mahl in Freiheit genießen.«

Obwohl Matt praktisch nicht gefrühstückt und nur sehr wenig zu Mittag gegessen hatte, brachte er kaum etwas hinunter. Girard Burkes Interpretation der Tests und was sie bedeuteten, bereitete ihm Unruhe. Er hatte immer noch vor, den Eid zu leisten, hatte aber das unangenehme Gefühl, daß er im Begriff war, ihn abzulegen, ohne zu wissen, was er eigentlich bedeutete – was die Friedenspatrouille wirklich war.

Als die Mahlzeit zuende war, folgte er einem plötzlichen Impuls und ging dem Kadetten, der ihren Tisch befehligte, nach. »Entschuldigen Sie, Mr. Sabbatello, könnte ich Sie kurz unter vier Augen sprechen?«

»Was? Freilich – kommen Sie mit.« Er führte Matt in sein Zimmer. Es war genauso ausgestattet wie das von Matt. »Also, was gibt's?«

»Ah – Mr. Sabbatello, dieser Absturz heute nachmittag: ist jemand dabei ›verletzt‹ worden?«

»Verletzt? Elf Leute sind dabei getötet worden. Nennen Sie das nicht ›verletzt‹?«

»Sind Sie auch sicher. Ist es nicht möglich, daß es sich um ein Robotschiff handelte und niemand drinnen war?«

»Möglich schon, aber das ist nicht der Fall. Ich wünschte, es wäre so gewesen – der Pilot war ein Freund von mir.«

»Oh – das tut mir leid. Aber ich mußte es ganz sicher wissen. Wissen Sie, das ist sehr wichtig für mich.«

»Warum?«

Matt schilderte ihm Burkes Version, ohne dabei dessen Namen zu nennen. Während er sprach, zeigte Sabbatello immer mehr Ärger. »Ich verstehe«, meinte er, als Matt schließlich fertig war. »Es ist richtig, daß einige Tests mehr psychologischer als faktischer Natur sind. Aber dieser Absturz – wer hat Ihnen diesen Unsinn verzapft?«

Matt sagte nichts.

»Schon gut. Sie können Ihren Informanten schützen – auf lange Sicht macht das nichts aus. Aber was den Absturz angeht …«, er überlegte. »Ich würde Ihnen mein Ehrenwort geben – das tue ich übrigens auch – aber, wenn Sie die Hypothese glauben, die Ihr Freund Ihnen dargelegt hat, dann werden Sie nicht sehr viel davon halten.« Er dachte einen Augenblick nach. »Sind Sie Katholik?«

»Ich, nein, Sir.« Matt war etwas beunruhigt.

»Ist auch nicht wichtig. Wissen Sie, wer die heilige Barbara ist?«

»Nicht genau.«

»Sie war eine Heilige im dritten Jahrhundert. Worauf es ankommt, ist, daß sie die Schutzpatronin aller ist, die mit Explosivstoffen zu tun haben, Raketenleute eingeschlossen.« Er hielt inne.

»Falls Sie in die Kapelle gehen, werden Sie feststellen, daß eine Messe angesetzt ist, in der die heilige Barbara um Fürsprache für die Seelen der Männer gebeten wird, die heute nachmittag gestorben sind. Ich glaube, Sie werden mir einräumen, daß kein Priester sich für einen solchen Trick hergeben würde, wie Ihr Freund behauptet.«

Matt nickte ernst. »Ich verstehe, Sir. Ich brauche nicht in die Kapelle zu gehen – ich habe erfahren, was ich wissen mußte.«

»Schön. Dann sollten Sie sich jetzt besser beeilen. Es wäre peinlich, wenn Sie zu Ihrer eigenen Vereidigung zu spät kämen.«

Der Appell war für einundzwanzig Uhr im Auditorium angesetzt. Matt war einer der ersten, die sich einfanden, frisch geschrubbt und mit einem frischen Overall bekleidet.

Ein Kadett nahm seinen Namen auf und sagte ihm, wo er warten solle. Sämtliche Stühle waren aus der Halle geschafft worden. Über der Bühne am anderen Ende konnte man die drei ineinander verschlungenen Kreise der Föderation sehen – Freiheit, Frieden und Gesetz symbolisierten sie. Und darunter prangte das Emblem der Patrouille selbst, ein Stern in der Nacht.

Tex erschien als einer der letzten. Er begrüßte Matt atemlos, als ein Kadett von der Rednertribüne laut »Achtung« rief.

»Versammeln Sie sich auf der linken Seite der Halle«, fuhr er fort. Die Kandidaten bildeten eine dichtgedrängte Gruppe. »Bleiben Sie bis zum Appell dort, wo Sie jetzt stehen. Wenn Ihr Name aufgerufen wird, melden Sie sich mit ›Hier!‹ und gehen dann auf die andere Seite. Sie finden dort weiße Führungslinien auf dem Boden. Schließen Sie jetzt auf.«

Ein anderer Kadett stieg von der Bühne und ging auf die Jungen zu.

Er blieb stehen, nahm einen von vier Papierstreifen, die er in der Hand hielt, fixierte Tex. »Sie, Mister«, sagte er. »Nehmen Sie das.«

Jarman nahm den Zettel, sah den Kadetten aber verblüfft an.

»Wozu?«

»Sie melden sich nicht nur, wenn man Ihren Namen aufruft, sondern auch, wenn dieser hier gerufen wird. Sie treten vor und sagen: ›Ich sprech für ihn!‹«

Tex sah den Zettel an. Matt las darauf: »John Martin.«

»Aber warum?« wollte Tex wissen.

Der Kadett sah ihn an. »Das wissen Sie wirklich nicht?«

»Keine Ahnung.«

»Hm! Nun, da der Name Ihnen nichts sagt, stellen Sie sich einfach vor, es wäre ein Klassenkollege von Ihnen, der heute nicht persönlich anwesend sein kann. Sie melden sich also für ihn, damit die Musterung vollständig ist. Ist das klar?«

»Ja, Sir, mache ich.«

Der Kadett ging weiter.

Tex wandte sich Matt zu. »Hast du 'ne Ahnung, was das soll?«

»Nee.«

»Ich auch nicht. Nun, wir werden's ja wahrscheinlich erfahren.«

Der Kadett auf der Bühne trat nach links. »Ruhe!« befahl er. »Der Kommandant!«

Von hinten betraten zwei Männer in schwarzen Uniformen den Saal. Der Jüngere von beiden ging so, daß sein Ärmel den Ellbogen des Älteren berührte. Sie traten in die Mitte der Plattform; dann blieb der Jüngere stehen. Der Ältere tat es ihm sofort gleich, worauf der Adjutant sich zurückzog. Der Kommandant der Akademie stand da und blickte auf die neue Klasse hinunter.

Oder besser gesagt, er stand so, daß er sein Gesicht der Mitte der Halle zuwandte. So stand er ein paar

Augenblicke da, bis jemand hustete, worauf er sich der Gruppe zuwandte.

Als Matt ihn sah, erinnerte er sich an Kadett Sabbatellos Einwand: »Nicht *blind*, Mr. Dodson!«

Commodore Arkwrights Augen sahen seltsam aus: er hatte tiefe Augenhöhlen, und seine Lider waren geschlossen, als wäre er tief in Gedanken versunken. Und doch schien es Matt, als ruhte dieser blinde Blick auf ihm, als könnte der Kommandant nicht nur ihn sehen, sondern sogar in seinen Kopf hineinblicken.

Dann sprach der Kommandant. »Kandidaten, ich begrüße Sie in unserer Gemeinschaft. Sie kommen aus vielen Ländern, manche sogar von anderen Planeten. Sie sind von verschiedener Hautfarbe und Religion. Und doch werden und müssen Sie eine Schar von Brüdern werden.

Einige von Ihnen haben Heimweh. Aber das brauchen Sie nicht. Von diesem Tag an ist jeder Teil dieser Planetenfamilie Ihr Zuhause, jeder Ort in gleicher Weise. Jedes intelligente Geschöpf in diesem Sonnensystem ist Ihr Nachbar – und Sie tragen die Verantwortung dafür.

Sie sind jetzt im Begriffe, aus freien Stücken einen Eid abzulegen und damit ein Mitglied der Sicherheitspatrouille dieses unseres Systems zu werden. Später beabsichtigen Sie, Offizier dieser Patrouille zu werden. Es ist notwendig, daß Sie begreifen, welche Last Sie auf sich nehmen. Sie rechnen damit, viele Stunden verbringen zu müssen, um Ihren neuen Beruf zu erlernen, um die Fertigkeiten eines Astronauten und gleichzeitig die des Berufssoldaten zu erwerben. All diese Fertigkeiten benötigen Sie, aber auch das wird

Sie noch nicht zu einem Offizier der Patrouille machen.«

Er machte eine kurze Pause und fuhr dann fort. »Ein Offizier, der das Kommando über ein Schiff der Patrouille auf Einsatz führt, ist der letzte absolute Monarch, den es gibt. Denn draußen im Weltall ist er ganz auf sich alleine gestellt. Er muß an viele Orte gehen, wo es keine andere Autorität gibt als die seine. Er selbst muß das Gesetz verkörpern, und die Herrschaft der Vernunft, der Gerechtigkeit und der Gnade.

Und mehr noch als das – der Patrouille ist solch ungeheure Macht anvertraut, daß sie imstande ist, jede andere Macht, die wir kennen, damit zu vernichten.

Mit diesem Vertrauen wird Ihnen die Pflicht auferlegt, den Frieden im Sonnensystem zu schützen und die Freiheit seiner Völker zu bewahren. Sie sind Soldaten der Freiheit.

Es reicht nicht, daß Sie geschickt, klug und tapfer sind – die Verwalter dieser schrecklichen Macht müssen, jeder einzelne, ein ausgeprägtes Gefühl für Ehre und eine Selbstdisziplin haben, die über jeden Ehrgeiz, jede Habgier hinausgeht, müssen die Freiheiten und die Würde aller Kreaturen respektieren und den unbeugsamen Willen empfinden, Gerechtigkeit und Gnade zu erweisen. Jedes Mitglied dieser Patrouille muß ein wahrer und echter Ritter sein.«

Er hielt inne, und in der ganzen riesigen Halle war kein Laut zu hören. Und dann sagte er: »Verlesen Sie jetzt die Anwesenheitsliste.«

Der Kadett, der als Adjutant fungiert hatte, trat vor.

»Adams!«

»Äh – hier, Sir!« Ein Kandidat trat vor.

»Akbar!«

»Hier!«

»Alvarado –«

»Anderson, Peter –«

»Anderson, John –«

Und so ging es immer weiter, bis ›Dodds‹ kam und dann ›Dodson!‹

»Hier!« schrie Matt.

Seine Stimme schlug dabei über, aber niemand lachte.

Er eilte auf die andere Seite, fand einen Platz und wartete aufgeregt. Die Musterung ging weiter.

»Eisenhower – Ericsson –« Bald waren fast alle Jungen auf der rechten Seite versammelt. Schließlich kam »Zahm!« Der letzte Kandidat schloß sich seinen Kollegen an.

Aber der Kadett blickte nicht auf. »Dahlquist!« rief er.

Keine Antwort.

»Dahlquist«, wiederholte er. »Ezra Dahlquist!«

Matt spürte, wie seine Nackenhaare sich sträubten. Jetzt erkannte er den Namen – aber Dahlquist war nicht da, nicht Ezra Dahlquist.

Matt war sich dessen sicher, denn er erinnerte sich an eine Nische in der Eingangshalle, einen jungen Mann auf einem Bild und den grell leuchtenden Sand des Mondes.

Hinter ihm regte sich etwas in den Reihen. Ein Kandidat schob sich vor und trat vor die anderen.

»Ich spreche für Ezra Dahlquist!«

»Martin!«

Diesmal brauchten sie nicht zu warten. Er hörte Tex' Stimme: »Ich spreche für ihn.«

»Rivera.« Ein kräftiger Bariton: »Ich spreche für Rivera!«

»Wheeler!«

»Ich spreche für Wheeler.«

Der Kandidat wandte sich dem Kommandanten zu und salutierte.

»Alle anwesend, Sir. Klasse von 2075 – erste Musterung abgeschlossen!«

Der Mann in Schwarz erwiderte den Gruß.

»Sehr gut, Sir. Dann wollen wir jetzt den Eid ablegen.« Er trat, geleitet von dem Kadetten, an die Vorderkante der Plattform. »Heben Sie die rechte Hand.«

Und dann hob er selbst den rechten Arm. »Sprechen Sie mir nach: ›Aus freiem Willen und ohne Einschränkung‹ – «

»Aus freiem Willen und ohne Einschränkung –«

»Schwöre ich, den Frieden des Sonnensystems zu erhalten –«

Der Chor sprach ihm nach.

»– die gesetzlichen Freiheiten seiner Bewohner zu schützen – die Verfassung der Sonnenföderation zu verteidigen – meine Pflichten zu erfüllen – und den gesetzmäßigen Befehlen meiner Vorgesetzten zu gehorchen. Diesem Ziel ordne ich alle anderen Verpflichtungen unter und sage mich von allem los, was in Widerspruch dazu stehen könnte. Dies versichere ich feierlich bei allem, was mir heilig ist.«

»So wahr mir Gott helfe«, schloß der Kommandant. Matt sprach ihm nach, aber rings um ihn kam die Reaktion in einem Dutzend verschiedener Sprachen und einem Dutzend verschiedener Formen.

Der Kommandant wandte sich dem Kadetten zu

seiner Linken zu. »Lassen Sie wegtreten, Sir.«

»Aye, aye, Sir«. Der Kadett hob seine Stimme. »Nach dem Kommando ›Wegtreten‹ machen Sie rechtsum kehrt und marschieren hinaus. Behalten Sie Ihre Formation, bis Sie vor der Türe sind!«

Als er den Befehl gesprochen hatte, schwoll die Musik an und erfüllte die Halle. Die neuen Kadetten marschierten zu den Klängen der Hymne der Friedenspatrouille, *Die Lange Wache,* hinaus. Die Musik erklang, bis der letzte den Raum verlassen hatte, und verstummte dann.

Der Kommandant wartete, bis die jungen Kadetten hinausgegangen waren, und drehte sich dann um. Sein Adjutant trat wieder neben ihn, worauf der diensthabende Kadettenadjutant sich entfernte. Commodore Arkwright rief dem Kadetten nach: »Mr. Barnes.«

»Ja, Sir?«

»Sind Sie bereit, Ihr Offizierspatent entgegenzunehmen?«

»Äh – ich glaube nicht, Sir. Nicht ganz.«

»So? Nun, besuchen Sie mich bald einmal.«

»Ja, Sir. Danke.«

Der Commodore drehte sich um und ging schnell auf den Bühneneingang zu, wobei der Ärmel seines Adjutanten gegen den seinen strich. »Nun, John,« fragte der Ältere, »was hatten Sie für einen Eindruck?«

»Großartige Kerle, Sir.«

»Das Gefühl hatte ich auch. Voll großer Erwartung. Wie viele werden wohl ausscheiden müssen? Es tut einem weh, John, einen jungen Mann zu nehmen und ihn so zu verändern, daß er kein Zivilist mehr ist und ihn dann rauszuwerfen. Das ist das Grausamste an unserer Pflicht.«

»Ich wüßte nicht, wie wir es vermeiden könnten.«

»Ich weiß schon. Ja, wenn wir einen Zauberstab hätten – sagen Sie draußen Bescheid, daß ich in dreißig Minuten starten möchte, Sir.«

»Aye, aye, Sir.«

# 5
# In den Weltraum

Die Akademie der Friedenspatrouille mag vielleicht keine mit Efeu überwachsene Gebäude und von mächtigen Bäumen beschattete Promenaden besitzen, aber Platz hat sie genug. Überall in der Föderation gibt es Kadetten, auf Schiffen, die die Venus umkreisen, oder die verbrannte Erde des Merkur kartographisch erfassen, bis zu Schiffen auf Streifendienst bei den Jupitermonden.

Selbst auf jahrelangen Forschungsflügen zu den eisigen Randbezirken des Sonnensystems reisen Kadetten mit – und werden zu Offizieren ernannt, wenn ihre Kapitäne glauben, daß sie dafür bereit sind, ohne daß sie auf die Rückkehr zu warten brauchten.

Für die Öffentlichkeit repräsentiert das Schulschiff P.R.S. *James Randolph* die Akademie, aber in Wirklichkeit ist jede Kadettenmesse in jedem Schiff der Friedenspatrouille Teil der Akademie. Ein Jungkadett wird auf die *Randolph* versetzt, sobald er vereidigt ist, und bleibt mit diesem Schiff verbunden, bis er als regulärer Kadett seinen ersten Auftrag auf einem Schiff der Patrouille erhält. Seine Ausbildung dauert an, und zu gegebener Zeit wird er wieder zurückversetzt, dorthin, wo er angefangen hat, nach Hayworth Hall, um den letzten Schliff zu bekommen.

Auch ein Seniorkadett, der formal Hayworth Hall zugewiesen ist, braucht sich nicht notwendigerweise dort aufzuhalten. Vielleicht tut er in den Strahlungslabors der Oxford-Universität Dienst oder studiert an der Sorbonne interplanetarisches Recht oder hält sich gar auf der Venus am Institut für Systemstudien auf. Wo auch immer er sein mag – und es gibt keine zwei Kadetten, die denselben Ausbildungsgang durchlaufen –, die Akademie trägt immer die Verantwortung für ihn, bis er sein Patent erhält – *falls* es je dazu kommt.

Wie lange das dauert, hängt von dem Kadetten ab. Der brillante junge Hartstone, der auf der ersten Expedition zum Pluto starb, wurde weniger als ein Jahr, nachdem er in Hayworth Hall eintrat, befördert. Aber es ist nicht ungewöhnlich, Seniorkadetten auf der Erdbasis vorzufinden, die fünf oder mehr Jahre Kadetten gewesen sind.

Kadett Matthew Dodson bewunderte sich im Spiegel seiner Badezelle. Er hatte die hellgraue Kadettenuniform am Abend vorgefunden, als er von der Musterung zurückkehrte. Daneben hatte ein kleines Büchlein mit den Dienstvorschriften gelegen, das seinen Namen trug, und an dem ein neuer Dienstplan hing. Und der Dienstplan hatte folgendermaßen begonnen.

»1. Ihre erste Pflicht als Kadett besteht darin, die beigefügte Dienstordnung sofort zu lesen. In Zukunft sind Sie für die Erfüllung dieser Vorschriften voll verantwortlich.«

Er hatte das Ganze noch vor dem Zapfenstreich gelesen, bis ihm der Kopf davon schwirrte: »Ein Kadett ist ein Offizier im beschränkten Sinne.« – »Daß Sie sich den Umständen angemessen verhalten« – »entsprechend den ortsüblichen Sitten, die Vorrang vor den Gewohnheiten der Patrouille haben, sofern erstere nicht mit einem Föderationsgesetz oder Vorschriften der Patrouille im Widerspruch stehen.« – »Die Verantwortung dafür, die Gesetzmäßigkeit des Befehls zu beurteilen, liegt ebenso bei der Person, welcher der Befehl erteilt ist, wie der Person, welche den Befehl erteilt.« – »Umstände, für die keine Gesetze oder Vorschriften vorliegen, müssen von dem Betroffenen im Sinne der lebendigen Tradition der Patrouille entschieden werden.« – »Die Kadetten haben sich glatt zu rasieren und dürfen ihr Haar nicht länger als zwei Zoll tragen.«

Zu seiner Beruhigung begriff er zumindest den letzten Satz.

Er stand am nächsten Morgen schon vor dem Wecken auf, rannte in die Badekabine, rasierte sich hastig – unnötigerweise – und legte seine Uniform an.

Sie saß gut; er hatte freilich den Eindruck, als säße sie perfekt, als wäre der Schnitt einzigartig. Tatsächlich fehlte der Uniform jeder Chic, jegliche schmückenden Litzen und Borten – aber Matt fand sich, wie gesagt, wunderbar.

Burke klopfte an die Badetür. »Bist du dort drinnen eingeschlafen?« Er streckte den Kopf hinein. »Oh – Klasse, Kleiner, wie du aussiehst. Aber wie wär's, wenn du mich mal reinließest, Herrchen?«

»Komme schon.« Matt hielt sich noch eine Weile im Zimmer auf, schob sich dann die Dienstvorschrift, von Ungeduld übermannt, in die Uniformtasche (Vorschrift Nr. 383) und ging in die Kantine. Er kam sich vor, als wäre er mindestens zwei Meter groß. In der Kantine angelangt, nahm er als einer der ersten am Tisch Platz. Jetzt kamen eine Anzahl weiterer Kadetten; Kadett Sabbatello war einer der letzten.

Sabbatello sah sich am Tisch um. »Achtung«, schrie er. »Alles aufstehen.«

Matt sprang mit den übrigen auf. Sabbatello setzte sich. »Von jetzt an, meine Herren, sollten Sie es sich zur Regel machen, zu warten, bis alle Vorgesetzten Platz genommen haben. Bitte, Platz nehmen.« Sabbatello studierte die Knöpfe vor sich, tätigte seine Bestellung und blickte auf. Die anderen hatten inzwischen ihre Mahlzeit fortgesetzt. Er schlug scharf auf den Tisch. »Ruhe bitte, meine Herren. Sie müssen sich noch an einiges gewöhnen. Je früher Sie das tun, desto glücklicher werden Sie sein. Mr. Dodson – Sie sollen Ihren Toast nicht eintunken; Sie bekleckern sich damit die Uniform. Und das«, fuhr er fort, »bringt mich auf das Thema Tischmanieren –«

Als Matt auf seine Stube zurückkehrte, kam er sich wieder ziemlich klein vor.

Er ging bei Tex vorbei und sah, daß der in seiner Dienstvorschrift blätterte. »Hallo, Matt. Sag mal – steht in dieser Bibel irgend etwas, daß Mr. Dynkowski das Recht hätte, mir den Befehl zu erteilen, meinen Kaffee nicht zu blasen?«

»Ich sehe schon, die haben dich auch fertiggemacht. Was war denn?«

Jarmans Gesicht legte sich in Falten. »Nun, ich hatte angefangen, Dynkowski für einen hilfsbereiten, netten Burschen zu halten. Aber heute morgen fing er beim Frühstück plötzlich an, indem er mich fragte, wie ich es eigentlich fertig brächte, soviel Übergewicht mit mir herumzuschleppen.« Tex blickte an sich herunter; Matt stellte überrascht fest, daß Tex in Kadettenuniform tatsächlich etwas untersetzt wirkte.

»Wir Jarmans sind alle etwas stattlich«, fuhr Tex

fort. »Er sollte einmal meinen Onkel Bodie sehen. Dann –«

»Schon gut«, sagte Matt. »Ich kann mir schon vorstellen, wie es weitergegangen ist.«

»Nun, ich denke, ich hätte meine Nerven behalten sollen.«

»Wahrscheinlich.« Matt blätterte in dem Buch herum. »Vielleicht hilft dir das. Hier steht, daß du im Zweifelsfalle darauf bestehen kannst, daß der den Befehl erteilende Offizier diesen schriftlich einreicht und seinen Daumenabdruck daruntersetzt.«

»Steht das wirklich da?« Tex riß ihm das Buch weg. »Das ist gut! – Denn Zweifel habe ich ganz bestimmt. Junge, das Gesicht möchte ich sehen, wenn ich ihm das sage.«

»Das würde ich auch gerne«, nickte Matt. »Wie fliegst du denn rauf, Tex?« Der Truppentransporter *Simon Bolivar* lag gerade auf dem Santa Barbara Flughafen, wo er ein Bataillon Raummarineinfantristen abgeladen hatte; aber die *Bolivar* würde nur etwa die Hälfte der neuen Klasse befördern können. Die übrigen sollten mit dem öffentlichen Space Shuttle vom Pike's Peak Startkatapult zur Terra-Raumstation fliegen und würden von dort zur *James Randolph,* dem Schulschiff der Akademie, übersetzen.

»Mit der *Bolivar«,* antwortete Tex. »Und du?«

»Ich auch. Ich würde gerne die Terra-Station sehen, aber eigentlich bin ich froh, daß wir mit einem Schiff der Patrouille fliegen. Was nimmst du mit?«

Tex holte sein Gepäck heraus und musterte es. »Das ist ein Problem. Ich habe hier ungefähr fünfundzwanzig Kilo. Meinst du, daß zehn Kilo draus werden, wenn ich es richtig klein verpacke?«

»Eine interessante Theorie«, sagte Matt. »Sehen wir es uns einmal an – du mußt fünfzehn Kilo Übergewicht loswerden.«

Jarman breitete seine Sachen auf dem Boden aus. »Nun«, erklärte Matt sofort, »all die Fotos brauchst du ja nicht.«

Er deutete auf ein Dutzend großer Stereoaufnahmen, von denen jede etwa ein halbes Kilo wog.

Tex sah ihn erschrocken an. »Meinen Harem zurücklassen?« Er nahm eine der Aufnahmen. »Das ist die netteste Rothaarige im ganzen Rio-Grande-Tal.« Er griff nach dem nächsten Foto. »Und Smitty – nein, Smitty muß ich einfach mitnehmen. Sie hält mich für herrlich.«

»Würde sie das nicht auch tun, wenn du ihr Bild daläßt?«

»Oh, natürlich, aber sehr galant wäre das nicht.« Er überlegte. »Ich weiß einen Ausweg – ich laß meinen Knüppel da.«

»Deinen Knüppel?« fragte Matt, der keinen Gegenstand sah, auf den diese Beschreibung gepaßt hätte.

»Den Knüppel, mit dem ich immer die kleinen Mädchen verjagt habe, wenn sie mir zu lästig wurden.«

»Oh, vielleicht sagst du mir eines Tages einmal, wie du das machst. Ja, laß deinen Knüppel da; auf der *Randolph* gibt es keine Mädchen.«

»Ist das gut?« wollte Tex wissen.

»Da will ich mich jetzt nicht festlegen.« Matt sah den Haufen an. »Weißt du, was ich dir vorschlagen möchte? Laß dir doch die Fotos mikroverfilmen. Den Rest kannst du an die Katzen verfüttern.«

»Du hast leicht reden.«

»Ich habe doch dasselbe Problem.« Er ging auf sein Zimmer.

Die Klasse hatte den Tag frei, um sich auf die Abreise vorzubereiten. Matt breitete seine Besitztümer aus, um seine Auswahl zu treffen. Seine Zivilkleider würde er natürlich nach Hause schicken. Und sein Telefon auch; schließlich funktionierte es nur in etwa fünfzig Kilometer Umkreis von der nächsten Relaisstation.

Er machte sich eine Notiz, noch einmal zu Hause anzurufen, ehe er alles verpackte. Und dann noch einen Anruf, beschloß er; er war fest entschlossen, in seinem neuen Leben keine Zeit an Mädchen zu verschwenden, aber die Höflichkeit verlangte immerhin, daß er sich verabschiedete. Und das tat er.

Ein paar Minuten später legte er das Gerät weg und stellte zu seiner eigenen Überraschung fest, daß er offenbar versprochen hatte, regelmäßig zu schreiben.

Dann rief er zu Hause an und sprach mit seinen Eltern und seinem kleinen Bruder und legte den Apparat zu den anderen Sachen, die er verpacken wollte. Dann kratzte er sich am Kopf und versuchte, eine Entscheidung über die restlichen Gegenstände zu treffen, als Burke hereinkam. Er grinste. »Du versuchst wohl, dein Übergepäck loszuwerden?«

»Wird mir schon was einfallen.«

»Du brauchst das Zeug doch nicht hier zu lassen, das weißt du doch.«

»Was?«

»Schick es zur Terrastation und miete dir dort ein Gepäckabteil. Wenn du dann Stationsurlaub hast, kannst du mitbringen, was du brauchst. Notfalls kannst du es an Bord schmuggeln.«

Matt sagte nichts, und so meinte Burke: »Was ist denn, willst wohl den Heiligen spielen?«

»Nein. Aber ich habe kein Gepäckabteil auf der Terrastation.«

»Nun, wenn du zu geizig bist, um dir eines zu mieten, dann kannst du das Zeug ja in meines tun. Ich tu dir einen Gefallen, dann tust du mir auch einen.«

»Nein, danke.« Er überlegte, ob er einige Dinge postlagernd auf die Terrastation schicken sollte, tat den Gedanken dann aber wieder ab – das Porto war zu teuer. Also sortierte er weiter. Seine Kamera würde er behalten, aber das Mikroskop und seine Schachfiguren würden dranglauben müssen. Schließlich hatte er die Liste auf zehn Kilo zusammengestrichen – hoffte er. Er ging zum Wiegen.

Wecken und Frühstücken waren am nächsten Tag eine Stunde früher angesetzt. Kurz nach dem Frühstück erscholl der Befehl zum Appell durch Hayworth Hall. Matt nahm seine Tasche und eilte in den unteren Korridor. Er schob sich durch eine Gruppe aufgeregter junger Kadetten und fand schließlich die Stelle, an der er sich einfinden mußte.

Der Appell fand nach Gruppen statt, und Matt stellte fest, daß er plötzlich provisorischer Gruppenführer war, da sein Name in alphabetischer Reihenfolge an erster Stelle stand. Man hatte ihm eine Liste gegeben; er griff nach seiner Tasche und hatte einen schrecklichen Augenblick lang das Gefühl, er hätte sie in seinem Zimmer gelassen, ehe er sie ertastete.

»Dodsworth!«

»Hier.«

»Dunstan.«

»Hier.«

Er arbeitete sich immer noch über Frankel, Freund und Funston weiter, als der Seniorkadett, der den ganzen Korridor übernommen hatte, ihm zurief, er solle Meldung machen. Er hastete durch den Rest der Liste, machte kehrt und salutierte. »Gruppe neunzehn – vollständig zur Stelle!«

Jemand kicherte, und Matt erkannte plötzlich, daß er den Pfadfindergruß gebraucht hatte, statt dem lockeren, offenhändigen Gruß der Patrouille. Er wurde knallrot.

Eine metallische Verstärkerstimme rief: »Alle Deckpartien melden.« Darauf rief der Senior in Matts Korridor: »Drittes Deck vollständig zur Stelle.« Als alle Meldungen eingegangen waren, herrschte einen Augenblick lang Schweigen, lang genug für Matt, um das prickelnde Gefühl auszukosten, was jetzt wohl kommen würde. Würden sie es tun? Es kam; die Stimme über den Lautsprecher rief: »Dahlquist?«

Eine andere Stimme – ebenfalls über Lautsprecher zu hören – antwortete: »Ich spreche für ihn.«

So ging das weiter, bis die vier aufgerufen waren, worauf die erste Stimme feststellte: »Alle zugegen, Sir.«

»Schiff besetzen.«

Sie betraten ein Laufband, das sie in einen großen unterirdischen Saal brachte, der sogar unter dem Santa Barbara Flugplatz lag. Acht große Lifts waren an den Wänden verteilt. Matt zwängte sich mit seiner Gruppe in eine der Kabinen und fuhr nach oben. Die Kabine fuhr viel höher als beim letzten Mal – aber damals hatten sie nur eine Übungsrakete bestiegen. Jetzt sah Matt, daß der Lift an der mächtigen Schiffswand der *Bolivar* entlangglitt.

Dann kamen sie endlich zum Stillstand. Sie gingen über eine Zugbrücke ins Raumschiff. Hinter der Schleuse stand ein Sergeant von der Marineinfanterie, der ununterbrochen schnarrte: »Siebtes Deck! Die Luke hinunter zum Deck, aber fix!« Er wies auf die Luke, in der eine schmale, senkrechte Stahlleiter befestigt war.

Matt griff nach seiner Tasche und ließ sich in die Luke sinken, wobei er sich beeilte, damit ihm niemand auf die Finger trat. Zuerst zählte er die Decks, verlor dann aber die Orientierung. Zum Glück war an jedem Deck jemand, der es ausrief, und so verließ er die Leiter, als er »Drittes Deck!« hörte.

Er befand sich jetzt in einem weitläufigen, zylinderförmigen Abteil, dessen Boden mit Schaumgummi bedeckt war. Das ganze Abteil war in eine Art Zellen, jede etwa zwei Meter lang und einen Meter breit, aufgeteilt, die mit Sicherheitsgurten ausgerüstet waren.

Matt fand einen freien Platz, setzte sich und wartete. Dann kamen schließlich keine Kadetten mehr herein. Der Raum war voll besetzt. Ein Unteroffizier rief: »Alles hinsetzen – jeder in eine Sektion.« Dann zählte er sie und stellte fest, daß alle Sektionen besetzt waren.

Ein Lautsprecher warnte: »Alles fertigmachen zum Start!« Der Unteroffizier befahl ihnen, sich anzuschnallen und blieb stehen, bis alle dem Befehl nachgekommen waren. Dann legte auch er sich hin, hielt sich an zwei Handgriffen fest und meldete, daß Deck 3 startbereit sei.

»Alles fertig zum Start!« hallte es aus dem Lautsprecher.

Matt spürte, wie er in die Polster gedrückt wurde.

Terra-Raumstation und das Schulschiff *Randolph* liegen auf einer kreisförmigen Bahn 35000 Kilometer über der Erdoberfläche, wo sie die Erde in genau vierundzwanzig Stunden umkreisen, der natürlichen Umlaufzeit für einen Körper in dieser Distanz.

Da die Erdrotation genau ihrer Umlaufzeit entspricht, befinden sie sich stets über einer Seite der Erde – dem neunzigsten Meridian westlicher Breite, um es genau zu sagen. Ihr Orbit liegt in der Ekliptik, der Ebene der Erdumlaufbahn um die Sonne, und nicht in der Ebene des Erdäquators. Das führt dazu, daß sie jeden Tag von der Erde aus gesehen, nach Norden und Süden ausschwenkt. Wenn es im Mittleren Westen Mittag ist, liegen Terra-Station und die *Randolph* über dem Golf von Mexiko; um Mitternacht liegen sie über dem Südpazifik.

Der Staat Colorado bewegt sich mit etwa 1330 Stundenkilometern in östlicher Richtung. Terra-Station und die *Randolph* bewegen sich ebenfalls in östlicher Richtung und zwar mit gut 11000 Stundenkilometern, drei Kilometer in der Sekunde, wenn man es ganz genau haben will. Der Pilot der *Bolivar* mußte mit genau angepaßtem Kurs und ebenso genau angepaßter Geschwindigkeit bei der *Randolph* eintreffen. Dazu mußte er sein Schiff von unserem schweren Planeten losreißen und es in einen elliptischen Orbit werfen, der tangential zur kreisförmigen Bahn der *Randolph* verlief, wobei die Tangente so exakt plaziert sein mußte, daß die beiden Schiffe, war die Geschwindigkeit angepaßt, im Verhältnis zueinander bewegungslos im Raum lagen, wenn sie auch mit drei Kilometern pro Sekunde dahinjagten. Dieses letztgenannte Manöver war nicht ganz so leicht, wie mit einem

Hubschrauber über einer Landeplattform niederzugehen, da die beiden Geschwindigkeiten, wenn sie einander nicht angepaßt waren, um 4800 Stundenkilometer voneinander abwichen.

Die Reise der *Bolivar* von Colorado zur *Randolph* und alle anderen Probleme des Reisens zwischen den Planeten unterliegen präzisen und eleganten mathematischen Lösungen, die von vier Gesetzen beherrscht werden, die der geheiligte, geistesabwesende Sir Isaac Newton beinahe vier Jahrhunderte vor diesem Flug der *Bolivar* formulierte – die drei Bewegungsgesetze und das Gesetz der Schwerkraft. Diese Gesetze sind einfach. Ihre Anwendung im Weltraum – um von dem Punkt, an dem man sich gerade befindet, zu jenem zu kommen, wo man sein möchte, zum korrekten Zeitpunkt mit dem korrekten Kurs und der korrekten Geschwindigkeit – ist ein Alptraum komplizierter, schwieriger Kalkulation.

Das Gewicht, das Matt in die Polster drückte, betrug vier g – Matt wog beinahe dreihundert Kilo. Er lag da und atmete schwer, während das Schiff sich seinen Weg durch die dicke ›Luftsuppe‹ ins freie Weltall bahnte. Das schwere Gewicht hielt die Kadetten fest, während die *Bolivar* eine Geschwindigkeit von ca. 9,5 Kilometer pro Sekunde und eine Höhe von 1400 Kilometern erreichte.

Nach etwa fünf Minuten wurde der Antrieb ausgeschaltet. Matt hob den Kopf; das plötzliche Schweigen hallte in seinen Ohren. Der Unteroffizier sah sofort, daß Matt und ein paar andere sich bewegt hatten. Er schrie: »Bleiben Sie, wo Sie sind.«

Matt entspannte sich. Sie befanden sich im freien Fall, waren gewichtslos, obwohl die *Bolivar* sich mit mehr als 32000 Stundenkilometern von der Erde entfernte. Jeder Himmelskörper – ob Schiff, Planet, Meteor oder Atom – im Weltall fällt beständig durch den Raum, und zwar mit der Geschwindigkeit, die ihm einmal verliehen wurde.

Matt war sich seiner Gewichtslosigkeit bewußt, da sein Magen sich darüber beklagte. Um sicherzugehen, holte er eine Spucktüte aus seiner Umhängetasche, legte sie sich aber nur bereit. Ihm war ziemlich übel; es war aber nicht so schlimm wie bei seinem Testflug, und bei weitem nicht so schlimm wie auf der ›Achterbahn‹. Er hoffte, diesmal sein Frühstück behalten zu können.

Der Lautsprecher tönte: »Beschleunigungsphase abgeschlossen. Vier Stunden freier Fall.« Der Unteroffizier setzte sich auf. »Sie können sich jetzt losschnallen«, sagte er.

Binnen Sekunden sah das Abteil aus wie ein überfülltes Aquarium. Einhundert junge Leute schwebten, schwammen und hüpften in jede Richtung zwischen dem Boden und der Decke. Aber diese beiden Wände wirkten jetzt nicht mehr wie Boden und Decke, da es ja kein Oben und kein Unten gab; sie waren einfach Wände, die sich langsam an ihnen vorbeidrehten.

»He, Leute!« schrie der Unteroffizier. »Haltet euch an irgend etwas fest und hört mir zu.« Matt sah sich um, fand sich in der Nähe der Decke, entdeckte einen Handgriff und schnappte danach. »Höchste Zeit, daß ihr Jungs ein paar Verkehrsregeln im freien Fall lernt. Ihr müßt es lernen, dann auf Zick zu gehen, wenn der andere Zack macht. Wenn ihr zufällig dem Kapitän begegnet und Zick macht, wenn ihr hättet Zack machen sollen, und ihn anrempelt, dann wird ihm das keine Freude machen. Klar?«

Er hob den schwieligen Daumen. »Regel 1: Alle Erdwürmer – das seid ihr und versucht gar nicht erst, mich vom Gegenteil zu überzeugen – müssen sich die ganze Zeit mit wenigstens einer Hand festhalten. Das gilt so lange, bis ihr euren Akrobatiktest bestanden habt. Regel 2: Offizieren ist stets Platz zu machen – bringt sie ja nicht erst dazu ›Platz frei!‹ zu rufen. Außerdem ist jedermann Platz zu machen, der im Dienst ist oder beschäftigt ist oder die Hände voll hat.«

Als er fertig war, meinte er: »So, und jetzt seht euch im Schiff um – aber macht mir keine Schande.«

Das dritte Deck hatte überhaupt keine Aussichtsluken, aber die *Bolivar* war ein Ferntransporter, und deshalb besaß sie Salons und Bullaugen. Matt ging nach vorne und suchte sich eine Stelle, von der aus man einen Blick auf die Erde werfen konnte.

Schließlich fand er im sechsten Deck einen Aussichtssalon, der zugleich als Bibliothek diente. Die Bücher waren freilich eingeschlossen. Selbstverständlich hatte man auch den Salon zur Passagierbeförderung benutzt, und jetzt drängten langsam Kadetten aus allen anderen Decks herein, um eine Aussichtsluke zu ergattern, während die ursprünglichen Passagiere keinerlei Anstalten machten, ihren Raum zu verlassen.

Es war also ziemlich voll. Voll wie ein Kaninchenstall sogar, um es genau zu sagen. Matt zog die Füße eines anderen Kadetten von seinem linken Auge weg und versuchte, sich zu einer der Luken vorzuarbeiten. Nach einer Weile war er etwa in der dritten Schicht über dem Fenster angelangt. Er legte einem Kadetten vor ihm die Hand auf die Schulter. Der Kadett drehte sich um. »He! Schubs doch nicht. Oh, du bist das, Matt.«

»Tag, Tex. Wie geht's denn?«

»Prima. Mensch, du hättest vor ein paar Minuten hier sein sollen. Wir sind ganz dicht an einem der Fernsehsatelliten vorbeigeflogen. Mann, o Mann, haben wir ein Tempo drauf!«

»So? Wie hat er denn ausgesehen?«

»Ich hab' nicht viel davon gesehen, der Satellit war vielleicht fünfzehn Kilometer entfernt. Aber bei dem Tempo, das wir machen, ging's auch ganz schnell.«

»Kannst du die Erde sehen?« Matt schob sich zur Luke vor.

»Nee.« Tex machte Platz und ließ Matt vor. Der Rahmen der Luke durchschnitt den östlichen Atlantik. Matt konnte einen Ausschnitt der Erdoberfläche sehen, der etwa vom Nordpol bis zum Äquator reichte.

Über dem Atlantik war Mittag. Dahinter konnte er im hellen Licht der Nachmittagssonne die Britischen Inseln, Spanien und die Sahara sehen. Die Braun- und Grüntöne des Landes standen in scharfem Kontrast zu dem tiefen Violett des Ozeans. Noch größeren Kontrast bildeten die weißen Wolkenbänke. Als sein Auge langsam den fernen Horizont suchte, wurden die Einzelheiten weicher, so daß das Ganze plastisch wirkte, irgendwie dreidimensional rund – ja, tatsächlich, die Welt war rund!

Rund und grün und schön.

Plötzlich wurde ihm bewußt, daß er den Atem

angehalten hatte. Seine Übelkeit war völlig verschwunden.

Jemand zupfte an seinem Bein. »Bleib nicht den ganzen Tag dort.« Matt machte bedauernd einem anderen Kadetten Platz. Als er sich noch umsah, um Tex zu suchen, packte eine Hand ihn am rechten Fußknöchel. »Verschwinden wir hier, Matt.«

»Okay.« Sie suchten sich eine Luke und ›schwammen‹ ins nächste Deck. Da es dort keine Aussichtsluken gab, war es nicht so überfüllt. »So«, sagte Matt, »das ist also der Weltraum. Wie gefällt er dir?«

»Ich komme mir vor wie ein Goldfisch. Was macht denn dein Magen? Fallkrank gewesen?«

»Nein.« Matt schluckte vorsichtig. »Wir wollen lieber nicht darüber reden. Wo warst du denn gestern abend, Tex? Ich hab' ein paarmal nach dir gesehen, aber dein Zimmerkollege sagte, er hätte dich seit dem Abendessen nicht mehr gesehen.«

»Oh, das –« Tex schien die Frage peinlich. »Ich war in Mr. Dynkowskis Zimmer. Mensch, Matt, du hast mich vielleicht reingelegt.«

»Was? Reingelegt?«

»Du weißt schon – du hast mir doch geraten, ich soll einen schriftlichen Befehl von Mr. Dynkowski verlangen. Mann, o Mann, das war vielleicht blöd!«

»Augenblick mal – ich hab' dir das nicht geraten; ich hab' nur gesagt, daß die Dienstvorschrift das vorsieht.«

»Trotzdem, du hast mich reingeritten.«

»Einen Dreck hab ich! Ich war rein theoretisch interessiert. Du konntest doch tun, was du wolltest.«

»Ja, schon gut – hör auf damit.«

»Was war denn?«

»Nun, gestern abend habe ich mir ein Stück Kuchen zum Nachtisch bestellt. Ich habe es mir genommen und fing an zu essen, so wie ich das immer getan hab, richtig gut hat es geschmeckt. Und da hat Dynkowski mir befohlen, aufzuhören und die Gabel zu nehmen.«

»So? Und weiter?«

»Ich habe gesagt, er sollte es mir schriftlich geben. Bitte, habe ich gesagt, ganz höflich war ich, Sir habe ich auch gesagt.«

»Und? Hat er dich dann in Ruhe gelassen?«

»Hast du 'ne Ahnung! Er hat nur gesagt: ›Wie Sie wünschen, Mr. Jarman‹, und dann hat er ganz ruhig sein Notizbuch herausgeholt, es niedergeschrieben, seinen Daumenabdruck daruntergesetzt, das Blatt herausgerissen und es mir gegeben.«

»Also hast du die Gabel genommen, oder?«

»Klar, hab'ich. Aber das ist nur der Anfang. Er hat gleich noch einen Befehl aufgeschrieben und ihn mir gegeben. Er hat auch verlangt, daß ich ihn laut vorlese. Und das habe ich auch getan.«

»Was war das denn für ein Befehl?«

»Augenblick mal ... ich hab' ihn hier irgendwo.« Tex suchte in seiner Tasche herum. »Da, lies.«

Matt las: »Kadett Jarman – unmittelbar nach dieser Mahlzeit melden Sie sich beim Wachoffizier und nehmen den ersten schriftlichen Befehl mit, den ich Ihnen gab. Erklären Sie ihm, wie es zu diesem ersten Befehl kam, und lassen Sie sich von ihm hinsichtlich der Zulässigkeit solcher Befehle unterweisen – S. Dynkowski.«

Matt pfiff durch die Zähne. »Oh, oh ... und was hast du gemacht?«

»Ich aß meinen Kuchen zuende, obwohl er mir jetzt

nicht besonders schmeckte. Dynkowski war furchtbar nett. Er grinste und sagte: ›Nichts für ungut, Mr. Jarman. Alles ganz nach Protokoll und so.‹ Dann wollte er wissen, wo ich die Idee herbekommen hatte.«

Matt spürte, wie sein Hals sich rötete. »Hast du ihm gesagt, daß das meine Idee war?«

»Hältst du mich für blöd? Ich hab' ihm bloß gesagt, daß jemand mir die Vorschrift Nummer Neunnullsieben erklärt hatte.«

Matt entspannte sich. »Danke, Tex. Das vergesse ich dir nie.«

»Schon gut. Aber ich soll dir was ausrichten.«

*»Mir?«*

»Nur zwei Worte: ›Laß es.‹«

»Laß was?«

»Einfach ›Laß es‹. Und dann hat er noch hinzugefügt, daß Raumadvokaten bei der Patrouille nicht gerade beliebt sind.«

»Oh.« Matt verdaute das oder versuchte es zumindest. »Und was war dann? Als du zum OvD gingst?«

»Nun, ich habe mich bei ihm gemeldet, und der Wachhabende hat mich hineingeschickt. Ich habe salutiert und meinen Namen genannt, wie sich das für einen braven Jungen gehört und ihm dann die zwei Befehle gezeigt.« Tex hielt inne und starrte ins Leere.

»Ja? Weiter, Mann – mach's nicht so spannend.«

»Und dann hat er mir auf höchst wissenschaftlich korrekte Art die Ohren abgerissen. Mein Onkel Bodie hätte es nicht besser machen können.« Tex machte wieder eine Pause, als schmerzte die Erinnerung. »Dann wurde er etwas ruhiger und erklärte mir kurz und deutlich, daß Vorschrift 907 nur für Notfälle bestimmt wäre und daß junge Kadetten stets dem Befehl älterer Kadetten zu gehorchen hätten, und zwar in allen Angelegenheiten, sofern es nicht ausdrücklich gegenteilig in den Vorschriften steht.«

»Hat er das gesagt? Mann, das bedeutet, daß ein älterer Kadett uns praktisch alles befehlen kann. Du meinst, es wäre zulässig, daß ein Seniorkadett mir vorschreiben kann, wo ich den Scheitel tragen muß?«

»Genau das. Du hast sogar das Beispiel gewählt, das Lieutenant von Ritter auch benutzt hat. Ein Seniorkadett kann dir lediglich nicht befehlen, eine Vorschrift zu verletzen – er kann von dir nicht verlangen, daß du dem Captain eine klebst, und er kann von dir nicht verlangen, daß du stillhältst, während er dir eine klebt. Aber das ist so ziemlich alles. Mr. von Ritter sagt, das Ganze läge im Ermessen der Seniorkadetten, und Tischmanieren gehörten ganz eindeutig zum Ermessenspielraum – so hat er das ausgedrückt – von Mr. Dynkowski und ich solle das nie vergessen! Und dann sagte er, ich soll mich wieder bei Dynkowski melden.«

»Hat er sich über dich lustig gemacht?«

»Überhaupt nicht.« Tex runzelte die Stirn. »Das ist das Komische daran. Dynkowski hat die ganze Sache so betrachtet, als wäre es einfach eine Geometrielektion, die er mir erteilte. Er sagte, jetzt, da ich davon überzeugt sei, daß seine Befehle den Vorschriften entsprächen, wollte er mir auch erklären, warum er mir Vorschriften gemacht hätte, wie ich den Kuchen zu essen hätte. Er sagte sogar, er könnte wohl verstehen, daß ich das als unangemessene Einmischung in mein Privatleben sähe. Ich sagte, ich hätte jetzt wohl überhaupt kein Privatleben mehr, aber er meinte, nein, ich hätte schon eines, es würde mir nur eine Weile ziemlich mikroskopisch klein vorkommen.

Dann erklärte er mir die Sache. Ein Patrouillenoffizier soll sich in allen gesellschaftlichen Schichten bewegen können – wenn deine Gastgeberin mit dem Messer ißt, dann mußt du auch mit dem Messer essen.«

»Das weiß doch jeder.«

»Okay, er wies darauf hin, daß die Kandidaten von überall herkämen. Einige kommen sogar aus Familien oder Gesellschaftsschichten, wo es durchaus als höflich gilt, wenn man gemeinsam aus einem Teller ißt, und zwar mit den Fingern ... einige Moslems zum Beispiel. Aber es gibt eine allgemeine Verhaltensnorm – so hat er das ausgedrückt –, die in der Oberschicht überall Gültigkeit hat.«

»Quatsch«, sagte Matt. »Ich hab' den Gouverneur von Iowa mit einem Würstchen in einer Hand und einem Stück Kuchen in der anderen gesehen.«

»Ich wette, da war er nicht bei einem Staatsempfang«, konterte Tex. »Nein, Matt, so wie er das erklärte, klang es ganz vernünftig. Er sagte, Kuchen wäre nicht wichtig, aber das Ganze gehörte in ein größeres Schema – man dürfe zum Beispiel auf dem Mars oder gegenüber einem Marsianer nie den Tod erwähnen.«

»Tatsache?«

»Ich denke schon. Er sagte, ich würde es eines Tages schon lernen ›Kuchen mit der Gabel zu essen‹, wie er das ausdrückte, und zwar unter allen nur gerade vorstellbaren Umständen und auf jedem Planeten. Und dabei ließ er es dann bewenden.«

»Wurde auch langsam Zeit. Ich kann mir vorstellen, daß der Vortrag den ganzen Abend gedauert hat?«

»O nein, zehn Minuten vielleicht.«

»Wo warst du dann? Du warst vor dem Zapfenstreich immer noch nicht in deinem Zimmer.«

»Oh, ich war immer noch in Dynkowskis Zimmer, aber ich hatte zu tun.«

»Was denn? Mußtest du ihn am Rücken kratzen?«

»Nein.« Tex schien das peinlich zu sein. »Ich mußte ›Ich werde immer meinen Kuchen mit der Gabel essen‹ schreiben – zweitausendmal.»

Tex und Matt versuchten, das Schiff zu erforschen und besuchten tatsächlich jedes Deck, zu dem sie sich Zutritt verschaffen konnten.

Aber die Tür zur Energiezentrale war versperrt, und ein Posten der Raummarine hinderte sie daran, den Korridor zu betreten, der zur Steuerkanzel führte. Sie versuchten, durch eines der Bullaugen im Aufenthaltsraum einen Blick auf die Erde zu erhaschen, stellten aber fest, daß dort eine strenge Ordnung herrschte; der Diensthabende dieses Decks verlangte von jedem Kadetten, der den Raum betrat, daß er eine Erklärung abgab, er hätte bis jetzt noch nicht Gelegenheit gehabt, hinauszusehen.

Was die anderen Passagierdecks betraf, so erkannten sie bald, daß es reichte, eines davon gesehen zu haben. Eine Weile interessierten sie sich für die Duschkabinen an Bord, da die seltsamen und raffinierten Modifikationen, derer es bedurfte, um eine solche Kabine im Weltraum richtig funktionieren zu lassen, für sie beide neu waren. Aber vier Stunden sind eine zu lange Zeit, um sie mit der Inspektion von Duschen und Armaturen zu verbringen; nach einer Weile fanden sie eine einigermaßen ruhige Stelle, an der sie sich ausruhen konnten, und erlebten zum erstenmal jene besondere Eigenheit jeder Weltraumfahrt – ihre Monotonie.

Viel später plärrte der Lautsprecher: »Fertigmachen zum Bremsmanöver. Fünf Minuten Warnung.«

Wieder angeschnallt verspürte man in ziemlich großen Abständen kurze Raketenstöße, dann war eine ganze Weile nichts, und schließlich kam es zu einem ganz leichten Stoß.

»So, jetzt dauert's nicht mehr lange«, meinte der Unteroffizier in Matts Abteil.

Zehn Minuten später verkündete der Lautsprecher: »Passagiere aussteigen – ein Deck nach dem anderen.«

»Losschnallen«, sagte der Unteroffizier. Er verließ seine Sektion und postierte sich an der Leiter. Das Umsteigen der Passagiere war ziemlich langwierig, da die beiden Schiffe nur durch eine Luftschleuse miteinander verbunden waren. Matts Gruppe wartete, während die vier Decks über ihnen geleert wurden, dann hangelten sie sich an der Leiter nach oben ins siebte Deck. Dort stand eine Tür offen, dahinter war aber nicht das leere All zu sehen, sondern die Innenseite einer Art Schlauch von etwa zwei Meter Durchmesser.

In der Mitte des Schlauchs verlief ein Seil, das an der Schiffswand befestigt war. Und an diesem Seil entlang bewegte sich ein ständiger Strom von Kadetten nach Art der Affen.

Als Matt an der Reihe war, griff er nach der Leine

und zog sich daran entlang. Fünfzehn Meter hinter der Luftschleuse mündete das Rohr in ein anderes Abteil, und Matt befand sich auf der *Randolph,* dem Schulschiff, das ihm von nun an für eine Weile die Heimat ersetzen sollte.

# 6
# Lesen, Schreiben und Rechnen

Zu ihrer Zeit hatte die *Randolph* als moderner und schneller Kreuzer gegolten. Sie war etwa 300 Meter lang und hatte einen Durchmesser von rund 70 Metern, war also von mäßiger Größe und besaß, als Schulschiff, nur eine Masse von etwa 60000 Tonnen. Sie stand zehn Meilen achtern von der Terra-Station auf der gemeinsamen Kreisbahn, cirka 36000 Kilometer über der Erde. Hätte man die beiden künstlichen Flugkörper dem Einfluß ihrer gegenseitigen Anziehungskräfte überlassen, so hätte die *Randolph* eine gemächliche Kreisbahn um die zehnmal ›schwerere‹ Terra-Station gezogen. Der Verkehrssicherheit zuliebe aber war es besser, sie in fester Position zu halten.

Das ließ sich leicht bewerkstelligen. Die Masse der Erde beträgt 6000 Trillionen Tonnen (eine Zahl mit 21 Nullen); die Masse von Terra-Station ist der zehnbilliardste Teil ($10^{16}$) dessen: jämmerliche 600 000 Tonnen. Bei einer Distanz von fünfzehn Kilometern betrug das ›Gewicht‹ der *Randolph* in bezug auf die Terra-Station nur einige wenige Gramm, also etwa in irdischen Maßstäben das Gewicht der Butter für eine halbe Scheibe Brot.

Als Matt die *Randolph* betrat, fand er sich in einem großen, hell erleuchteten Saal von eigentümlicher Form, vergleichbar etwa einem Stück Kuchen. Kleine Grüppchen von Juniorkadetten wurden von anderen Kadetten, die schwarze Armbänder trugen, zu den Ausgängen gedrängt. Ein solcher Kadett kam jetzt mit der Leichtigkeit einer Kaulquappe auf ihn zugeschwommen. »Gruppe neunzehn – wo ist der Gruppenführer von Gruppe neunzehn?«

Matt hob den Arm. »Hier, Sir! Ich bin der Gruppenführer von Gruppe neunzehn.«

Der Seniorkadett hielt sich mit einer Hand an der Leine fest, an die Matt sich immer noch klammerte. »Ich löse Sie ab, Sir. Aber bleiben Sie in meiner Nähe und helfen Sie mir, diese Horde zusammenzuhalten. Ich nehme an, Sie kennen sie vom Sehen?«

»Äh, ich denke schon, Sir.«

»Sollten Sie eigentlich – Zeit genug hatten Sie.« Matt stellte in den nächsten paar Augenblicken verärgert fest, daß der neue Gruppenführer – Kadett Lopez – die Namen seiner Gruppe auswendig kannte, während Matt immer wieder auf die Liste sehen mußte. Er verstand noch nicht viel von Ordnung und Organisation; er hielt das Ganze für ›Stil‹.

Als die ganze Gruppe sich wie eine Kolonie von Fledermäusen in der Nähe eines der Ausgänge versammelt hatte, befahl ihnen Lopez, ihm zu folgen. »Und ja keine akrobatischen Manöver. Dodson – Sie passen auf, daß keiner zurückbleibt.«

»Aye, aye, Sir.«

Sie schlängelten sich durch endlose Gänge, tauchten in Luken, kletterten an Leitern empor. Matt war völlig verloren. Und dann blieb der Mann vor ihm plötzlich stehen. Matt schloß auf und stellte fest, daß die Gruppe sich in einem Abteil versammelt hatte. »Die Suppe ist fertig«, verkündete Lopez. »Das ist Ihre Messe. In ein paar Minuten gibt es Mittagessen.«

Hinter Lopez waren an der gegenüberliegenden Wand Messetische und Bänke befestigt. Die Tischplatten starrten Matt an – unter ihm, über ihm oder ihm gegenüber – ganz wie man das sehen will. Das Ganze kam ihm höchst unpraktisch vor. »Ich habe keinen Hunger«, sagte einer der jungen Leute etwas kleinlaut.

»Sollten Sie aber«, antwortete Lopez. »Schließlich ist es fünf Stunden her, daß Sie gefrühstückt haben. Wir haben hier dieselbe Zeit wie Hayworth Hall. Warum haben Sie keinen Hunger?«

»Ah, ich weiß nicht, Sir, ich habe eben keinen.«

Lopez grinste und sah plötzlich genauso aus wie seine Schützlinge.

»Ich hab' mich auch bloß über dich lustig gemacht, Kleiner. Der Schiffingenieur versetzt uns gleich in Drehung, sobald wir uns von der *Bolivar* gelöst haben. Dann kannst du es dir auf deinen weichen, runden vier Buchstaben bequem machen und deinen zarten Magen trösten. Der Appetit stellt sich dann schon ein.«

Zwei weitere Gruppen drängten herein. Während sie warteten, sagte Matt zu Lopez: »Wie schnell wird sich das Schiff drehen, Sir?«

»Wir kommen an der Außenhaut auf 1 g. Das dauert etwa zwei Stunden; aber wir essen, sobald wir schwer genug sind, damit ihr Erdwürmer eure Suppe schlucken könnt, ohne daran zu ersticken.«

»Aber wie schnell ist das, Sir?«

»Verstehen Sie sich auf einfache Arithmetik?«

»Ich denke schon, Sir.«

»Also, dann rechnen Sie. Die *Randolph* hat einen Durchmesser von 70 Metern, und wir drehen sie auf der Hauptachse. Das Quadrat der Randgeschwindigkeit, geteilt durch den Radius – was gibt das für eine Tourenzahl?«

Matts Blick richtete sich ins Leere. Lopez sagte: »Kommen Sie, Mr. Dodson – stellen Sie sich vor, Sie hätten Kurs auf die Planetenoberfläche und müßten jeden Augenblick Bruchlandung machen. Also, wie lautet die Lösung?«

»Ah – ich fürchte, ich schaffe das nicht im Kopf, Sir.«

Lopez sah sich um. »Also – wer kann es?« Niemand meldete sich. Lopez schüttelte den Kopf. »Und so etwas will Astrogation lernen! Wäre für euch besser gewesen, in eine Baumschule zu gehen. Aber lassen wir das – es gibt etwa 5,4 Drehungen pro Minute. Das liefert normale Erdschwerkraft – 1 g. Das wird dann Tag für Tag wieder abgebaut, bis wir in etwa einem Monat wieder im freien Fall sind. Das verschafft Ihnen genügend Zeit, sich daran zu gewöhnen – oder nicht.«

Jemand sagte: »Mann, das braucht Energie.«

Lopez antwortete: »Sie machen wohl Witze. Das geschieht, indem die Kreisel der Hauptachse elektrisch abgebremst werden. Die Welle ist mit Spulen besetzt; man benutzt sie als Generator, und die Reaktion zwischen dem Rad und dem Schiff wird dazu benutzt, das Schiff in Drehung zu versetzen. Die Elektrizität wird gespeichert. Will man die Drehung wieder abbremsen, benutzt man den Saft, um es als Motor anzutreiben, und dann ist man wieder da, wo man angefangen, gratis und franko, abgesehen von winzigen Verlusten. Kapiert?«

»Äh, ich denke schon, Sir.«

»Lesen Sie es in der Schiffsbibliothek nach, machen Sie mir eine Skizze von der Schaltung und zeigen Sie es mir nach dem Abendessen.« Der Juniorkadett sagte nichts; Lopez herrschte ihn an: »Was ist denn, Mister? Haben Sie mich nicht verstanden?«

»Ja, Sir – aye, aye, Sir.«

»So ist's besser.«

Langsam, ganz langsam trieben sie gegen eine Seitenwand, stießen an und glitten gemächlich auf die äußere Wand zu, an der die Messetische befestigt waren. Als sie sie erreichten, hatte das Schiff bereits genügend Drehung, daß sie aufrecht stehen konnten. Die Messetische standen jetzt ebenfalls aufrecht, während aus der Luke, durch die sie zuerst hereingekommen waren, jetzt ein Loch in der Decke geworden war.

Matt stellte fest, daß jegliches Gefühl von Benommenheit fehlte; es war einfach so, als wären sie schwerer geworden. Er fühlte sich immer noch ganz leicht, wog aber genug, um sich an einen Messetisch setzen und im Kontakt mit seinem Sitz bleiben zu können; Minute für Minute wurde er unmerklich schwerer.

Er sah auf die Tischplatte und suchte Schalter, mit denen er sein Essen bestellen konnte. Aber es gab nur ein paar Löcher und Klammern, die vermutlich für den Gebrauch im freien Fall bestimmt waren, sonst nichts. Er blickte auf, als Lopez auf die Tischplatte schlug.

»So, meine Herren, das hier ist kein Sanatorium. Abzählen, rings um den Tisch.« Er wartete, bis die Kadetten seinen Auftrag erfüllt hatten und sagte dann: »Merken Sie sich Ihre Reihenfolge. Heute kümmern sich Nummer eins und zwei um die Kalorien, die nächsten zwei morgen und so weiter.«

»Wo denn, Sir?«

»Macht die Augen auf, dort drüben.«

›Dort drüben‹ war eine Türe, hinter der ein Förderband endete. Kadetten von anderen Tischen sammelten sich jetzt davor. Die beiden als Kellner auserwählten Kadetten gingen hinüber und kamen kurz darauf mit einem großen Metallgestell zurück, das zwanzig Rationen enthielt, jede in einem Behälter, der zugleich als Teller diente, und dampfend heiß. An den Packungen waren Messer, Gabel und Löffel befestigt – mit Saugröhrchen.

Matt stellte fest, daß die festen Nahrungsmittel mit Deckeln zugedeckt waren, die gleich wieder zuschnappten, wenn man sie nicht befestigte, während sich die Flüssigkeiten in geschlossenen Behältern befanden, die mit ventilähnlichen Vorrichtungen für die Trinkröhrchen ausgestattet waren. Er hatte noch nie zuvor Besteck gesehen, das für die Raumfahrt bestimmt war. Das Ganze machte ihm großen Spaß, obwohl gewöhnliches Besteck von der Erde jetzt, solange das Schiff sich drehte, ebenfalls funktioniert hätte.

Zum Mittagessen gab es heißes Roastbeef und Kartoffeln, grünen Salat und Limoneneis. Dazu Tee. Lopez stellte die ganze Zeit Fragen, aber Matt blieb davon verschont. Zwanzig Minuten später war der Metallteller vor Matt so sauber poliert, als wäre er bereits durch die Sterilisationsanlage gelaufen. Er lehnte sich zurück und hatte das Gefühl, daß man es auf der *Randolph* durchaus würde aushalten können.

Ehe Lopez seine Schützlinge entließ, bekam jeder seine Anweisungen. Matts Zimmernummer war A-5197. Sämtliche Wohnquartiere befanden sich auf dem A-Deck, das war die isolierte Außenhaut des Schiffs. Lopez verpaßte ihnen eine ziemlich kurze

Lektion über Schiffsetikette und entließ sie dann. Sein ganzes Verhalten ließ durch nichts erkennen, daß er selbst sich einen ganzen Tag lang verlaufen hatte, unmittelbar nach seiner Ankunft vor einem Jahr.

Matt verlief sich natürlich auch.

Er versuchte es mit einem Abkürzungsweg quer durch das Schiff und verlief sich völlig. Schließlich fand er sich im schwerelosen Zentrum der *Randolph*. Als er sich wieder über Etagen zunehmenden Gewichts zurückgearbeitet hatte und nicht mehr weiter wußte, hielt er den ersten Kadetten mit schwarzem Armband auf, der ihm über den Weg lief, und bat ihn um Hilfe. Wenige Minuten später befand er sich im Korridor fünf und fand dort sein Zimmer.

Tex war bereits da. »Hallo, Matt,« begrüßte er ihn. »Was hältst du von unserem kleinen Häuschen am Himmel?«

Matt stellte seine Tasche ab. »Sieht nicht übel aus, aber wenn ich das erste Mal wieder hier weg muß, dann rolle ich ein Wollknäuel ab. Gibt es eine Aussichtsluke?«

»Wohl kaum! Was hast du erwartet? Einen Balkon?«

»Ich weiß nicht, irgendwie hatte ich gehofft, wir würden die Erde sehen können.« Er sah sich im Zimmer um und öffnete die Türen und Schubladen. »Wo ist das Bad?«

»Da kannst du gleich dein Wollknäuel einsetzen. Ganz unten am Korridor.«

»Oh, etwas primitiv. Nun, wir werden es ertragen.« Er setzte die Erkundung ihrer Kabine fort. Es gab einen Gemeinschaftsraum von etwa zwanzig Quadratmetern. Von jeder Seite führten zwei Türen zu kleineren Kojen. »Sag mal, Tex,« meinte er, als er alle durchstöbert hatte, »der Raum ist ja für vier Leute hergerichtet.«

»Du bist ein Wunderkind.«

»Wen wir wohl bekommen werden?«

»Da bin ich auch neugierig.« Tex holte seinen Einsatzplan heraus. »Hier steht, daß wir bis morgen abend tauschen können. Was meinst du, Matt?«

»Keine Ahnung. Schließlich kenne ich nur dich. Solange der Betreffende nicht schnarcht, bin ich mit jedem einverstanden – solange es nicht Burke ist.«

Es klopfte an der Tür.

Tex rief: »Herein!«, und Oscar Jensen schob seinen blonden Kopf herein.

»Habt ihr zu tun?«

»Überhaupt nicht.«

»Ich hab' ein Problem. Pete und ich sind in eines dieser Viererzimmer eingeteilt, und die zwei Zimmerkollegen, die wir dort vorfanden, wollen, daß wir ausziehen, weil sie zwei Freunde haben, die sie bei sich haben möchten. Habt ihr beiden schon jemanden gefunden?«

Tex sah Matt an, worauf dieser nickte. Tex wandte sich wieder Oscar zu. »Du kannst mir einen Kuß geben, Oscar – wir sind praktisch verheiratet.«

Eine Stunde darauf hatten die vier sich eingelebt. Pete war glänzender Laune. »Die *Randolph* ist genau das, was der Doktor mir verschrieben hat,« verkündete er. »Hier wird's mir gefallen. Jedesmal, wenn meine Beine anfangen, weh zu tun, brauche ich bloß aufs G-Deck zu gehen, und dann ist es wie zu Hause – ich hab' wieder mein richtiges Gewicht.«

»Yeah«, pflichtete Tex ihm bei, »wenn es hier noch Mädchen gäbe, dann wär das Ganze Klasse.«

Oscar schüttelte den Kopf. »Nicht für mich. Ich bin Frauenhasser.«

Tex schüttelte besorgt den Kopf. »Du armer, armer Junge. Das erinnert mich an meinen Onkel Bodie – der hielt sich auch für einen Frauenhasser . . .«

Matt sollte nie erfahren, wie Onkel Bodie mit diesem Problem fertigwurde. Ein Lautsprecher, der an der Wand befestigt war, forderte ihn nämlich auf, sich in Kabine B-121 zu melden. Nachdem er zuerst ein paarmal in falsche Gänge eingebogen war, stieß er schließlich mit einem Juniorkadetten zusammen, der gerade herauskam. »Was ist das denn?« wollte er wissen.

»Geh nur hinein«, sagte der andere. »Orientierung nennt es sich.«

Matt ging hinein und sah sich einem Offizier gegenüber, der hinter seinem Schreibtisch saß.

»Kadett Dodson meldet sich wie befohlen zur Stelle.«

Der Offizier blickte auf und lächelte. »Setzen Sie sich, Dodson. Ich bin Lieutenant Wong. Ich bin Ihr Trainer.«

»Mein Trainer, Sir?«

»Ihr Lehrmeister, Vorgesetzter, wie Sie es nennen wollen. Meine Aufgabe ist, dafür zu sorgen, daß Sie und ein Dutzend Ihrer Kollegen das Richtige studieren. Sie brauchen sich nur immer vorzustellen, ich stünde mit einer schwarzen Schlangenpeitsche hinter Ihnen.« Er grinste.

Matt grinste zurück. Er fing an, Mr. Wong zu mögen.

Wong griff nach einem Stapel Papiere. »Ich habe hier Ihre Akte – wir wollen mal einen Studiengang zusammenstellen. Ich sehe, Sie können Maschineschreiben, mit einem Rechenschieber umgehen, einen Differentialkalkulator bedienen und stenografieren – gar nicht übel. Können Sie irgendwelche Fremdsprachen? Ich meine natürlich Planetensprachen? Übrigens, mit mir brauchen Sie nicht *Basic* zu sprechen; ich spreche ganz gut Englisch. Wie lange sprechen Sie schon *Basic?*«

»Äh, ich spreche keine Planetensprache. *Basic* habe ich auf der Schule gelernt, aber *denken* kann ich in der Sprache nicht. Ich muß beim Reden immer übersetzen.«

»Dann trage ich Sie für Venerianisch, Marsianisch und die Venushandelssprache ein: Ihr Stimmschreiber – Sie haben sich doch die Geräte in Ihrem Zimmer angesehen?«

»Nur einen Blick darauf geworfen, Sir. Ich sah, daß ein Schreibtisch und ein Projektor da waren.«

»In der rechten oberen Schreibtischlade finden Sie eine Bandkassette mit Instruktionen. Hören Sie sich die an, wenn Sie zurückkommen. Der Stimmschreiber, der in Ihren Schreibtisch eingebaut ist, ist ganz gut. Er hört und schreibt nicht nur *Basic,* sondern auch das Fachvokabular der Patrouille – technische Ausdrücke, meine ich. Wenn Sie aufpassen, daß Sie sein Vokabular nicht überfordern, können Sie sogar Liebesbriefe darauf schreiben.« Dodson warf Lieutenant Wong einen Blick zu, aber Wongs Gesicht war völlig ausdruckslos. Matt beschloß, nicht zu lachen.

»Es lohnt sich also, wenn Sie Ihre Basic-Kenntnisse für gesellschaftliche Anlässe vervollkommnen. Und wenn Sie der Maschine mit einem Wort kommen, das sie nicht kennt, dann summt sie einfach, bis Sie ihr helfen. Jetzt zur Mathematik – ich sehe, da fehlt noch einiges.«

»Ja, Sir«, gab Matt zu. »Damit war es auf der Schule bei mir ziemlich schwach bestellt.«

Wong schüttelte traurig den Kopf. »Manchmal glaube ich, daß die moderne Erziehung es geradezu darauf anlegt, jungen Leuten Schwierigkeiten zu machen. Wenn die hier eintreffenden Kadetten bereits die Dinge kennen würden, die der junge Mensch wissen müßte, würde es bei der Patrouille weniger Unglücksfälle geben. Aber macht nichts – wir fangen gleich mit Integralrechnungen an. Schließlich können Sie sich erst dann richtig mit Nukleartechnik befassen. Übrigens – Ihre Schule war wohl von der üblichen Art, Dodson? Vorträge im Klassenzimmer, Hausaufgaben usw.?«

»Ja, mehr oder weniger. Wir waren in drei Gruppen aufgeteilt.«

»In welcher Gruppe waren Sie?«

»Ich war in der schnellen, Sir, wenigstens in den meisten Fächern.«

»Das hilft uns etwas, aber nicht viel. Ihnen steht ein Schock bevor, Junge. Wir haben hier keine Klassenzimmer oder feste Kurse. Abgesehen von den Laborarbeiten und den Gruppenübungen studieren Sie alleine. Es ist natürlich angenehm, im Klassenzimmer zu sitzen und vor sich hinzudösen, während der Lehrer einen anderen ausfragt, aber dafür haben wir keine Zeit. Dafür gibt es zuviel zu lernen. Allein die Fremdsprachen – haben Sie je unter Hypnose studiert?«

»Nein, Sir.«

»Dann fangen wir gleich damit an. Wenn Sie hier

fertig sind, gehen Sie in die Hypnoschulungsabteilung und lassen sich einen Hypnokurs in Venerianisch für Anfänger geben. Was ist denn?«

»Nun ... Sir, ist es absolut notwendig, unter Hypnose zu studieren?«

»Ganz bestimmt. Alles, was irgendwie unter Hypnose gelehrt werden kann, werden Sie auf diese Weise lernen, damit Sie für die wirklichen Fächer Zeit übrig haben.«

Matt nickte. »Verstehe schon. Astrogation beispielsweise.«

»Nein, nein, nein! Ganz bestimmt nicht Astrogation. Ein zehnjähriges Kind könnte lernen, ein Raumschiff zu steuern, wenn es auch nur eine Spur von mathematischem Talent hat. Das ist etwas für einen Kindergarten, Dodson. Mit Astrogation und Weltraumkriegführung werden Sie sich am allerwenigsten befassen müssen. Ich sehe hier aus Ihren Testergebnissen, daß Sie die Befähigung besitzen, Mathematik und Naturwissenschaften schnell in sich aufzunehmen. Viel wichtiger ist die Welt um Sie herum, die Planeten und ihre Bewohner – extraterrestrische Biologie, Geschichte, Kulturen, Psychologie, Jurisprudenz, Verträge und Vereinbarungen, planetarische Ökologie, Systemökologie, interplanetarische Wirtschaftslehre, vergleichende Religionsgeschichte, Weltraumgesetz, um nur einige Fächer zu erwähnen.«

Matt traten fast die Augen aus dem Kopf. »Du liebe Güte! Wie lange braucht man dazu, all diese Dinge zu lernen?«

»Sie werden selbst am Tag Ihrer Pensionierung noch studieren, aber das ist es eigentlich gar nicht, worauf es ankommt. Ihre wirkliche Aufgabe besteht darin, das Denken zu lernen – und das bedeutet, daß Sie noch einige andere Fächer studieren müssen: wissenschaftliche Methodik, Semantik, Spachstruktur, Ethik, die verschiedenen Spielarten der Logik, Motivpsychologie und so weiter. Diese Schule beruht auf der Grundidee, daß ein Mann, der richtig zu denken vermag, sich automatisch auch moralisch richtig verhält – zumindest nach den Moralbegriffen, die wir für richtig halten. Was heißt moralisch richtig, für ein Mitglied der Patrouille, Matt? Man nennt Sie doch Matt, oder? Ihre Freunde, meine ich?«

»Ja, Sir. Moralisch richtiges Verhalten für einen Patrouillenoffizier . . .«

»Ja, ja, weiter.«

»Nun, ich denke, das heißt, daß man seine Pflicht tut, seinen Eid erfüllt und so.«

»Und warum?«

Matt gab keine Antwort.

»Warum, habe ich gefragt, wenn Ihnen das Ganze vielleicht doch nichts anderes als einen Tod auf ziemlich fürchterliche Art und Weise einträgt? Lassen Sie nur. Unser Hauptanliegen ist, dafür zu sorgen, daß Sie lernen, wie Ihr Verstand funktioniert. Wenn am Ende dabei ein Mann herauskommt, der den Ansprüchen der Patrouille genügt, weil eben sein Verstand, wenn er ihn richtig einsetzt, so funktioniert – nun, dann ist es ja gut. Er bekommt sein Offizierspatent. Wenn nicht, dann müssen wir ihn gehen lassen.«

Matt blieb stumm, bis Wong schließlich fragte: »Was haben Sie denn, Junge? Raus damit.«

»Nun – schauen Sie mal, Sir. Ich bin durchaus bereit, hart zu arbeiten, um ein Offizierspatent zu bekommen. Aber bei Ihnen klingt das ja so, als würde ich es nie schaffen. Zuerst muß ich eine Menge Dinge studieren, von denen ich noch nicht einmal die Namen gehört habe. Und dann, wenn alles vorbei ist, beschließt jemand, daß mein Verstand nicht richtig funktioniert. Mir scheint es, daß dieser Beruf in Wirklichkeit einen Übermenschen erfordert.«

»So einen wie mich«, lachte Wong. »Kann schon sein, Matt, aber es gibt keine Übermenschen, also müssen wir aus jungen Spunden wie Ihnen machen, was in unserer Macht steht. So, und jetzt machen wir eine Liste der Bandkassetten, die Sie brauchen.«

Es war eine lange Liste. Matt stellte zu seiner angenehmen Überraschung fest, daß auch ein paar Spulen mit Erzählungen darunter waren. Er deutete auf eine Kassette, die ihn in Erstaunen versetzte – eine Einführung in die *lunare Archäologie.*

»Ich verstehe nicht, warum ich das studieren muß – die Patrouille hat doch nichts mit den Seleniten zu tun – die sind doch schon seit Millionen von Jahren tot.«

»Das lockert den Verstand. Ebenso gut hätte ich moderne französische Musik vorschlagen können. Ein Offizier der Patrouille sollte seinen Horizont nicht auf die Dinge beschränken, die er ganz bestimmt braucht. Ich streiche die Fächer an, die Sie sich zuerst vornehmen sollten, anschließend holen Sie sich in der Bibliothek diese anderen Kassetten, und dann ab in die Hypnoabteilung. In etwa einer Woche, wenn Sie das hier alles verdaut haben, kommen Sie wieder zu mir.«

»Sie meinen, Sie erwarten, daß ich all diese Spulen, die ich mir heute hole, *in einer Woche* lernen soll?« Matt starrte die Liste verblüfft an.

»Ja, allerdings. In Ihrer Freizeit natürlich – Sie werden eine Menge Zeit für Ausbildung und Labordienst brauchen. Kommen Sie nächste Woche wieder, dann steigern wir das Quantum. Und jetzt verschwinden Sie.«

»Aber – aye, aye, Sir!«

Matt fand die Abteilung für Hypnoschulung und wurde von einem gelangweilten Techniker in der Uniform der Raummarine in ein kleines Zimmer genötigt. »Setzen Sie sich auf den Stuhl dort«, wies der Mann ihn an. »Legen Sie den Kopf nach hinten. Ist das Ihre erste Behandlung?« Matt gab zu, daß das der Fall war.

»Wird Ihnen gefallen. Manche kommen hierher, nur um sich auszuruhen – welchen Kurs sollten Sie bekommen?«

»Venerianisch für Anfänger.«

»Geben Sie mir Ihren linken Arm.« Der Techniker desinfizierte eine Stelle an seinem Unterarm und injizierte die Droge. »So, jetzt legen Sie sich zurück und sehen Sie auf das tanzende Licht. Ganz ruhig ... ruhig ... ruhig ... und ... die ... Augen ... schließen ... entspannen ... ganz ...«

Jemand stand mit einer Spritze in der Hand vor ihm. »So, das wär's. Ich hab Ihnen das Gegenmittel gespritzt.«

»Wie?« sagte Matt. »Was ist?«

»Setzen Sie sich ein paar Minuten hin, dann können Sie gehen.«

»Hat es nicht gewirkt?«

»Hat was nicht gewirkt? Ich weiß gar nicht, was Sie gekriegt haben. Ich hab' meinen Dienst gerade erst angefangen.«

Matt ging ziemlich deprimiert in sein Zimmer zurück. Er hatte vor der Hypnose etwas Angst gehabt.

Aber daß er gar nicht darauf reagierte, war eigentlich noch schlimmer. Ob er die Studien je schaffen würde, wenn er alles – auch die Fremdsprachen – mit konventionellen Methoden studieren mußte?

Aber da war nichts zu machen. Er würde noch einmal mit Lieutenant Wong sprechen müssen – morgen, beschloß er.

Oscar war allein auf der Stube und gerade dabei, einen Haken in die Wand zu schlagen. An dem Stuhl, auf dem er stand, lehnte ein Bild. »Tag, Oscar.«

»Tag, Matt.« Oscar wandte dabei den Kopf, dabei fiel ihm der Bohrer aus der Hand und verletzte ihn am Knöchel. Er begann zu fluchen, in einer seltsamen, lispelnden Sprache. *»Mögen Verwünschungen dieses namenlose Ding bis in die tiefsten Tiefen des Urschlamms verfolgen!«*

Matt schüttelte mißbilligend den Kopf. *»Hüte deine Zunge, du gottloser Fisch.«*

Oscar blickte erstaunt auf. »Matt – ich hab' gar nicht gewußt, daß du Venerianisch sprichst.«

Matt blieb der Mund offenstehen; als er sich wieder gefaßt hatte, meinte er: »Du wirst lachen – ich auch nicht.«

# 7
# Astronauten-Training

Der Sergeant hing mit angezogenen Beinen in der Luft. »Wenn ich eins zähle«, sagte er»,nehmen Sie die Ausgangsstellung ein, die Füße etwa zehn Zentimeter über der Schiffswand. Auf zwei stemmen Sie die Füße fest gegen die Wand und stoßen sich ab.« Er stieß sich von der Wand ab und schoß, immer noch redend, davon. »Zählen Sie bis vier, drehen Sie sich dann bei fünf ...« Er schien sich zu einem Ball zusammenzurollen und drehte um. »... halten Sie die Drehung an ...« Sein Körper streckte sich wieder. »... und stellen Sie bei sieben Kontakt her ...« Seine Zehen berührten die gegenüberliegende Wand. »... wobei Sie in den Beinen leicht federn, damit Sie nicht wieder abprallen.« Er fiel in sich zusammen wie ein leerer Sack und schwebte ganz in der Nähe der Stelle, wo er gelandet war.

Der Raum war ein Zylinder mit etwa fünfzehn Meter Durchmesser im Zentrum des Schiffes. Der ganze Saal lief auf Rollen und wurde mit der gleichen Winkelgeschwindigkeit in entgegengesetzter Drehrichtung zu der des Schiffes bewegt: auf die Weise stand er praktisch still. Man konnte den Raum nur durch eine Türe betreten, die in der Rotationsachse angebracht war.

Bei dem Saal handelte es sich um eine kleine Insel des ›freien Falls‹ – die Übungshalle für Schwerelosigkeit. Ein Dutzend Juniorkadetten hingen an einer Leine, die entlang einer Wand verlief und sahen dem Sergeant zu. Matt gehörte der Gruppe an.

»So, meine Herren, jetzt wollen wir es versuchen. Der Reihe nach – Eins! Zwei! Drei!«

Bis sie auf fünf gezählt hatten und sich alle in der Luft herumgedreht hatten, war jeder Anschein von Ordnung verschwunden. Es gab Zusammenstöße, ein Kadett hatte versäumt, die Halteleine loszulassen und zwei Kadetten waren mitten in der Luft zusammengestoßen und schwebten jetzt ziellos auf das andere Ende des Übungssaales zu. Ihre Gesichter erinnerten an verstörte Hunde, die sich auf glattem Eis zurechtzufinden versuchten.

Der Sergeant startete in einem Bogen und holte die beiden Verirrten ein, klemmte sie sich beide unter die Arme und ließ sich von dem Schwung, den er beim Abstoßen mitbekommen hatte, auf das andere Ende der Leine zutreiben. »Festhalten«, sagte er ihnen, »und dann zurück zu Ihren Plätzen. So, meine Herren, noch einmal. Auf die Plätze! Einer nach dem anderen – ganz normal abstoßen – eins!«

Kurz darauf versicherte er, daß er lieber versuchen würde, einer Katze das Schwimmen beizubringen.

Matt machte das nichts aus. Er hatte immerhin die gegenüberliegende Wand erreicht und war dort geblieben, nicht besonders elegant und nicht an der Stelle, die er sich ausgesucht hatte, aber er hatte es immerhin geschafft. Im Augenblick war er sehr stolz auf sich.

Als die Unterrichtsstunde beendet war, eilte er auf seine Stube, wählte eine Kassette über marsianische Geschichte aus, legte sie in seinen Projektor ein und begann zu studieren. Eigentlich wäre er recht gerne in der Turnhalle geblieben, um zu üben; er war darauf erpicht, den Raumakrobatiktest zu bestehen – nur so bekam man nämlich einmal im Monat Urlaub, den man auf der Terra-Station verbringen durfte.

Aber vor ein paar Tagen hatte Lieutenant Wong ihn zu sich gerufen. Die Unterredung war kurz und einseitig gewesen. Wong hatte ein paar Bemerkungen über Schlamperei und Trödelei gemacht.

Matt hatte keine Lust, das noch einmal über sich ergehen zu lassen, noch war er besonders über die fünf Minuspunkte erfreut, die ihm das eingetragen hatte. Also machte er es sich auf seinem Studiersessel bequem und konzentrierte sich ganz auf die Worte des Vortragenden, während vor ihm Szenen in Farbe und Stereo vorbeizogen und in eisiger Schönheit die bunte Vergangenheit des uralten Planeten schilderten.

Der Projektor ähnelte dem, den er zu Hause benutzt hatte, nur daß er aufwendiger war, in drei Dimensionen projizierte und mit dem Sprechschreiber verbunden war. Matt erkannte bald, daß er sich damit viel Zeit ersparen konnte. Er konnte die Vorlesung anhalten, eine Zusammenfassung diktieren, und sich dann von dem Projektor seine Notizen auf den Schirm projizieren lassen.

Auch für rein handwerkliche Fächer war diese Stereoprojektion höchst hilfreich. »Sie betreten jetzt die Steuerkanzel einer A-6-Rakete«, sagte beispielsweise ein unsichtbarer Instrukteur, »und üben jetzt eine Landung auf Luna.« Dabei bewegte die Kamera sich durch die Türe zum Cockpit und hielt dort an, wo sich etwa der Kopf des Piloten befand.

Oder ein Vortrag über Raumanzüge. »Dies ist ein Vierstundenanzug«, sagte die Stimme, »Typ M, der überall außerhalb der Venusbahn eingesetzt werden darf. Das eingebaute Radio hat eine Reichweite von achtzig Kilometern. Die Heizung und Kühlung wird ...« Als Matt schließlich zu praktischen Übungen eingeteilt wurde, war er mit der Materie bereits so gut vertraut, als hätte er sein halbes Leben in Raumanzügen verbracht.

Das konnte er unter Beweis stellen, als er die Grundprüfung im freien Fall bestand. Er war mit seiner Ausbildung in dieser Disziplin noch nicht fertig – es fehlten ihm noch die Gruppenausbildung, Nahkampfschulung, Einsatz von Personenwaffen und noch ein paar andere Verfeinerungen – aber man ging immerhin davon aus, daß er einigermaßen zurechtkommen würde. Das schloß die Berechtigung ein, zur Ausübung verschiedener Freifallsportarten hinauszugehen, Ringen, Tennis, Jai Alai und ein paar andere. Bis jetzt hatte er nur im Schachclub mitmachen können. Er wählte Raumpolo aus, ein Spiel, das man als eine Mischung von Wasserpolo und gezielter Körperverletzung ansehen konnte, und schloß sich der untersten Liga an; diese Gruppe nannte sich ›Blutige Nasen‹.

Seinen ersten Einsatz im Raum-Training verpaßte er, weil ihn eine eingeschlagene Nase zum Mundatmer gemacht hatte – und das Atemgerät eines Raumanzuges vom Typ M sieht vor, daß man durch die Nase ein – und durch den Mund ausatmet. Aber in der Woche darauf war er so weit. Der Ausbilder befahl seiner Gruppe ›Anzüge an!‹, ohne irgendwelche Vorrede, da man davon ausging, daß sie die entsprechenden Bänder studiert hatten.

Man hatte schon vor einigen Tagen die Schiffsdrehung völlig angehalten. Matt rollte sich wie ein Ball zusammen, schwebte frei und öffnete die Vorderseite seines Anzugs. Das war ziemlich schwierig; er stellte kurz darauf fest, daß er versuchte, beide Beine in ein Bein des Anzugs zu schieben. Er versuchte es noch einmal, und diesmal klappte das große Goldfischglas nach vorne in die Öffnung.

Der größte Teil seiner Gruppe hatte die Anzüge bereits angelegt. Der Ausbilder schwamm zu Matt hinüber und sah ihn scharf an. »Sie haben die Grundausbildung für freien Fall bestanden?«

»Ja«, antwortete Matt jämmerlich.

»Schwer zu glauben. Sie stellen sich an wie eine Schildkröte, die man auf den Rücken gelegt hat. Hier.« Der Ausbilder half Matt so, als wickelte er ein kleines Kind in einen Skianzug. Matt wurde feuerrot.

Der Ausbilder ging die Checkliste durch – Tankdruck, Anzugdruck, Ladung mit Raketentreibstoff, Anzugsauerstoff, Notsauerstoff (mit einer fotoelektrischen Zelle gemessen, die ins Ohrläppchen gezwickt wurde) und schließlich das Walkie-Talkie eines jeden Anzugs. Dann trieb er sie in die Luftschleuse.

Matt spürte, wie sein Anzug anschwoll, als der Druck in der Schleuse zurückging. Es war jetzt etwas schwieriger, Arme und Beine zu bewegen. »Haken Sie Ihre Standleinen an«, befahl der Ausbilder. Matt rollte die seine von seinem Gürtel ab und wartete. Dann kamen die Meldungen: »Nummer eins angehakt.« – »Nummer zwei angehakt.«

»Nummer drei angehakt«, rief Matt in das Mikrophon seines Helms, als er seine Leine am Gürtel von Kadett Nummer vier anklippte. Als sie alle wie Bergsteiger aneinandergeseilt waren, hakte sich der Ausbilder selbst an der Kette an und öffnete die äußere Schleusentüre.

Sie blickten in einen sternenübersäten Abgrund.

»Anklicken« wies der Ausbilder an und trat vorsichtig neben die Schleuse. Matt tat es ihm gleich und spürte, wie die Magnetsohlen seiner Stiefel gegen den Stahl klickten. »Folgen Sie mir und bleiben Sie dicht beisammen.« Ihr Lehrer ging an der Wand entlang zur offenen Tür und vollführte einen seltsamen, kleinen, niederkauernden Schritt. Ein Stiefel war noch innerhalb der Türe, flach an der Wand, wobei seine Fußspitze nach innen zeigte; jetzt tastete er mit dem anderen um die Ecke herum, beugte die Knie und tastete nach der Außenfläche des Schiffs. Er zog den Fuß, der noch in der Schleuse war, nach, und richtete sich auf – wobei er beinahe verschwand, denn er stand jetzt draußen, die Füße flach an der Außenwand.

Als Matt an der Reihe war, ging er zur Türe hinaus. Er stellte fest, daß die neunzig-Grad-Drehung, um die Schleuse zu verlassen und auf der Außenwand des Schiffes zu ›stehen‹, kompliziert war; er mußte die Hände einsetzen, um sich am Türrahmen festzuhalten. Aber er schaffte es und stand schließlich. Es gab kein richtiges oben und unten; sie waren immer noch gewichtslos, aber die Stahlwand war ein Boden ›unter‹ ihnen; sie klebten daran fest, so wie eine Fliege an der Decke klebt.

Matt ging versuchsweise ein paar Schritte. Es war wie ein Gehen im Schlamm; seine Füße klebten am Schiff, um sich dann plötzlich zu lösen. Es erforderte einige Gewöhnung.

Sie waren auf der finsteren Seite des Schiffes ausgestiegen. Sonne, Mond und Erde lagen unter ihrem ›Horizont‹, vom Schiff verdeckt. Nicht einmal Terra-Station war zu sehen.

»Wir machen jetzt einen kleinen Spaziergang«, verkündete der Ausbilder. Seine Stimme klang hohl in ihren Helmen. »Dicht beisammen bleiben.« Er setzte sich in Bewegung, um die gewölbte Schiffswand herum. Ein Kadett, ziemlich am Ende der Kette, versuchte, die beiden Magnet-Stiefel gleichzeitig vom Schiff zu lösen. Er schaffte das, indem er einen Sprung machte – und wußte dann nicht, wie er zurückkommen sollte. Er bewegte sich nach draußen, bis seine Verbindungsleine an den zwei jungen Männern zerrte, die zu beiden Seiten mit ihm verbunden waren.

Einer von ihnen hatte gerade einen Fuß beim Gehen abgehoben und wurde ebenfalls losgerissen, obwohl er erschreckt versuchte, die Stahlwand zu erreichen, sie aber verfehlte. Daraufhin wurde auch der neben ihm angeseilte Kadett, der der letzte in der Reihe war, losgerissen.

Weitere wurden nicht abgelöst, da inzwischen die Energie des gar nicht besonders heftigen Sprunges des ersten Kadetten aufgezehrt war. Immerhin baumelten jetzt drei Kadetten an der Leine und schlugen grotesk mit Armen und Beinen um sich, was ihnen aber nichts einbrachte.

Der Ausbilder entdeckte die Bewegung aus dem Augenwinkel und kauerte sich nieder. Er fand, was er suchte, – einen Stahlring, der in die Schiffswand eingelassen war – und hakte seine Leine in den Ring ein. Als er sich vergewissert hatte, daß nicht die ganze Gruppe losgerissen werden würde, befahl er: »Nummer 9 – ziehen Sie sie herein! Ganz vorsichtig – langsam. Passen Sie auf, daß Sie nicht selbst losgerissen werden.«

Ein paar Augenblicke später waren die Ausflügler wieder zurück und klebten am Schiff. »So«, sagte der Ausbilder, »wer hat sich diesen Blödsinn geleistet?«

Niemand antwortete.

»Raus mit der Sprache« sagte er scharf. »Das war kein Versehen; es ist unmöglich, beide Füße abzulösen, wenn man nicht hopst. Raus mit der Sprache, verdammt, sonst schlepp ich jeden von euch vor den Kommandanten.«

Auf diese fürchterliche Drohung hin meldete sich eine kleinlaute Stimme jämmerlich: »Ich, Sergeant.«

»Heben Sie die Hand hoch, damit ich weiß, wer spricht. Ich kann doch keine Gedanken lesen.«

»Vargas – Nummer zehn.« Der Kadett hob die Hand.

»Okay. Zurück zur Luftschleuse. Alle. Beisammen bleiben.« Als sie dort waren, sagte der Ausbilder: »Hinein mit Ihnen, Mr. Vargas. Lösen Sie Ihre Leine, schließen Sie sich an die Schleuse an und warten Sie auf uns. Sie machen diese Übung noch einmal – in etwa einem Monat.«

»Aber Sergeant –«

»Bloß keine Widerrede, oder ich melde Sie wegen Fahnenflucht – Verlassen des Schiffs ohne Befehl.«

Der Kadett kam stumm dem Befehl nach. Der Ausbilder beugte sich hinein, um sich zu vergewissern, daß Vargas sich tatsächlich verankert hatte, und richtete sich wieder auf. »Kommen Sie, Gentlemen – jetzt fangen wir noch einmal an – und bloß keine Dummheiten mehr. Das hier ist eine Ausbildungsstunde, kein Kindergarten.«

Nach einer Weile sagte Matt: »Sergeant Hanako –«

»Ja? Wer hat da gesprochen?«

»Dodson. Nummer drei. Wenn wir jetzt alle losgerissen worden wären?«

»Dann hätten wir uns mit unseren Schubdüsen zurückschießen müssen.«

Matt dachte darüber nach.

»Und wenn wir keine Reaktionseinheiten mitgehabt hätten?«

»Auch nicht schlimm – unter diesen Umständen. Der Wachoffizier weiß, daß wir draußen sind; die Radiowache überwacht unsere Frequenzen. Die hätten uns über Radar gepeilt und uns dann mit einem Beiboot abgeholt. Trotzdem – hören Sie mir alle gut zu! Bloß, weil die Sie alle in Watte packen, brauchen wir uns nicht wie ein paar Schulmädchen zu benehmen. Es gibt keinen einsameren und keinen scheußlicheren Tod, als ganz alleine draußen in einem Raumanzug zu krepieren, wenn der Sauerstoff ausgeht.« Er hielt inne. »Ich habe einmal einen gesehen – nachdem man ihn gefunden und wieder zurückgeschleppt hatte.«

Sie umrundeten die Schiffsflanke, und die mächtige Kugel der Erde stieg langsam über dem Horizont aus Metall auf.

Plötzlich brach die Sonne vor.

»Achtung, grelles Licht!« rief Sergeant Hanako. Matt schaltete sein Visier hastig auf Maximalinterferenz und verschaffte sich damit Schatten für Gesicht und Augen. Er versuchte, nicht in die Sonne zu sehen; er war schon zu oft hinter den Bullaugen in den Gemeinschaftsräumen des Schiffs geblendet worden, wenn er versuchte, die Sonnenscheibe mit einer Münze abzudecken, um die Protuberanzen und die gespenstische Aurora zu sehen. Es war wirklich unbefriedigend; gewöhnlich holte man sich dabei nur Kopfschmerzen und Flecken vor den Augen.

Aber die Erde zu betrachten, wurde er nie müde.

Jetzt hing sie vor ihm. Groß und dick und schön und viel echter wirkend als wenn man sie durch ein Bullauge sah. Sie bedeckte das ganze Sternbild des Wassermann und war so riesengroß, daß sie, wäre sie im Orion gestanden, den riesigen Jäger von Beteigeuze bis zum Riegel verdeckt hätte.

Sie blickten auf den Golf von Mexiko hinunter. Darüber dehnte sich Nordamerika, und die Polkappe saß darauf wie eine Kochmütze. Das Eis glitzerte im Licht des nördlichen Sommers. Die Linie des Sonnenaufgangs war über Nordamerika, mit Ausnahme der Spitze Alaskas gezogen; nur der Zentralpazifik war dunkel.

Jemand sagte: »Was ist das für ein heller Punkt im Pazifik, dort hinten? Honolulu?«

Honolulu interessierte Matt nicht; er suchte wie gewöhnlich Des Moines – aber das Mississippital lag in den Wolken; er konnte seine Heimatstadt nicht finden. Manchmal, wenn in Iowa ein klarer Tag war, konnte er sie sogar mit bloßem Auge sehen. Wenn es in Nordamerika Nacht war, wußte man stets, welches funkelnde Juwel die Heimatstadt war – zumindest bildete man sich das ein.

Die Erde hing jetzt so vor ihnen, daß der Nordpol ›oben‹ lag. Weit zur Rechten, fast eine Schiffsbreite von der Erde entfernt, so daß sie beinahe den Regulus im Sternbild des Löwen verdeckte, hing die Sonne, und etwa auf halbem Wege zwischen Sonne und Erde, in der Jungfrau, eine Mondsichel. Ebenso wie die Sonne, erschien auch der Mond hier nicht größer als von der Erdoberfläche aus. Die schimmernden Metallwände der Terra-Station, die zwischen Sonne und Mond am Himmel hing, leuchteten heller als der Mond. Die Station war bloße fünfzehn Kilometer entfernt und schien ein halbes Dutzend Mal größer als der Mond.

»Jetzt habt ihr genug gestaunt«, verkündete Sergeant Hanako. »Wir wollen uns jetzt mal das Schiff ansehen.« Sie gingen nach vorne und verschafften sich einen Begriff von der Größe der *Randolph,* bis der Sergeant sie anhalten ließ. »Noch ein paar Schritte weiter, und wir tanzen dem Kommandanten auf dem Kopf herum. Vielleicht schläft er.« Sie gingen wieder nach achtern, und Hanako ließ sie sich die Heckdüsen ansehen – aber nur ganz kurz, dann rief er sie zurück. »Die Maschinen waren zwar ein paar Jahre nicht mehr in Betrieb, aber die Gegend hier ist immer noch etwas heiß, und ihr tragt keine Schutzkleidung. Nach vorne wieder!«

Unter heiß verstand er natürlich nicht Hitze im üblichen Sinne, sondern radioaktiv.

Er führte sie mittschiffs, löste seine Sicherungsleine von dem neben ihm stehenden Kadetten und verband sie mit dem Schiff. »Nummer zwölf – angehakt«, fügte er hinzu.

»Der Trick, sich im Weltall mit einem Düsenstrahl zu bewegen«, fuhr er fort, »liegt darin, daß man seinen Körper auf der Düse balanciert – der Schub muß genau durch den Schwerpunkt gehen. Wenn Sie das nicht schaffen und die Richtung nicht sofort korrigieren, dann fangen Sie an, sich zu drehen, vergeuden Treibstoff und haben die größte Mühe, die Drehung wieder zu stoppen.

Es ist nicht komplizierter, als einen Spazierstock auf einem Finger zu balancieren – aber beim erstenmal kommt es einem ziemlich schwierig vor.«

»Visiere richten.« Er drückte einen Knopf an seinem Gürtel; aus seinem Helm klappte vorne ein kleiner Metallring heraus, etwa einen Meter vor seinem Gesicht. »Suchen Sie sich einen hellen Stern in der Richtung, in die Sie fliegen wollen. Dann nehmen Sie Ausgangsstellung ein – nein, nein! Noch nicht, ich zuerst.«

Er kauerte sich nieder, stemmte sich auf die Hände, löste ganz vorsichtig die Stiefel vom Schiff und stützte sich dann auf einen Kadetten. Er drehte sich um und streckte sich aus, so daß er mit dem Rücken zum Schiff frei im Weltraum hing, Arme und Beine ausgestreckt. Seine Düse, die er am Kreuz trug, wies jetzt genau auf das Schiff; das Visier an seinem Helm in exakt die entgegengesetzte Richtung.

Dann fuhr er fort: »Den Zündungsschalter haben Sie in der rechten Hand. So, und wenn der Schub jetzt einsetzt, dann tut er das genau in Ihrem Kreuz, und Sie müssen darauf balancieren. – Aber vorsichtig, sonst drehen Sie sich. Das sehen Sie sofort in Ihrem Visier.

Sie müssen korrigieren, wenn Ihr Zielstern aus dem Visier wandert. Sie tun das, indem Sie Ihren Schwerpunkt verlagern. Ziehen Sie den Arm oder das Bein auf der Seite ein, in die Sie sich drehen. Worauf es ankommt –«

»Einen Augenblick, Sergeant«, unterbrach ihn jemand, »Sie haben das gerade falsch 'rum gesagt. Sie meinen den Arm oder das Bein an der *anderen* Seite, oder?«

»Wer war das?«

»Ich, Lathrop, Nummer sechs. Entschuldigen Sie.«

»Keine Ursache. Ich habe es so gemeint, wie ich es gesagt haben, Mr. Lathrop.«

»Aber –«

»Nur zu, tun Sie es so, wie Sie meinen. Der Rest der Klasse macht es auf meine Art. Wir wollen keine Zeit vergeuden. Irgendwelche Fragen noch? Okay – dann passen Sie auf, daß meine Düse Sie nicht streift.«

Der Halbkreis zog sich zurück, soweit ihre Halteleinen es erlaubten. Jetzt flammte es im Rücken des Sergeanten orangerot auf, und er stieg senkrecht in die Höhe, zuerst langsam, dann mit zunehmender Geschwindigkeit. Er hatte das Mikrofon eingeschaltet gelassen; Matt konnte über Radio die Stimme des Sergeanten hören, der die Sekunden zählte: »Einundzwanzig ... zweiundzwanzig ... dreiundzwanzig!« Als er bei dreißig angelangt war, hörte er mit Zählen auf, und die Düse verstummte ebenfalls.

Der Instrukteur hing jetzt fünfzehn Meter ›über‹ ihnen und kam wieder auf sie zu. Er fuhr mit seinem Vortrag fort: »Ganz gleich, wie gut Sie auch ausbalanciert sind, Sie bekommen immer eine leichte Drehung mit. Wenn Sie die Richtung wechseln wollen, rollen Sie sich zu einer Kugel zusammen ...« – das tat er – »... damit Sie sich schneller drehen. Und wenn Sie die gewünschte Richtung erreicht haben, strecken Sie sich wieder aus.« Plötzlich streckte er sich ganz flach aus und sah sie an. »Dann schalten Sie den Antrieb an und balancieren den neuen Kurs aus – ehe Sie abtreiben.«

Er schaltete seinen Antrieb nicht ein, redete aber weiter, während er sich von ihnen entfernte und sich dabei langsam um die eigene Achse drehte. »Es läßt sich immer irgendwie einrichten, daß Sie sich etwas zur Seite drehen und damit in die Richtung schauen können, in die Sie sich bewegen, wenigstens einen Augenblick lang. Wenn ich jetzt beispielsweise zur Station wollte –« Terra-Station stand fast im rechten Winkel zu seinem Kurs; er vollführte einige Verrenkungen, wie sie vielleicht einem sterbenden Affen angemessen waren, streckte dann sämtliche Gliedmaßen von sich, daß er aussah wie ein Seestern und überschlug sich dann einige Male, ohne daß seine Rotationsachse sich dabei geändert hätte.

»Aber ich will gar nicht zur Station; ich will zum Schiff zurück.« Wieder der sterbende Affe; als die Verrenkungen beendet waren, sah der Sergeant sie wieder an. Er schaltete seine Düse ein und zählte wieder bis zehn. Dann hing er bewegungslos etwa fünfhundert Meter vom Schiff entfernt im All. »Ich komme jetzt unter Antrieb herein, um Zeit zu sparen.« Die Düse arbeitete zwanzig Sekunden und verstummte; er näherte sich ihnen schnell.

Als er noch etwa fünfzig Meter entfernt war, überschlug er sich und richtete den Düsenstrahl zehn Sekunden lang gegen das Schiff. Das Ergebnis seiner verschiedenen Manöver war, daß er schließlich fünfzehn Meter von ihnen entfernt mit einer Geschwindigkeit von etwa drei Metern pro Sekunde auf sie zuglitt. Wieder rollte er sich zu einem Ball zusammen, und fünf Sekunden später berührten seine Stiefel klickend die Schiffswand, und er sackte in sich zusammen. »Aber Sie dürfen das nicht so machen«, fuhr er fort. »Meine Tanks enthalten mehr Treibstoff als die Ihren. Sie haben fünfzig Sekunden Saft, und jede Sekunde reicht für einen Geschwindigkeitswechsel von etwa dreißig Zentimetersekunden – das gilt für einhundertfünfzig Kilo Masse; einige von euch sind ziemlich klein, die schaffen es etwas schneller.

Aber jetzt zu Ihrem Flugplan: Zehn Sekunden nach draußen, gezählt. So schnell wie möglich wenden und fünfzehn Sekunden Rückflug. Das heißt, daß Sie mit eineinhalb Metersekunden auftreffen. Selbst Ihre Großmutter sollte das schaffen, ohne wieder abzuprallen. Lathrop, Sie sind der Erste.«

Als der Kadett herankam, verankerte Hanako sich mit zwei kurzen Leinen am Schiff und nahm eine sehr lange Leine vom Gürtel. Er klippte das eine Ende an einen Haken vorne am Gürtel des Kadetten, das andere an seinen eigenen Anzug. Der Schüler musterte die Leine ein wenig angewidert. »Ist dieser Himmelshaken nötig?«

Sergeant Hanako starrte ihn an. »Tut mir leid, Commodore – Vorschrift. Und jetzt halten Sie den Mund. Gehen Sie in Bereitschaftsposition.«

Der Kadett kauerte sich wortlos nieder und schwebte dann im Raum, den Rücken dem Schiff zugewandt. Im nächsten Augenblick entfernte er sich, und aus seinem Rücken stach ein feuriger Besen. Er bewegte sich zuerst ziemlich gerade, fing dann aber an, sich zu drehen.

Er zog ein Bein an – und drehte sich völlig um seine Achse.

»Lathrop – Düse abschalten!« herrschte Hanako ihn an. Die Flamme erstarb, aber die Gestalt in dem Raumanzug drehte sich immer noch weiter und fuhr fort, sich von ihnen zu entfernen. Hanako gab seine Sicherheitsleine aus. »Ich hab' hier einen großen Fisch, Jungs«, sagte er vergnügt. »Was meint ihr wohl, daß er wiegt?« Er zog an der Leine, worauf Lathrop sich in die entgegengesetzte Richtung drehte, da die Leine sich um ihn gewickelt hatte. Als sie schließlich frei war, zog er den Kadetten herein.

Lathrop klickte an. »Sie hatten recht gehabt, Sergeant. Ich möchte es gern noch einmal probieren – auf Ihre Art.«

»Tut mir leid. Im Buch steht hundert Prozent Reservetreibstoff für diese Übung; Sie würden nachtanken müssen.« Hanako zögerte. »Tragen Sie sich für morgen früh ein – ich geb' Ihnen eine Extrastunde.«

»Oh – danke Sarge!«

»Schon gut. Nummer eins!«

Der nächste Kadett legte einen glatten Flug hin, kam aber im rechten Winkel zurück und mußte mit der Sicherheitsleine herangezogen werden, ehe er anklicken konnte. Der Kadett, der anschließend kam, hatte Schwierigkeiten, sich überhaupt zu orientieren. Er kam mit dem Rücken zum Schiff zurück und schien schon im Begriff, bis auf alle Ewigkeit in Richtung des Sternbilds des Drachen fliegen zu wollen. Hanako zupfte vorsichtig an der Sicherheitsleine, während er sie durch seine Handschuhe laufen ließ und drehte ihn zum Schiff herum. »Zehn Sekunden Düse, während ich die Leine gespannt halte«, befahl er. Die Sicherheitsleine hielt den Kadetten auf Kurs, bis er zurückkam. »Nummer drei!« rief Hanako.

Matt trat aufgeregt vor. Der Ausbilder hakte die Leine an und sagte: »Irgendwelche Fragen? Nein? Also los.«

»Okay.« Matt kauerte sich nieder, löste seine Stiefel von der Schiffswand und streckte sich aus. Er hielt sich am Knie des Sergeanten fest. Vor ihm lagen die nördlichen Sternbilder. Er wählte den Polarstern als Ziel und löste dann den Sicherungsknopf des Antriebsschalters in seinem Handschuh.

»Einundzwanzig!« Er spürte einen leichten, gleichmäßigen Druck im Kreuz. Der Polarstern schien zu erzittern.

Dann schwang der Stern nach links aus dem Ring seines Visiers.

Er zog den rechten Arm und das rechte Bein an. Der Stern drehte sich noch schneller, blieb stehen und wanderte langsam wieder in den Zielkreis. Vorsichtig streckte er seine rechten Gliedmaßen wieder aus – und hätte beinahe vergessen, bei ›dreißig‹ die Düse abzuschalten.

Er konnte das Schiff nicht sehen. Die Erde hing zu seiner Rechten am samtig schwarzen Himmel. Das Schweigen, das ihn umgab, das Gefühl völligen Alleinseins, waren intensiver und vollständiger, als er das je zuvor erlebt hatte.

»Zeit zum Wenden!« sagte Hanakos Stimme in seinem Ohr.

»Oh –«, sagte Matt und zog die Knie an.

Der Himmel drehte sich um ihn. Er sah, wie das Schiff vor ihm auftauchte, aber da war es schon zu spät. Er streckte alle viere von sich, aber das Schiff war bereits weggezogen. »Nur ruhig«, rief der Sergeant. »Rollen Sie sich nicht so fest ein und schnappen Sie es sich beim nächsten Mal. Wir haben Zeit.«

Er rollte sich wieder ein, und da kam das Schiff erneut vorbei, wenn auch doppelt so weit entfernt als beim letztenmal. Diesmal begann er sich zu strecken, ehe es vorbeizog. Die Figuren, die am Schiffsrumpf entlangkrochen, waren etwa hundert Meter von ihm entfernt und entfernten sich dauernd weiter. Er zielte auf den Helm irgendeines seiner Kollegen, drückte den Schalter und begann zu zählen.

Ein paar besorgte Sekunden lang glaubte er, irgend etwas sei schiefgegangen. Die Figuren auf dem Schiff schienen nicht näherzurücken, und jetzt schwangen sie sogar langsam an ihm vorbei. Er war versucht, noch einmal abzudrücken – aber Hanakos Anweisung war in diesem Punkt ganz eindeutig gewesen, also entschied er sich dagegen.

Wieder entschwand das Schiff seinen Blicken; er rollte sich zu einer Kugel zusammen, um die Drehung zu beschleunigen. Als die *Randolph* wieder auftauchte, war sie ganz entschieden nähergerückt, und er war erleichtert. Tatsächlich waren die beiden Körper, Schiff und Mensch, einander mit eineinhalb Meter pro Sekunde nähergerückt. Aber eineinhalb Meter pro Sekunde ist langsamstes Spaziergängertempo.

Wenig mehr als eine Minute, nachdem er den Antrieb abgeschaltet hatte, klappte er in der Mitte zusammen, um die Stiefel vor sich zu bringen und landete schließlich etwa drei Meter von seinem Instrukteur entfernt.

Hanako kam herüber und legte seinen Helm gegen den Matts, so daß er alleine mit ihm sprechen konnte. Den Sprechfunk hatte er abgeschaltet. »Gut gemacht, Junge. Sie können in den B-Kurs für die Fortgeschrittenen eintreten.«

Matt schaltete ebenfalls sein Funkgerät ab. »Oh, vielen Dank!«

»Sie haben es selbst geschafft – Sie brauchen mir nicht zu danken.« Hanako schaltete sein Gerät wieder ein. »Okay – Nummer vier.«

Matt wäre am liebsten sofort auf sein Zimmer zurückgerannt, um vor Tex zu prahlen. Aber es gab noch sieben weitere Kursteilnehmer, die er abwarten mußte. Einige davon machten ihre Sache gut. Einige andere mußten mit der Leine hereingezogen werden.

Der letzte Mann übertraf sich selbst. Obwohl Hanako ihn mehrfach anwies, seine Düse abzuschalten, schaffte er es nicht. Er entfernte sich in einem weiten Bogen vom Schiff und begann, sich zu drehen, während der Sergeant an der Sicherheitsleine riß, um seine Drehung anzuhalten und ihn zurückzuholen. Am Ende langer fünfzig Sekunden war sein Treibstoffvorrat aufgebraucht; er war fast dreihundert Meter entfernt und entfernte sich immer noch schnell.

Der Sergeant zog ihn herein, wie ein Fischer, der mit einem Barakuda kämpft, ganz langsam, denn es war ja immerhin möglich, daß in der Leine ein paar Fäden gerissen waren.

Als er schließlich wieder angeklickt und mit einer Leine verankert war, seufzte Hanako. »Puh!« machte er. »Ich dächte schon, ich müßte ihn selbst hereinholen.« Er ging zu dem Kadetten und berührte seinen Helm, wobei er das Funkgerät ausgeschaltet hatte.

Der Kadett vergaß, sein Gerät abzuschalten. »Ich weiß nicht«, hörten sie ihn antworten. »Der Schalter hat nicht versagt – ich konnte bloß irgendwie keinen Muskel bewegen. Ich konnte Sie rufen hören, aber ich konnte mich nicht bewegen.«

Matt ging zur Schleuse zurück. Der Junge tat ihm leid. Ob er am Abend wohl noch in der Kantine sein würde? Es war üblich, Juniorkadetten, die irgendeine winzige Prüfung nicht bestanden, sofort zu entfernen. Matt tat das jedesmal weh. Nicht, daß er etwas dagegen einzuwenden gehabt hätte, aber er spürte doch jedesmal den kalten Hauch der Katastrophe in seinem eigenen Nacken.

Aber als sie dann entlassen wurden, stieg seine Stimmung wieder. Er hatte kaum seinen Raumanzug abgelegt und ihn vorschriftsmäßig wieder verwahrt, als er schon durch die Gänge raste, wobei er einige Male unvorschriftsmäßig lange Sätze machte.

Er polterte an Tex' Türe. »Hey, Tex! Aufwachen! Muß dir was erzählen.«

Keine Antwort. Er öffnete die Tür, aber Tex war nicht da. Auch Pete oder Oscar nicht. Etwas enttäuscht begab er sich in sein eigenes Gemach und nahm sich eine Kassette vor.

Beinahe zwei Stunden später, als Matt sich gerade anschickte, zum Essen zu gehen, kam Tex hereingepoltert und schrie: »He, Matt! Du darfst mir die Hand schütteln, Junge – du siehst hier einen echten Astronauten!«

»Was?«

»Ich habe gerade den Grundkurs bestanden. Der Sergeant hat gesagt, das sei die beste Prüfung gewesen, die er je gesehen habe.«

»Tatsächlich? Oh –«

»Und ob er das getan hat, Junge – und jetzt geht's zur Station!«

# 8
# Terra-Station

»Urlauber – Boot bemannen!«

Matt zog den Reißverschluß seines Raumanzuges zu und brachte schnell die einzelnen Tests hinter sich. Oscar und Tex drängten ihn, die anderen Urlauber hatten bereits die Schleusentür hinter sich gebracht, der wachhabende Kadett ließ sich Matts Papiere zeigen und verschloß dann die Schleusentür hinter ihm.

Die Schleuse war ein langer, an beiden Enden abgedichteter Korridor, der zu einem Hangar in der Schiffswand der *Randolph* führte, wo die kleinen Beiboote untergebracht waren. Der Druck reduzierte sich, und dann öffnete sich die gegenüberliegende Schleusentüre; Matt zog sich als letzter an dem Haltetau durch die Tür und stellte fest, daß das Boot bereits voll war. Er konnte keinen Platz finden; die Passagiersitze waren alle besetzt.

Der Pilot, ein Seniorkadett, winkte ihn zu sich. Matt trat neben ihn und legte seinen Helm an den des anderen. »Mister«, sagte der, »können Sie Instrumente lesen?«

Da Matt annahm, daß der Mann nur das einfache Armaturenbrett des Beibootes meinte, antwortete er: »Ja, Sir.«

»Dann setzen Sie sich auf den Platz des Kopiloten. Welche Masse haben Sie?«

»Hundertdreiundachtzigfünf, Sir«, antwortete Matt und gab damit seine Masse und die seines Anzugs mit allen Geräten an. Matt schnallte sich an, sah sich dann um und versuchte, Tex und Oscar zu entdeckten. Er kam sich sehr wichtig vor, wenn ein Beiboot auch einen Kopiloten etwa ebenso notwendig braucht wie ein Schwein einen Ersatzschweif.

Der Kadett trug Matts Masse auf seiner Liste ein, stellte ein paar Berechnungen an und meinte dann zu Matt: »Sagen Sie G-zwo, er soll mit B-drei die Plätze tauschen.« Matt schaltete sein Funkgerät ein und gab den Befehl weiter. Hinter ihm tauschten zwei Juniorkadetten den Platz. Der Pilot gab dem Kadetten an der Hangartür ein Handzeichen, und darauf wurde das Startgerüst des Beibootes nach draußen gehievt.

Ein Beiboot ist eine Passagierrakete, die man auf das Notwendigste reduziert hat. Manche bezeichnen sie als einen Garderobenständer mit Außenbordmotor. Beiboote funktionieren nur im freien Weltraum und haben daher keine Stromlinienform.

Der Raketenmotor liegt frei. Davor gibt es eine ganze Reihe von Metallstangen, das Passagiergestell. Es handelt sich also um kein ›Schiff‹ mit einem Rumpf, luftdichten Abteilen und so weiter. Die Passagiere schnallen sich bloß an dem Gestell fest und lassen sich von dem Raketenmotor antreiben.

Als das Beiboot sich von der *Randolph* gelöst hatte, schob der Kadett im Hangar das Startgerüst weiter nach draußen, bis die Nase des Beibootes auf die Terra-Station wies. Dann drückte der Pilot ein paar Knöpfe, und das Beiboot setzte sich in Bewegung.

Der Kadett sah auf seinen Radarschirm. Als ihre Geschwindigkeit dreißig Meter pro Sekunde betrug, schaltete er den Antrieb ab. »Nehmen Sie mit der Station Verbindung auf«, befahl er Matt.

Matt schaltete die Funkanlage ein und rief die Station. »Beiboot Nummer drei, *Randolph* – planmäßiger

Flug, Ankunft neun Minuten plus oder minus«, sendete Matt und gratulierte sich im stillen, daß er die Bandkassette studiert hatte, die sich mit der Bedienung von Kleinfahrzeugen befaßte.

»Roger«, antwortete eine weibliche Stimme und fügte dann hinzu: »Benutzen Sie Außenorbitplattform B wie Berta.«

»B wie Berta«, bestätigte Mat. »Verkehr?«

»Außenorbit negativ. Innenorbit Raumschiff *Victory* im Annäherungsmanöver.«

Matt wiederholte das seinem Piloten. »Also kein Verkehr«, meinte der. »Mister, ich werd' jetzt ein wenig schlafen. Wecken Sie mich, wenn wir auf zweitausend Meter ran sind.«

»Aye, aye, Sir.«

»Glauben Sie, daß Sie das Anlegemanöver schaffen?«

Matt schluckte. »Ich werd es versuchen, Sir.«

»Rechnen Sie es sich aus, während ich schlafe.« Und darauf schloß der Kadett die Augen und schwebte so bequem im freien Fall, als läge er in seinem Bett. Matt konzentrierte sich auf seine Instrumente.

Sieben Minuten später schüttelte er den Kadetten, der prompt die Augen aufschlug und fragte: »Was macht Ihr Flugplan, Mister?«

»Nun, äh – wenn wir so weiterfliegen, passieren wir die Station auf der Außenorbitseite. Ich glaube, ich würde gar nichts ändern. Wenn wir auf zwölfhundert Meter heran sind, würde ich Schub geben, bis unsere Relativgeschwindigkeit auf etwa drei Metersekunden abgesunken ist und dann nach Gefühl bremsen, während wir längsseits fliegen.«

»Sie haben zuviel studiert.«

»Ist das schlimm?« fragte Matt ängstlich.

»Nee. Nur zu. Machen Sie's.« Der Seniorkadett warf einen Blick auf den Radarschirm, um sich davon zu vergewissern, daß das Beiboot nicht mit der Station kollidieren würde. Matt blickte wie gebannt auf den Abstandsmesser. Seine Erregung wuchs. Einmal warf er einen Blick auf den glänzenden Zylinder der Station, sah aber gleich wieder weg. Ein paar Sekunden später drückte er den Zündungsknopf, und eine Flamme stach vor ihnen ins All.

Ein Beiboot hat an beiden Enden Düsen, die von denselben, miteinander verbundenen Tanks, Treibstoffpumpen und Röhren gespeist werden. Beiboote werden ›nach Gefühl‹ gesteuert und nicht mit komplizierter Mathematik. Insofern sind sie ideal dazu geeignet, jungen Piloten den Umgang mit Raketenschiffen näherzubringen.

Während der Abstand immer geringer wurde, spürte Matt den Alptraum aller Raketenpiloten: Reicht das berechnete Manöver aus, um einen Zusammenstoß zu vermeiden? Es war eine große Erleichterung, den Startknopf loszulassen.

Der Seniorkadett fragte: »Kennen Sie B wie Berta, wenn Sie sie sehen?«

Matt schüttelte den Kopf. »Nein, Sir, das ist meine erste Fahrt zur Terra-Station.«

»Was? Und ich lasse Sie ans Steuer! Nun, dort vorne ist sie, die dritte Plattform von oben. Fangen Sie mit Ihrem Bremsmanöver an.«

»Aye, aye, Sir.« Das Beiboot schwebte in etwa hundert Meter Entfernung an der Station entlang. Ihr Tempo entsprach etwa dem eines Fußgängers. Matt ließ ›B wie Berta‹ noch ein paar Augenblicke auf sich zukommen, dann gab er probeweise einen kurzen Düsenstoß. Das schien ihre Fahrt nicht sehr zu verlangsamen; er gab noch einen Feuerstoß ab.

Ein paar Minuten später hing die kleine Maschine fast bewegungslos im All. Er sah den Piloten fragend an. »Ich hab' schon Schlimmeres gesehen«, grunzte der. »Sagen Sie denen, die sollen uns reinholen.«

»*Randolph* Nummer drei – kontaktbereit«, meldete Matt über Funk.

»Wir sehen Sie«, antwortete die Stimme des Mädchens. »Wir schicken Ihnen jetzt eine Leine.«

Eine Leine, die aus einer Art Kanone abgefeuert wurde, kam im eleganten Bogen auf sie zu und fuhr durch eine Metallöse, die vorne an dem Beiboot angebracht war. »Ich löse Sie jetzt ab, Sir«, sagte der Pilot zu Matt. »Klettern Sie raus, und machen Sie die Leine fest.«

Wenige Minuten später war das Beiboot an der Plattform B befestigt, und die Kadetten strömten in die Luftschleuse der Plattform. Matt entdeckte Oscar und Tex im Umkleideraum. »Was habt ihr denn von der Landung gehalten?« fragte Matt mit gespielter Gleichgültigkeit.

»Nicht übel' denke ich«, antwortete Tex. »Warum fragst du?«

»*Ich* hab' sie gemacht.«

Oscar hob die Brauen. »Du? Gut gemacht, Junge.«

Tex blickte erstaunt. »Der Pilot hat dich rangelassen? Bei deiner ersten Fahrt?«

»Warum nicht? Ihr glaubt wohl, ich mache Witze?«

»Nein, ich bin nur beeindruckt. Darf ich dich anfassen? Gibst du Autogramme?«

»Ach, hör doch auf!«

Sie befanden sich natürlich im Freien-Fall-Abschnitt der Station. Sobald sie ihre Anzüge verstaut hatten, begaben sie sich eilig zu dem Laufband, das die Reisenden gewöhnlich benutzten. Oscar kannte sich etwas aus; er war auf der Station von einem Schiff ins andere umgestiegen, als er noch Kandidat war, und führte sie daher zu der Tür an der Rotationsachse – der einzigen Stelle, wo man von der Freien-Fall-Zone in die Gewichtszone passieren konnte.

Von der Achse aus gingen sie einige Stockwerke in die Tiefe, vorbei an Büros und Privatwohnungen bis zum ersten öffentlichen Stockwerk. Tatsächlich handelte es sich dabei um eine breite, hellerleuchtete Straße mit hoher Decke und mit Laufbändern in der Mitte. Zu beiden Seiten reihten sich Läden und Restaurants. Die Laufbänder schienen etwas anzusteigen und sich in der Ferne zu verlieren, denn der Korridor führte um die ganze Station herum. »Das nennt sich *Paradise Walk*«, erklärte ihnen Oscar.

»Ich kann mir vorstellen, warum«, nickte Tex und pfiff leise durch die Zähne. Die anderen folgten seinem Blick. Eine hochgewachsene, gutgebaute Blondine, die nur in ein paar blaue Stoffetzen gekleidet schien, sah sich die Schaufenster eines Juweliergeschäftes an.

»Sei vorsichtig, Tex«, riet Oscar. »Sie ist größer als du.«

»Ich mag große Frauen«, antwortete Tex. »Paßt auf, da könnt ihr was lernen.«

Er stolzierte auf die junge Frau zu. Matt und Oscar konnten nicht hören, wie er sie ansprach, aber offenbar war sie nicht beleidigt, denn sie lachte. Dann musterte sie ihn vom Kopf bis zu den Zehen amüsiert und antwortete. Ihre Stimme war auf einige Entfernung zu hören. »Ich bin verheiratet und wenigstens zehn Jahre älter als Sie. Ich gebe mich nie mit Kadetten ab.«

Tex schlich wie ein geprügelter Hund zu seinen Freunden zurück. Er wollte gerade sagen: »Nun, probieren –«, als die Frau ihm nachrief:

»Warten Sie mal – Sie alle drei.« Sie kam auf sie zu und sah Matt und Oscar an. »Sie sind Junioren, nicht wahr?«

»Juniorkadetten, ja, Ma'am«, antwortete Oscar.

Sie suchte in ihrer mit Schmucksteinen besetzten Tasche herum. »Wenn Sie sich etwas vergnügen und ein paar jüngere Mädchen kennenlernen wollen, dann könnten Sie es an dieser Adresse versuchen.« Sie reichte Oscar eine Karte.

Er sah sie verblüfft an und sagte: »Vielen Dank, Ma'am.«

»Keine Ursache.« Sie ließ die drei jungen Männer stehen und war sofort wieder in der Menge verschwunden.

»Was steht denn auf der Karte?« wollte Matt wissen.

Oscar sah sie an und hielt sie dann den anderen zum Lesen hin.

Erste Baptistenkirche – Terra-Station
Ralph Smiley, Pastor
GEMEINDEZENTRUM
No. 2437, Etage ›C‹

Tex grinste. »Nun, ganz daneben ist es also doch nicht gegangen.«

Jetzt konnten sie sich nicht einig werden. Matt und

Tex wollten sofort zu dem Gemeindezentrum gehen; Oscar erklärte, er sei hungrig und wolle etwas Anständiges zu essen haben. Je länger die Auseinandersetzung dauerte, desto vernünftiger schien Oscars Vorschlag. Schließlich wechselte Tex die Seiten, und Matt gab der Mehrheit nach.

Als er ein paar Minuten später die Preise auf der Karte sah, bedauerte er es. Das Restaurant, das sie ausgewählt hatten, war eine typische Touristenfalle, ein luxuriöser Speisesaal mit einer Bar. Statt den üblichen Robottischen gab es menschliche Kellner, und die Preise waren entsprechend.

Tex sah seinen Gesichtsausdruck. »Nur ruhig, Matt«, sagte er. »Ich lad' euch ein – Paps hat mir einen Scheck geschickt.«

»Oh, das möchte ich nicht.«

»Willst du dich mit mir prügeln?«

Matt grinste. »Okay, danke.«

Oscar fragte: »Wie schwer soll denn die Strafe ausfallen, Tex? Tee und Toast?«

»Was ihr wollt, wir wollen hier richtig feiern. Das bringt mich auf eine Idee – ich glaube, wir sollten uns einen Drink leisten.«

»Was?« fragte Oscar. »Damit die Militärpolizei uns erwischt? Nein, vielen Dank.«

Matt wollte protestieren, aber Tex stand auf. »Überlaßt das ruhig Vater Jarman. Höchste Zeit, daß ihr zwei armen unterprivilegierten Ausländer einmal einen richtigen alten Südstaaten-Mint Yulep zu kosten bekommt.« Er setzte sich in Richtung auf die Bar in Bewegung. Oscar zuckte die Achseln.

Tex studierte die Bar, ehe er sie betrat. Es gab dort natürlich keine Kadetten; und was noch wichtiger war, auch keine Offiziere und keine Marinepolizei. Es war noch ziemlich früh, und die Bar stand daher fast leer. Er ging auf den Barmixer zu. »Können Sie einen Mint Yulep machen?« fragte er.

Der Bartender blickte auf und antwortete: »Verschwinden Sie. Ich darf Ihnen keinen Alkohol verkaufen. Kadetten haben hier keinen Zutritt.«

»Ich habe Sie nicht gefragt, ob Kadetten hier Zutritt haben – ich hab' Sie gefragt, ob Sie einen Mint Yulep machen können.« Tex schob einen Geldschein über die Theke. »Drei Mint Yulep sogar, um es genau zu sagen.«

Der Barkeeper musterte die Banknote. Schließlich ließ er sie verschwinden. »Gehen Sie in den Speisesaal zurück.«

»Geht klar!« sagte Tex.

Wenige Minuten später stellte ein Kellner ein komplettes Tee-Service vor sie auf den Tisch, aber in der Teekanne war kein Tee. Tex schenkte aus, wobei er sorgsam darauf bedacht war, daß jede Teetasse gleichviel enthielt. »Auf eure Gesundheit, Freunde – laßt es euch schmecken.«

Matt nippte an seiner Tasse. »Schmeckt wie Medizin«, erklärte er dann.

»Wie Medizin?« protestierte Tex. »Dieses edle Gesöff? Wir sehen uns bei Morgendämmerung, Sir – Kaffee und Pistolen für zwei.«

»Trotzdem schmeckt es wie Medizin. Was hältst du davon, Oscar?«

»Es ist nicht schlecht.«

Matt schob seine Tasse beiseite.

»Trinkst du es nicht?« fragte Tex.

»Nein, danke, Tex, wirklich – aber ich glaube, mir

würde davon übel werden, vielleicht vertrag ich so etwas nicht.«

»Nun, vergeuden wollen wir es auch nicht.« Er nahm Matts Tasse und füllte einen Teil ihres Inhalts in die seine um. »Teilst du mit mir, Oscar?«

»Nein, nimm nur du.«

»Okay, wenn du meinst.« Er goß den Rest in seine Tasse.

Als das Essen, das sie bestellt hatten, serviert wurde, interessierte es Tex nicht mehr. Während Matt und Oscar mit Kauen beschäftigt waren, drängte er sie dauernd: »Komm doch, Oscar! Du kannst es lernen.«

»Ich kann nicht singen.«

»Sicher kannst du singen. Ich habe dich doch auf der *Randolph* auch singen hören. Ich singe die Strophe, dann klatschen wir alle und singen gemeinsam den Refrain: ›Das gibt ... es nur ... in Texas!‹ So geht das.«

»Halt den Mund«, sagte Oscar, »sonst kriegst du noch Ärger.«

»Spielverderber! Komm, mach du wenigstens mit, Matt!«

»Schau«, sagte Oscar leise zu Matt. »Siehst du auch, was ich sehe?«

Matt sah hin und entdeckte Lieutenant Wong, der den Speisesaal vom anderen Ende her betrat. Er ging an einen Tisch, setzte sich, sah sich um, entdeckte den Tisch mit Kadetten, nickte und fing an, in der Speisekarte zu lesen. »Oh, Mann!« stöhnte Matt.

»Dann singen wir eben ›Iowa‹«, verkündete Tex. »Ich bin da nicht so.«

»Gar nichts singen wir. Um Himmels willen, Tex – halt jetzt den Mund! Es ist gerade ein Offizier ins Lokal gekommen.«

»Wo denn?« wollte Tex wissen. »Sag ihm, er soll an unseren Tisch kommen. Ich nehm keinem etwas übel. Sind anständige Kerle, alle zusammen, diese Stinktiere.« Matt warf Lieutenant Wong einen schnellen Blick zu und stellte zu seinem Erschrecken fest, daß der Offizier ihm zuwinkte. Er stand auf und ging steif auf Wong zu.

»Dodson –«

»Ja, Sir.«

»Gehen Sie zurück und sagen Sie Jarman, er soll sich ruhig verhalten, ehe ich hinüberkommen muß und ihn fragen muß, wie er heißt.«

»Äh – aye, aye, Sir!« Als er an den Tisch zurückkehrte, war Tex bereits ruhig und schien irgendwie ernüchtert, aber höchst verblüfft. Oscars gewöhnlich freundliches Gesicht war vor Arger gerötet. »Und wie lautet das Urteil?«

Matt berichtete. »Ach so, Wong ist ein anständiger Kerl. Aber wir müssen ihn hier wegschaffen.« Oscar winkte dem Kellner und bezahlte dann aus Tex' Geldbörse.

Er stand auf. »Gehen wir. Reiß dich zusammen, Tex, sonst breche ich dir den Hals.«

»Wohin?« wollte Matt wissen.

»In die Badezelle.«

Glücklicherweise stellte sich heraus, daß sie den Raum für sich alleine hatten. Oscar steuerte Tex an ein Waschbecken und befahl ihm, sich den Finger in den Hals zu stecken. »Warum?« wandte Tex ein.

»Weil ich es für dich tue, wenn du es nicht machst. Matt – kannst du auf ihn aufpassen? Ich bin gleich wieder da.«

Es dauerte fast zwanzig Minuten, bis Oscar zurückkehrte. Er trug ein paar Becher mit heißem schwarzen Kaffee und ein Röhrchen mit Pillen. Er drängte dem Patienten den Kaffee und ein halbes Dutzend Pillen auf. »Was sind das für Pillen?« wollte Matt wissen.

»Thiamin Chlorid.«

»Du scheinst dich ja auszukennen?«

»Nun ...« Oscar runzelte die Stirn. »Auf der Venus geht's anders zu als auf der Erde, wißt ihr. Immer noch ziemlich unzivilisiert. Trink den restlichen Kaffee, Tex.«

»Ja, Sir.«

»Seine Uniform ist vorne ganz verschmiert«, sagte Matt.

»Ja, das sehe ich. Wir hätten ihn ausziehen sollen.«

»Was machen wir jetzt? Wenn er so auf die *Randolph* zurückkehrt, wird man ihm Fragen stellen – unangenehme Fragen.«

»Laß mich nachdenken.« Und kurz darauf zu Tex gewandt: »Geh da hinein« – Oscar deutete auf eine der Badezellen – »und zieh die Uniform aus. Reich sie mir heraus und schließ dich ein. Wir kommen gleich wieder.« Tex machte ein Gesicht, als verurteilte man ihn zu Zwangsarbeit, aber jeder Oppositionsgeist in ihm war erstorben. Er gehorchte. Kurz darauf gingen Matt und Oscar weg, Oscar mit einem eng zusammengerollten Bündel unter dem Arm.

Sie fuhren mit dem Laufband halb um die Station herum, durch Scharen auffällig gekleideter, hastender Leute, vorbei an teuren Läden. Matt genoß das.

»Es heißt immer«, meinte Oscar, »die großen Städte seien so gewesen, damals, vor den Unruhen.«

»Wie Des Moines sieht es jedenfalls nicht aus.«

»Wie die Venus auch nicht.« Oscar fand, was er

suchte, einen automatischen Wäschedienst in einer Seitengasse neben dem Warteraum der Emigrantenzone. Nach einer ziemlich langen Wartezeit kam die Uniform zurück, sauber, gebügelt und sorgfältig verpackt. Da sie sich auf Terra-Station befanden, war der Preis fast astronomisch. Matt musterte wehmütig die Überreste seiner Barschaft.

»Ebenso gut kann ich ganz pleite sein«, sagte er und investierte den Rest in ein Pfund mit Schokolade überzogener Kirschen. Sie eilten zurück. Tex wirkte so niedergeschlagen und andererseits so froh, sie wiederzusehen, daß Matt in einer plötzlichen Anwandlung von Großzügigkeit ihm die Schachtel reichte. »Ein Geschenk für dich, du armer Teufel.«

Tex schien von der Geste gerührt – mehr als eine Geste war es nicht, da Schokolade und dergleichen, kraft uralten Rechts unter Zimmerkollegen, ohnehin Gemeinschaftseigentum ist.

»Beeil dich mit anziehen, Tex. Das Boot startet in genau zweiunddreißig Minuten.« Fünfundzwanzig Minuten später drängten sie sich in ihren Raumanzügen in die Luftschleuse, Tex mit der Schokoladeschachtel unter dem Arm.

Der Rückflug verlief ohne besondere Ereignisse, sah man von einer Kleinigkeit ab: Man hatte nicht daran gedacht, einen Druckbehälter für die Schokolade zu verlangen. Ehe Tex sich anschnallen konnte, hatte die Schachtel sich bereits aufgewölbt. Bis sie die *Randolph* erreichten, war die linke Seite seines Raumanzuges mit einer klebrigen Masse, bestehend aus Kirschsaft, Zuckersirup und brauner Schokolade, bedeckt, weil das halbflüssige Konfekt sich im Vakuum ausgedehnt hatte. Er hätte die Schachtel weggeworfen, hätte der

Seniorkadett, der neben ihm an das Gestell geschnallt war, ihn nicht an die schweren Strafen für Wegwerfen von Unrat erinnert.

Der Kadett in der Hangarschleuse der *Randolph* musterte Tex angewidert. »Warum haben Sie das Zeug denn nicht in Ihren Anzug gepackt?«

Äh, daran habe ich nicht gedacht, Sir.«

»Hm! Das nächste Mal werden Sie ganz bestimmt daran denken. Gehen Sie hinein und melden Sie sich wegen ›Unsauberkeit in Uniform‹ und machen Sie den Anzug sauber.«

»Aye, aye, Sir.«

Pete war auf ihrer Stube, als sie zurückkamen. Er kam aus seiner Kammer. »War's nett? Mann, ich wollte, ich hätte nicht Dienst gehabt.«

»Dir ist nicht viel entgangen«, sagte Oscar.

Tex blickte von einem zum anderen. »Tut mir wirklich leid, daß ich euch den Urlaub versaut habe.«

»Schon gut«, sagte Oscar. »Terrastation ist nächsten Monat auch noch da.«

»Das schon«, nickte Matt, »aber hör mal, Tex – sag uns die Wahrheit. Das war doch dein erster Drink – oder?«

Tex blickte beschämt. »Ja ... meine Leute sind alle Antialkoholiker – mit Ausnahme von Onkel Bodie.«

»Laß deinen Onkel Bodie aus dem Spiel. Wenn ich dich noch einmal mit einem Drink erwische, dann schlage ich dich mit der Flasche tot.«

»Sag mal«, wollte Pete wissen, »was ist eigentlich hier los? Was soll das Ganze?«

## 9
## Eine mühsame Lektion

Das Leben an Bord der *Randolph* hatte etwas seltsam Zeitloses an sich. Es gab kein Wetter, es gab keine Jahreszeiten. Die Aufteilung in ›Tag‹ und ›Nacht‹ war willkürlich und wurde dauernd und jederzeit durch Nachtwachen und Laboreinsätze unterbrochen, um die beschränkten Möglichkeiten maximal auszunützen. Mahlzeiten wurden rund um die Uhr alle sechs Stunden serviert, und die Mahlzeit um ein Uhr ›morgens‹ war beinahe ebenso gut besucht wie das ›Frühstück‹ um sieben Uhr.

Matt gewöhnte sich daran, dann zu schlafen, wenn er Zeit dazu fand – und die Tage strichen dahin. Er hatte das Gefühl, nie genug Zeit für all das zu haben, was man von ihm erwartete. Mathematik und die anderen mathematischen Fächer, insbesondere Astrogation und Atomphysik, begannen ihm zum Alptraum zu werden; und dabei verlangte man dauernd praktische Anwendung der Mathematik von ihm, ehe er genügend Grundkenntnisse besaß.

Ehe er Kadett geworden war, hatte er sich für mathematisch ziemlich begabt gehalten, und das war er auch – nach gewöhnlichen Maßstäben. Was es freilich bedeutete, einer Gruppe anzugehören, bei der jedes einzelne Mitglied in den naturwissenschaftlichen Fächern ungewöhnlich talentiert war, hatte er nicht vorhergesehen. Also nahm er Nachhilfestunden in Mathematik und studierte mehr denn je. Die zusätzliche Mühe verhinderte zwar, daß er in irgendeiner Prüfung durchfiel, aber das war schon alles.

Es ist unmöglich, die ganze Zeit zu arbeiten, ohne dabei durchzudrehen, aber die Umgebung, in der er sich befand, hätte Matt in jedem Fall daran gehindert, sich zu überarbeiten, selbst wenn er dazu veranlagt gewesen wäre. Korridor Nummer fünf von Deck A, wo Matt und seine Zimmergenossen wohnten, war als ›Schweinegasse‹ bekannt und hatte sich schon einen beachtlichen Ruf für höchst lockeres Verhalten erworben, bevor Tex Jarman seine Talente einbrachte.

Der augenblickliche ›Bürgermeister‹ der ›Schweinegasse‹ war ein Seniorkadett namens Bill Arensa. Er war ein brillanter Wissenschaftler und schien die Fähigkeit zu besitzen, selbst das komplizierteste Studienband in einem Durchlauf in sich aufzunehmen, aber er hielt sich auch schon ungewöhnlich lange Zeit auf der *Randolph* auf – wegen der vielen Minuspunkte, die er sich eingehandelt hatte.

Eines Abends, nach dem Essen, kurz nach ihrer Ankunft, versuchten Matt und Tex etwas zu musizieren. Matt hatte sich dazu mit einem Kamm und einem Stück Stanniolpapier bewaffnet, Tex bearbeitete sein Akkordeon. Ein lautes Brüllen von der anderen Korridorseite ließ sie innehalten. »Aufmachen, dort drüben! Ihr Jungs – kommt gefälligst raus!«

Tex und Matt erschienen wie befohlen. Der ›Bürgermeister‹ musterte sie. »Nirgends Blut zu sehen«, stellte er fest. »Dabei hätte ich geschworen, daß jemand umgebracht wird. Geht schon und holt eure Lärminstrumente.«

Arensa komplimentierte sie in sein Zimmer, das bereits überfüllt war. Er machte eine weitläufige Handbewegung, die alle Anwesenden einschloß. »Ich darf das Volksforum der Schweinegasse vorstellen –

Senator ölige Stimme, Senator Filibuster, Senator Stur, Doktor Fromm und der Marquis de Sade. Gentlemen, ich darf Ihnen Kommissar Jämmerlich und Professor Weither vorstellen.« Der Seniorkadett begab sich in sein Studierkämmerchen.

»Wie heißen Sie, Mister?« fragte einer der Kadetten, zu Tex gewandt.

»Jarman, Sir.«

»Und Sie?«

»Für solche Einzelheiten ist jetzt keine Zeit,« verkündete Arensa, der mit einer Gitarre unter dem Arm zurückkam. »Diese Nummer, an der Sie gearbeitet haben – die versuchen wir jetzt noch einmal. Der Takt hat noch nicht gestimmt. Und eins, und zwei!«

Dies war die Geburtsstunde der Schweinegassen-Combo. Sie wuchs schließlich auf sieben Mitglieder und baute sich langsam ein Repertoire auf, das bei Schiffsveranstaltungen vorgeführt werden konnte. Matt trat aus, als er endlich einen Platz in der Weltraumpololiga bekam, da er nicht für beides Zeit hatte – aber sein ziemlich bescheidenes Talent war kein Verlust für die Welt der Musen.

Trotzdem blieb er im Bekanntenkreis des Älteren. Arensa adoptierte sie alle vier, verlangte von ihnen, daß sie sich von Zeit zu Zeit auf seinem Zimmer meldeten, und übernahm so die Aufsicht über ihr Leben. Aber er meldete sie nie. Gespräche mit anderen Juniorkadetten ließen Matt erkennen, daß er und seine Freunde es in diesem Punkt gut getroffen hatten. Sie nahmen an zahlreichen Sitzungen des ›Forum‹ teil, zuerst, weil sie dazu befohlen wurden, später aus freien Stücken. Das Hauptvergnügen in der *Randolph*, wie in allen Internaten, bestand in endlosen Sitzungen, in denen über Gott und die Welt diskutiert wurde. Arensas originelle und gewöhnlich radikale Ideen lieferten die Würze.

Aber was auch immer das Thema war, gewöhnlich kam die Rede auf das Thema ›Mädchen‹ und endete mit dem nicht gerade überraschenden Schluß: »Hat ja keinen Sinn darüber zu reden – auf der *Randolph* gibt es keine. Gehen wir schlafen.«

Fast ebenso unterhaltend war das im Studienplan vorgeschriebene Seminar in ›Zweifel‹. Der Kurs war vom gegenwärtigen Kommandanten eingeführt worden und resultierte aus dessen eigener Beobachtung, daß jede militärische Organisation – und darin bildete die Patrouille keine Ausnahme – an einem systemimmanenten Laster litt. Militärische Hierarchien bewerten gewöhnlich konservatives Verhalten und stumpfe Übereinstimmung mit Präzendenzfällen besonders hoch. Sie neigen dazu, originelle, phantasievolle Gedanken zu bestrafen. Commodore Arkwright erkannte, daß diese Tendenzen unvermeidbar sind; er hoffte, sie ein wenig auszugleichen, indem er einen Kurs einführte, den man ohne originelles Denken nicht bestehen konnte.

Als Methode hatte man die Diskussionsgruppe gewählt, die aus Juniorkadetten, Seniorkadetten und Offizieren bestand. Der Seminarleiter pflegte irgendeine These aufzustellen, die gewöhnlich irgendeinen Wert in Zweifel stellte, der sonst als axiomatisch angesehen wurde. Und von diesem Punkt an durfte alles gesagt werden.

Matt brauchte eine Weile, um damit klar zu kommen. Bei der ersten Sitzung stellte der Diskussionsleiter die These auf: »Die Friedenspatrouille ist von Übel und sollte abgeschafft werden.« Matt wollte seinen Ohren nicht trauen.

Und dann hörte er mit an, wie in schneller Folge die Behauptungen aufgestellt wurden, daß die letzten hundert Jahre des von der Patrouille erzwungenen Friedens die Rasse geschädigt hätten, daß der Sturm von Mutation, der sich bei einem Atomkrieg als selbstverständliche Folge ergab, notwendigerweise nach den unverrückbaren Gesetzen der Entwicklung ein Nutzen wäre, daß weder die menschliche Rasse, noch irgendeine der anderen Rassen des Sonnensystems auf Dauer im Universum mit ihrem Überleben rechnen dürften, wenn sie bewußt den Krieg unterdrückten. Und außerdem bestünde die Patrouille aus einer Clique selbstgerechter Dickschädel, die ihre eigenen, anerzogenen Vorurteile für die Gesetze der Natur hielten.

Matt trug zu der ersten Diskussion, an der er teilnahm, nicht bei.

In der folgenden Woche wurde die Mutterliebe und die Liebe zur Mutter in Frage gestellt. Er wollte widersprechen, kam aber trotz aller Mühe auf keine plausible Antwort. Später gab es Angriffe gegen den Monotheismus als wünschenswerte Religion, den Nutzen der wissenschaftlichen Methode und die Herrschaft der Mehrheit zur Erzielung von Entscheidungen. Er entdeckte, daß es zulässig war, ebensogut orthodoxe Meinungen auszudrücken als solche, die unorthodox waren, und begann, sich an den Debatten zu beteiligen, indem er einige seiner eigenen Lieblingsideen verteidigte.

Er stellte sofort fest, daß seine eigenen unbewußten Annahmen, die seiner Meinung zugrunde lagen, wilden Angriffen ausgesetzt wurden, und fand sich meist auf ein stures und nicht ausgesprochenes ›Weil es eben so ist‹ reduziert.

Langsam begann er, die Methode zu begreifen und stellte fest, daß er imstande war, unschuldige Fragen zu stellen, die die Argumente eines anderen unterminierten. Von diesem Punkt an bereitete ihm das Seminar große Freude.

Ganz besonders, nachdem Girard Burke diesem Seminar zugeteilt wurde. Matt pflegte dann abzuwarten, bis Girard irgendeine entschiedene Meinung äußerte, und sprang ihn dann an – stets mit einer Frage, nie mit einer Feststellung. Aus irgendeinem Grund, den Matt nicht durchschaute, waren Burkes Ansichten stets orthodox; um sie anzugreifen, war Matt gezwungen, sich etwas Originelles einfallen zu lassen.

Eines Tages fragte er Burke nach dem Seminar: »Sag mal, Burke – ich dachte immer, du hättest über alles deine eigenen Ansichten?«

»Nun, mag schon sein. Und?«

»In ›Zweifel‹ klingt es aber nicht so.«

Burke sah ihn weise an. »Du wirst mich nicht dabei erwischen, wie ich meinen Kopf hinhalte.«

»Was soll das heißen?«

»Glaubst du, unsere hochgeschätzten Vorgesetzten interessieren sich wirklich für deine klugen Ideen? Lernst du denn nie, eine Tretmine zu erkennen, Junge?«

Matt überlegte. »Ich glaube, du spinnst.« Trotzdem dachte er lange darüber nach.

Die Tage zogen dahin. Sie mußten so hart arbeiten, daß nur wenig Zeit war, sich zu langweilen. Matt teilte den Glauben aller Kadetten, daß die *Randolph* ein Tollhaus war, ungeeignet für Menschen, ein Schrotthaufen, etc. etc. – aber tatsächlich hatte er gar keine eigene Meinung über das Schulschiff; er war viel zu beschäftigt. Zuerst litt er gelegentlich an Heimweh, später schien es sich zu geben. Für ihn gab es nichts als die beständige Tretmühle, die aus Studieren, Übungen, noch mehr Studien, Laborarbeiten, Schlafen, Essen und wieder Studien bestand.

Eines Abends kam er ziemlich spät von der Funkstation zurück, als er aus Petes Kammer seltsame Geräusche hörte. Zuerst glaubte er, daß Pete seinen Projektor benutzte und noch spät studierte. Er wollte schon an seine Tür klopfen und ihn auf eine Tasse Kakao in der Kantine einladen, als ihm klar wurde, daß es sich bei den Geräuschen nicht um die eines Projektors handelte.

Vorsichtig öffnete er die Türe einen Spalt weit. Das, was er gehört hatte, war Schluchzen gewesen. Er schloß die Tür lautlos und klopfte. Nach kurzem Schweigen sagte Pete: »Herein.«

Matt trat ein. »Hast du was zu essen?«

»Auf dem Schreibtisch liegen ein paar Kekse.«

Matt holte sie sich. »Du siehst nicht gut aus, Pete. Stimmt was nicht?«

»Nein, nichts.«

»Mach mir nichts vor. Raus damit.«

Pete zögerte. »Es ist nichts. Nichts, wogegen man etwas tun könnte.«

»Kann sein, kann aber auch nicht sein. Sag es mir.«

»Du kannst da nichts machen. Ich habe *Heimweh*, das ist alles!«

»Oh –« Matt sah plötzlich ein Bild der sanften

Hügel und der grünen Wiesen von Iowa vor sich. Aber er unterdrückte es. »Das ist schlimm, Junge. Ich weiß, wie dir zumute sein muß.«

»Nein, das weißt du nicht. Du bist ja praktisch zu Hause – schließlich brauchst du bloß an ein Bullauge zu treten, dann *siehst* du es.«

»Das hilft auch nichts.«

»Und es ist auch noch gar nicht so schrecklich lange her, daß du zu Hause warst. Ich – bei mir hat es zwei Jahre gedauert, um die Reise nach Terra zu machen; und ich habe keine Ahnung, wann ich mein Zuhause jemals wiedersehe.« Petes Augen schienen in endlose Fernen zu blicken, und seine Stimme klang beinahe verträumt. »Du weißt nicht, wie es ist, Matt. Du hast das nie *gesehen*. Weißt du, was manche Leute sagen? ›Jeder zivilisierte Mensch hat zwei Planeten: seinen eigenen und Ganymed‹.«

»Was?«

Pete schien ihn nicht zu hören. »Wenn Jupiter am Himmel hängt und den halben Himmel füllt ...«, er hielt inne. »Das ist schön, Matt. Es gibt keinen anderen Ort, der so schön ist.«

Matt ertappte sich dabei, wie er sich Des Moines an einem Spätsommerabend vorstellte ..., wenn die Glühwürmchen blitzten und die Zikaden in den Bäumen zirpten und die Luft so dicht und schwer war, daß man sie förmlich in der Hand halten konnte. Plötzlich haßte er die stählerne Wand, die ihn umgab, mit ihrer ewigen Schwerelosigkeit und ihrer gefilterten Luft und den künstlichen Lichtern. »Warum haben wir uns eigentlich je gemeldet, Pete?«

»Ich weiß nicht. Ich weiß es wirklich nicht!«

»Wirst du aufgeben?«

»Das kann ich nicht. Mein Vater mußte eine Bürgschaft leisten und meine Passage hin und zurück garantieren. Wenn ich freiwillig aufgebe, dann muß er dafür aufkommen.«

Tex kam herein. Er gähnte und kratzte sich. »Was ist denn mit euch los? Könnt ihr nicht schlafen? Soll denn hier keiner Ruhe finden?«

»Entschuldige, Tex.«

Jarman sah sie an. »Ihr seht beide so aus, als wäre gerade euer Lieblingshündchen gestorben. Was ist denn los?«

Matt biß sich auf die Lippen. »Nichts Besonderes. Bloß Heimweh habe ich, das ist alles.«

Pete schaltete sich sofort ein. »Das stimmt nicht ganz. Ich war die Heulsuse. Matt hat versucht, mich aufzumuntern.«

Tex sah die beiden verblüfft an. »Ich kapier' das nicht. Welchen Unterschied macht es schon, wo ihr seid, solange es nicht Texas ist?«

»Ach, Tex, hör doch auf!« platzte Matt heraus.

»Was ist denn? Habe ich etwas Falsches gesagt?« Tex wanderte zwischen Matt und Pete hin und her. »Pete, ich muß zugeben, du bist mächtig weit von deinen Leuten weg. Ich will dir was sagen – wenn wir das nächste Mal Urlaub bekommen, kommst du mit mir nach Hause. Dann laß ich dich mal die Beine zählen, die ein Pferd hat.«

Pete grinste schwach. »Lern ich dann deinen Onkel Bodie kennen?«

»Na klar! Dann kann Onkel Bodie dir auch erzählen, wie es war, als er damals einen Mustang eingefangen und geritten hat, ohne Sattel natürlich. Kommst du?«

»Wenn du versprichst, daß du mich auch mal zu Hause besuchst, und du auch, Matt.«

»Geht klar.« Sie schüttelten sich ringsum die Hände.

Wahrscheinlich hätte er den Zwischenfall mit Pete bald vergessen, wenn sich nicht kurz darauf noch etwas anderes ereignet hätte. Matt ging quer über den Korridor zu Arensas Zimmer und wollte den Senior um Unterstützung bei einem schwierigen Astrogationsproblem bitten. Er fand ihn beim Packen. »Komm rein, Senator«, sagte Arensa. »Steh nicht unter der Türe. Was plagt dich denn?«

»Äh, nichts, denke ich. Haben Sie Ihr Schiff bekommen, Sir?« Arensa hatte im vergangenen Monat die Außenprüfung bestanden; formell war er jetzt ein ›bestandener Kadett‹ und ein ›Senior‹.

»Nein.« Er nahm ein Bündel Papiere, sah sie an und zerriß sie. »Aber ich reise ab.«

»Oh.«

»Brauchst nicht drumrumzureden – die haben mich nicht rausgeschmissen. Ich habe selbst aufgegeben.«

»Oh.«

»Starr mich nicht an und sag nicht ›oh‹! Was ist denn so Besonderes dran, wenn jemand aufgibt?«

»Nichts. Gar nichts.«

»Du zerbrichst dir den Kopf, warum, nicht wahr? Nun, ich will es dir sagen. Ich hab's einfach satt, deshalb gehe ich. Ich hab's satt. Jungchen, ich hab' nämlich keine Lust, ein Supermann zu sein. Mein Heiligenschein juckt, und drum lege ich ihn ab. Verstehst du das?«

»Oh, ich wollte nicht kritisieren.«

»Nein, aber gedacht hast du es. Bleib nur dabei,

Senator. Du bist der ernsthafte junge Hüpfer, den die wollen und brauchen. Aber für mich ist das nichts – ich eigne mich nicht zum Erzengel, der am Himmel herumhüpft und ein Flammenschwert schwingt. Hast du je darüber nachgedacht, wie es wäre, Atombomben auf eine Stadt zu werfen? Hast du wirklich darüber *nachgedacht?*«

»Nun, ich weiß nicht. Die Patrouille brauchte ja noch nie eine Bombe zu werfen, seit es sie gibt. Ich glaube auch nicht, daß es je dazu kommen wird.«

»Aber dazu hast du dich verpflichtet, trotzdem. Dazu bist du da, mein Junge.« Er hielt inne und griff nach seiner Gitarre. »Vergiß es. Was soll ich denn jetzt damit anfangen? Ich verkauf sie dir billig. Erdpreis.«

»Ich könnte im Augenblick nicht einmal den bezahlen.«

»Dann schenk ich sie dir.« Arensa warf sie ihm hin. »Die Schweinegassencombo sollte eine Gitarre haben, und ich kann mir eine andere besorgen. In dreißig Minuten bin ich auf Terrastation, Senator. Und sechs Stunden später bin ich wieder bei den Bodenkriechern, den kleinen Leuten, die sich nicht darauf verstehen, Gott zu spielen, und auch gar keine Lust dazu hätten!«

Matt fiel nichts ein, was er darauf hätte noch sagen können.

Aber später kam es ihm immer seltsam vor, Arensas laute Stimme nicht auf der anderen Seite des Korridors zu hören. Dabei hatte Matt eigentlich gar keine Zeit, darüber nachzudenken. Matts Übungstrupp wurde zum Mond beordert, um dort Landeübungen zu machen.

Die Gruppe hatte zuerst mit Beibooten geübt und

dann mit einer eigens für Lehrzwecke hergerichteten A-6-Rakete. Der Laderaum dieses Schiffes – die Kadetten nannten es die *Schüttelrutsche,* in den Gerätelisten der *Randolph* war sie als Übungsfahrzeug Nummer 106 eingetragen – war als ein Dutzend identische Steuerkanzeln eingerichtet worden mit sämtlichen Schaltern, Skalen, Bildschirmen, Knöpfen. Die Instrumente in den einzelnen Räumen zeigten genau dieselben Daten wie die in der Hauptzentrale, aber wenn ein Kadett in einer der Lehrzentralen einen Knopf drückte oder ein Steuerorgan betätigte, hatte das keine Auswirkung auf das Schiff; die Operation wurde nur auf Band aufgezeichnet.

Was der Pilot tat, wurde ebenfalls aufgezeichnet, so daß jeder Übungspilot das, was er tat, mit dem vergleichen konnte, was er hätte tun sollen.

Die Gruppe hatte alles gelernt, was sie aus Übungslandungen auf der *Randolph* und der Terrastation lernen konnte. Sie brauchten jetzt einen echten Planeten. Die zweitägige Reise zum Mondstützpunkt fand in der *Schüttelrutsche* selbst statt, und zwar unter Gegebenheiten, die nur wenig schlimmer waren als die, mit denen sich ein Emigrant abfinden muß.

Matt und seine Kollegen sahen überhaupt nichts von den Mondkolonien. Sie bekamen keinen Urlaub; sie lebten zwei Wochen in einer Untergrundkaserne am Stützpunkt und gingen jeden Tag für ihre Landeübungen nach oben, zuerst in den fingierten Steuerzentralen der *Schüttelrutsche,* dann in doppelt gesteuerten A-6-Raketen, in denen sie tatsächlich Pilotenarbeit leisten mußten.

Matt bekam seinen Soloflug am Ende der ersten Woche. Er hatte ein ›Gefühl‹ für Pilotenarbeit; wenn man ihm einen vorkalkulierten Flugplan gab, dann konnte er seine Maschine danach lenken. Für ihn war das ebenso natürlich wie die mathematische Astrogation mühselig.

Jetzt hatte er etwas Zeit. Er erforschte den Stützpunkt und machte ein paar Spaziergänge im Raumanzug auf den kahlen, luftlosen Mondebenen. Die Übungspiloten waren in einer Ecke der Marinekaserne untergebracht. Matt vertrieb sich die Zeit, indem er den Soldaten der Raummarine zusah und mit ihnen redete.

Die flotte Art, mit der die Marineleute ihre Arbeit taten, machte Eindruck auf ihn. Es gibt keinen prunkvolleren Anblick im ganzen Sonnensystem, als einen alten Sergeanten der Raummarine in Galauniform mit Streifen, Tressen und Orden. Matt kam sich in der einfachen, schmucklosen Uniform, die er mitgebracht hatte, richtig armselig vor.

Die häufigen zeremoniellen Einsätze machten ihm Spaß. Zuerst kam es ihm eher seltsam vor, wenn eine Einheit gemustert wurde, ohne daß die gespenstischen Namen der Vier – ›Dahlquist! Martin! Rivera! Wheeler‹ – wiederholt wurden, aber die Raummarine hatte ihre eigenen Rituale, und zwar noch viel mehr als die Patrouille.

Seinem Plan treu, so viel wie möglich Astrogation in sich aufzunehmen, hatte sich Matt ein paar typische Probleme mitgebracht. Eines Tages ging er sie etwas widerstrebend an. ›Gegeben: Abflug vom Orbit von Deimos, Mars, nicht früher als 1200 Greenwich, 15. Mai 2087; chemischer Treibstoff, Ausstoßgeschwindigkeit 10000 Metersekunden; Ziel suprastratosphärischer Orbit um Venus. Aufgabe: wirtschaftlicher Orbit zum Zielort und schnellster Orbit, Massenverhältnisse, Abflug- und Ankunftszeiten für beide. Flugplan vorbereiten und Kontrollpunkte bestimmen, mit Vorkalkulationen für jeden Punkt, unter Benutzung von Sternen zweiter Größe oder heller. Frage: Ist es möglich, Zeit oder Treibstoff durch Einbeziehung des Terra-Luna-Systems zu sparen? Mit welchen bekannten Meteorschauern ist eine Begegnung wahrscheinlich und welche Ausweichpläne, falls nötig, sollten aufgestellt werden? Sämtliche Antworten müssen ebenso den Raumvorschriften wie ballistischen Prinzipien entsprechen.‹

Das Problem ließ sich ohne Maschinenkalkulation nicht innerhalb vernünftiger Zeit lösen. Aber Matt konnte es vorbereiten, und mit etwas Glück den diensthabenden Offizier der Rechenzentrale von Lunabasis dazu überreden, den ballistischen Integrator benützen zu dürfen. Er machte sich an die Arbeit.

Die süßen Klänge eines Horns drangen an sein Ohr. Der erste Aufruf für den Wachwechsel. Er ignorierte es.

Er schwitzte an seiner ersten Standardannäherung, als das Horn ihn wieder störte. Es riß ihn völlig aus seinen Gedanken. Verdammtes Problem! – Weshalb mußten die auch so blöde Aufgaben stellen? Die Patrouille vergeudete schließlich ihre Zeit nicht mit chemischen Treibstoffen und der wirtschaftlichsten Flugbahn – das war etwas für die Handelsmarine.

Zwei Minuten später sah er sich in der Haupthalle unter der Kaserne den Wachwechsel an. Als die Kapelle dann ›*Bis die Sonne erkaltet und der Himmel schwarz wird*‹ anstimmte, ertappte Matt sich dabei, wie ihm ein Kloß in den Hals stieg.

Er ging zum Wachhäuschen, weil er einfach noch keine Lust hatte, sich wieder seiner Mathematikaufgabe zuzuwenden. Der neue Diensthabende war ein alter Bekannter, Sergeant Macleod. »Kommen Sie rein, junger Freund, und ruhen Sie sich aus. Haben Sie den Wachwechsel gesehen?«

»Danke. Ja, das habe ich. Wirklich herrlich anzusehen.«

»Ich weiß schon, was Sie meinen. Ich mach das jetzt seit zwanzig Jahren, und es macht mir immer noch mehr Spaß als damals in meiner Rekrutenzeit. Wie geht's denn so? Geben die Ihnen viel Arbeit?«

Matt grinste ein wenig albern. »Ich hab' mich gedrückt. Eigentlich sollte ich Astrogation studieren, aber ich mochte einfach nicht mehr.«

»Kann's Ihnen nicht verübeln. Bei Zahlen schwirrt mir auch der Kopf.«

Matt ertappte sich dabei, wie er dem älteren Mann seine Probleme schilderte.

Sergeant Macleod musterte ihn interessiert und mitfühlend. »Hören Sie Mr. Dodson – Sie mögen diesen Bücherkram nicht. Warum geben Sie es nicht einfach auf?

»Was?«

»Sie mögen doch die Raummarine, oder?«

»Und wie.«

»Warum treten Sie dann nicht über, dann wären Sie bei einem richtigen Männerverein. Sie sind ein netter Kerl und haben eine gute Ausbildung. In einem Jahr würde ich vor Ihnen strammstehen. Haben Sie je darüber nachgedacht?«

»Nun, eigentlich nicht. Nein.«

»Dann tun Sie es mal. Sie gehören doch nicht zu den

Professoren. – Sie wußten nicht, daß wir die Patrouille so nennen, oder? – Die Professoren.«

»Ich hab's schon gehört.«

»So? Nun, wir arbeiten für die Professoren, aber wir gehören nicht dazu. Wir sind ... nun, Sie haben's ja gesehen. Denken Sie darüber nach.«

Matt dachte darüber nach, so lange, daß er die Mars-nach-Venus-Aufgabe immer noch ungelöst wieder mitnahm.

Die Unterbrechung machte die Lösung nicht leichter. Auch die anderen, komplizierteren Aufgaben wurden dadurch nicht leichter; daß ihm die ganze Zeit die Idee im Kopf herumschwirrte, daß er sich überhaupt nicht mit höherer Mathematik abzumühen brauchte, um Raumfahrer zu sein.

Er begann, sich schon in der farbenfrohen, vielleicht ein wenig pfauenhaften Uniform der Raummarine zu sehen.

Und dann ging er schließlich zu Lieutenant Wong.
»Sie wollen also zur Marine übertreten?«

»Ja, ich glaube schon.«

»Warum?«

Matt erklärte ihm seine immer größer werdende Frustration, die er bei allen Arbeiten in der Atomphysik und der Astrogation empfand.

Wong nickte. »Hab' ich mir schon gedacht. Aber wir wußten ja schließlich, daß es schwierig sein würde. Schließlich sind sie ungenügend vorbereitet zu uns gekommen. Mir hat die schlampige Arbeit auch gar nicht gefallen, die Sie seit der Rückkehr von Luna geleistet haben.«

»Ich habe aber mein Bestes gegeben, Sir.«

»Nein, das haben Sie nicht. Aber Sie *können* diese

beiden Fächer schaffen, und ich werde auch dafür sorgen, daß Sie das tun.«

Matt erklärte ihm fast unhörbar, daß er eigentlich nicht sicher wäre, ob er das überhaupt wollte. Wong schien zum erstenmal verblüfft.

»Immer noch? Wenn Sie einen Versetzungsantrag einreichen, werde ich ihn nicht bewilligen, und ich kann Ihnen schon im voraus sagen, daß der Kommandant ihn ablehnen wird.«

Matts Kinnmuskeln zuckten. »Das Recht haben Sie, Sir.«

»Verdammt noch mal, Dodson, das ist nicht mein Recht, das ist meine Pflicht. Sie würden nie einen Marinesoldaten abgeben, und das sage ich, weil ich Sie kenne, Sie und Ihre Akten und Ihre Fähigkeiten. Sie haben wirklich eine gute Chance, ein Offizier der Patrouille zu werden.«

Matt blickte verblüfft zu ihm auf. »Warum könnte ich kein Marinesoldat werden?«

»Weil es zu leicht für Sie ist – so leicht, daß Sie es nicht schaffen würden.«

»Hm?«

»Sie sollen nicht ›hm‹ sagen. Der Abstand im Intelligenzquotienten zwischen Führer und Mannschaft sollte nicht mehr als dreißig Punkte betragen. Sie sind diesen alten Sergeanten um wesentlich mehr als dreißig Punkte voraus. – Damit wir uns nicht falsch verstehen, das sind ausgezeichnete Männer. Aber Ihr Verstand arbeitet anders als der ihre.« Und dann fuhr Wong fort. »Haben Sie je darüber nachgedacht, warum die Patrouille nur aus Offizieren besteht – und solchen, die Offiziere werden wollen, eben den Kadetten?«

»Nnnein, Sir.«

»Natürlich haben Sie das nicht. Wir denken nie über Dinge nach, mit denen wir aufwachsen. Genaugenommen ist die Patrouille gar keine militärische Organisation.«

»Sir?«

»Ich weiß, ich weiß – Sie werden im Gebrauch von Waffen ausgebildet, Sie erhalten Befehle, Sie tragen Uniform. Aber der Zweck Ihrer Tätigkeit ist es nicht zu kämpfen, sondern Kämpfe zu vermeiden, durch alle Mittel, die Ihnen zur Verfügung stehen. Die Patrouille ist keine Kampforganisation; sie besitzt Waffen, die zu gefährlich sind, als daß man sie Militärs anvertrauen könnte.

Als im letzten Jahrhundert Waffen zur Massenvernichtung entwickelt wurden, wurde die Kriegführung im weiten Sinne rein offensiv, nicht mehr defensiv. Eine Nation konnte einen schrecklichen Angriff starten, konnte aber nicht mal ihre eigenen Raketenstützpunkte schützen. Dann wurde die Raumfahrt entwickelt.

Das Raumschiff ist im militärischen Sinne die perfekte Antwort auf die Atombombe, die Bakterienkriegführung und die Wetterkriegführung. Sie kann eine Attacke vortragen, die man nicht aufhalten kann – und es ist unmöglich, dieses Raumschiff von der Oberfläche eines Planeten aus anzugreifen.«

Matt nickte. »Der Gravitationstrichter.«

»Ja, der Gravitationstrichter. Menschen auf der Oberfläche eines Planeten sind ebenso hilflos gegenüber Menschen in Raumschiffen, wie das ein Mann wäre, der vom Grunde eines Ziehbrunnens aus versuchen würde, mit Steinen gegen jemand zu kämpfen, der über ihm steht. Der Gravitationstrichter ist eben der Verbündete des Mannes, der oben steht.

Diese Entwicklung hätte zu der unerträglichsten, härtesten Tyrannei führen können, die die Welt je erlebt hat. Aber die menschliche Rasse hatte Glück, und es hat sich anders entwickelt. Aufgabe der Patrouille ist es, dafür zu sorgen, daß uns dieses Glück erhalten bleibt.

Die Patrouille kann nicht einfach eine Atombombe abwerfen, einfach bloß, weil irgend so ein kleiner Hitler die Macht ergriffen hat, und eines Tages, wenn man ihm genug Zeit läßt, Raumschiffe und Waffen zur Massenvernichtung bauen könnte. Die Macht ist zu groß, zu gefährlich; das wäre gerade, als versuchte man, in einem Kindergarten mit einem geladenen Gewehr anstelle einer Rute Ordnung und Ruhe zu halten.

Die Raummarine ist die Rute der Patrouille. Sie sind die besten –«

»Entschuldigen Sie, Sir –«

»Ja?«

»Ich weiß, wie die Raummarine-Soldaten arbeiten. Sie leisten die aktive Polizeiarbeit im System – aber deshalb will ich mich ja versetzen lassen. Sie sind eine aktivere Gruppe. Sie sind –«

»– wagemutiger, erleben mehr Abenteuer, sind farbenfroher, schwungvoller, und brauchen keine Dinge zu lernen, die Matthew Dodson müde ist zu lernen. Jetzt halten Sie den Mund und hören Sie mir zu; es gibt noch eine ganze Menge, was Sie nicht wissen, sonst würden Sie sich nicht versetzen lassen wollen.«

Matt hielt den Mund.

»Die Leute unterteilt man gewöhnlich in drei psychologische Kategorien, die alle unterschiedlich motiviert sind. Da gibt es den Typ, der von ökonomischen Faktoren motiviert ist, von Geld. Und dann den Typ, den Image oder Stolz motiviert. Dieser Typ ist der Kämpfer, der Liebhaber, der Sportsmann, der Spieler, er gibt gern Geld aus, prahlt, ihn treibt der Wille zur Macht, und er verlangt nach Ruhm. Und dann gibt es den professionellen Typ, der von sich behauptet, einem ethischen Code zu folgen, statt nur Geld oder Ruhm zu suchen – Priester, Lehrer, Wissenschaftler, Ärzte, einige Künstler und Schriftsteller. Solche Leute glauben, sie widmeten ihr Leben einem Zweck, der wichtiger ist als ihr eigenes Ich. Können Sie mir folgen?«

»Ich ... glaube schon.«

»Damit wir uns nicht falsch verstehen. Das ist schrecklich simplifiziert. Und versuchen Sie auch nicht, diese Regeln auf Extraterrestrier anzuwenden; da passen sie nicht. Der Martianer ist ein ganz anderer Typ, und der Venerianer auch.«

Wong fuhr fort: »Und jetzt kommen wir auf den wichtigen Punkt: Die Patrouille sollte ausschließlich aus Leuten vom professionellen Typ bestehen. Bei der Raummarine sollte jeder einzelne, vom General bis zum Rekruten, dem Typ angehören, der für Stolz und Ruhm lebt.«

»Oh ...«

Wong wartete einen Augenblick, bis seine Worte einsickern konnten. »Das sehen Sie allein schon an den Uniformen; die Patrouille trägt ganz einfache Uniformen, die Raummarine solche, die möglichst farbenprächtig sind. In der Patrouille liegt die ganze Betonung auf dem Eid, der Verantwortung gegenüber der Menschheit. Bei der Raummarine liegt die Betonung auf dem Korpsgeist, der ruhmvollen Geschichte, der Loyalität und Treue gegenüber den Kameraden, den alten Soldaten. Ich will der Raummarine nichts wegnehmen, wenn ich sage, daß denen die politischen Institutionen des Sonnensystems völlig egal sind; die interessieren sich nur für ihre Organisation.

Aber das ist nicht Ihr Stil, Matt. Ich weiß mehr über Sie als Sie selbst wissen, weil ich die Ergebnisse Ihrer psychologischen Tests studiert habe. Aus Ihnen wird nie ein Marinesoldat.«

Wong sagte so lange nichts, bis Matt etwas kleinlaut meinte: »Ist das alles, Sir?«

»Beinahe. Sie werden jetzt Astrogation lernen. Wenn der Schlüssel für die Verantwortung der Patrouille im Tiefseetauchen läge, dann würden Sie das lernen müssen. Aber zufälligerweise ist es die Raumfahrt. Also – ich werden Ihnen jetzt ein Lernprogramm aufstellen. Die nächsten paar Wochen werden Sie nichts anderes tun, als sich mit Astrogation befassen. Paßt Ihnen das?«

»Nein, Sir.«

»Das habe ich auch nicht erwartet. Aber wenn ich mit Ihnen fertig bin, werden Sie sich mit verbundenen Augen im Sonnensystem zurechtfinden. Und jetzt wollen wir einmal sehen –«

Die nächsten paar Wochen waren von tödlicher Monotonie, aber Matt machte Fortschritte. Er hatte genügend Zeit zum Nachdenken – wenn er nicht über einen Computer gebeugt saß. Manchmal hatte er das Gefühl, selbst ein Computer geworden zu sein, und die Knöpfe und Zahlen tanzten ihm selbst im Schlaf noch vor den Augen.

Oscar und Tex flogen gemeinsam zum Mond; Pete hatte Nachtschicht in der Energiezentrale. Matt arbeitete mürrisch und hartnäckig und brütete. Aber er war fest entschlossen, nicht aufzugeben, bis Wong ihn in Ruhe ließ. Und dann war auch diese Qual vorbei.

Am nächsten Tag fand er sich für den Sonderdienst eingeteilt. Der Wachoffizier hielt ihm einen kurzen Vortrag, gab ihm eine Liste von Namen, die er auswendig lernen mußte, und verpaßte ihm eine schwarze Armbinde. Dann ging Matt zur Hauptschleuse und wartete.

Kurz darauf quoll eine Gruppe verängstigter, grün aussehender Jungen aus der Schleuse. Als er dran war, trat er vor und rief: »Gruppe sieben! Wo ist der Gruppenführer von Gruppe sieben?«

Endlich hatte er seine Schützlinge zusammengetrieben und dem Gruppenführer befohlen, ihm zu folgen. Dann führte er sie langsam und vorsichtig ins A-Deck. Als er dort eintraf, stellte er befriedigt fest, daß keiner sich verlaufen hatte. »Das ist Ihre Messe«, erklärte er ihnen. »Es gibt bald Mittagessen.«

Der Gesichtsausdruck eines der jungen Leute amüsierte ihn. »Was ist denn, Mister?« fragte er den Jungen. »Haben Sie keinen Hunger?«

»Ah, nein, Sir.«

»Nun, denken Sie sich nichts dabei – Sie werden schon noch welchen bekommen.«

# 10
# Wer bewacht die Wächter?

Matthew Dodson, Kadett der interplanetarischen Raumpatrouille, saß im Wartesaal des Weltraumbahnhofs von *Pikes Peak* im Staat Colorado und beobachtete die Uhrzeiger. Er mußte noch eine Stunde warten, ehe er an Bord der *New Moon* die Erde mit Kurs auf Terra-Station wieder verlassen konnte; inzwischen wartete er auf seine Zimmerkollegen.

Es war ein guter Urlaub gewesen, überlegte er; er hatte alles getan, was er sich vorgenommen hatte – nur, daß er sich am Ende nicht den anderen auf der Jarman-Ranch angeschlossen hatte; seine Mutter hatte ihm da Schwierigkeiten gemacht.

Trotzdem, es war ein guter Urlaub gewesen. Unmittelbar vorher hatte er noch auf dem Patrouillenboot *Nobel* als Assistent des Astrogators Dienst getan. Sie hatten den Auftrag gehabt, Bombenraketen auf Erdumlaufbahn zu inspizieren. Matt war auf dem Mondstützpunkt zu diesem Schiff eingeteilt worden und hatte nach Abschluß des Auftrages, als die *Nobel* zur Überholung auf Terrastützpunkt gelandet war, Genehmigung bekommen, seinen Urlaub anzutreten, ohne erst noch einmal auf die *Randolph* zurückzukehren. Er war geradewegs nach Hause gefahren.

Die ganze Familie hatte ihn an der Station abgeholt und mit dem Hubschrauber nach Hause gebracht. Seine Mutter hatte ein wenig geweint, und sein Vater hatte ihm sehr kräftig die Hand geschüttelt. Matt hatte den Eindruck, als sei sein kleiner Bruder unglaublich gewachsen. Es war gut, sie zu sehen, und gut, wieder in der alten Familienkutsche zu sitzen. Matt hätte den Helikopter selbst gesteuert, wenn Billie, sein Bruder, sich nicht ganz selbstverständlich ans Steuer gesetzt hätte.

Das ganze Haus war neu hergerichtet worden. Seine Mutter erwartete offenbar diesbezüglich ein Lob, und Matt hatte sich auch entsprechend geäußert – aber in Wirklichkeit hatte ihm die Veränderung nicht gefallen. Es war ganz anders gewesen, als er es sich ausgemalt hatte. Außerdem kamen ihm die Zimmer kleiner vor. Aber das lag vermutlich an den neuen Tapeten; schließlich konnte das Haus ja nicht geschrumpft sein!

Sein eigenes Zimmer stand voll mit Bills Sachen, obwohl man Bill für die Dauer seines Aufenthaltes in sein altes Zimmer umquartiert hatte, welches sonst seine Mutter als Hausarbeitsraum benutzte. Die neue Einteilung war vernünftig – aber lästig.

Jetzt, wo er darüber nachdachte, wußte Matt, daß es nicht die Veränderungen zu Hause waren, die ihn beschäftigten. Auch nicht die Bemerkungen seines Vaters hinsichtlich seiner Haltung, obwohl ihm die ganz schön auf den Wecker gegangen waren.

Er und sein Vater waren alleine im Wohnzimmer gewesen, kurz vor dem Abendessen, Matt war auf und ab gegangen und hatte, wie er glaubte, interessant geschildert, wie er seinen ersten Soloflug hinter sich gebracht hatte. Als er einmal Pause machte, hatte sein Vater gesagt: »Steh doch gerade, Junge.«

Matt blieb stehen. »Wie?«

»Du läufst so geduckt herum, so als würdest du hinken. Tut dein Bein immer noch weh?«

»Nein, mit meinem Bein ist gar nichts.«

»Dann halt dich doch gerade und nimm die Schultern zurück. Achten die denn in der Schule gar nicht auf eure Haltung?«

»Was stimmt denn daran nicht?«

In dem Augenblick war Billie an der Tür erschienen. »Ich zeige es dir, Matti«, hatte er sich eingemischt. Er hatte seine Glieder verrenkt und war krumm wie ein Affe durch das Zimmer geschlurft, um den entspannten Gang, der allen Astronauten eigen ist, nachzuahmen. »So gehst du.«

»Unsinn!«

»Ganz bestimmt.«

»Bill!« sagte sein Vater. »Geh dich waschen und mach dich zum Essen fertig. Und rede nicht so. Geh schon!« Als der Junge draußen war, hatte sein Vater sich wieder Matt zugewandt und gesagt: »Ich hatte gedacht, wir wären allein, Matt. Ehrlich, so schlimm ist es nicht, höchstens halb so schlimm.«

»Aber – schau, Dad, ich geh wie alle anderen – Astronauten, meine ich. Das kommt davon, wenn man sich an den freien Fall gewöhnt. ›Katzengang‹ nennen wir das. In der Gewichtslosigkeit ist das bequem – und man kann sich jederzeit überall abstoßen oder festhalten.«

»Ja, das kann ich mir denken«, hatte sein Vater gemeint, »aber wäre es denn nicht vernünftig, jeden Tag etwas zu üben, um in Form zu bleiben?«

»Im freien Fall? Aber –« Plötzlich war Matt klargeworden, daß die Kluft zwischen ihnen unüberbrückbar war.

»Schon gut. Gehen wir essen.«

Es hatte die übliche Folge von Familienessen gegeben, mit Tanten und Onkeln. Jeder wollte, daß er von der Schule erzählte und wie es draußen im Weltraum war. Aber irgendwie hatte es sie in Wirklichkeit gar nicht interessiert, das hatte er bemerkt. Man nehme bloß Tante Dora.

Großtante Dora war zur Zeit das Oberhaupt der Familie. Sie war eine sehr aktive Frau gewesen und hatte sich mit allen möglichen gesellschaftlichen und kirchlichen Dingen befaßt. Jetzt war sie schon seit drei Jahren ans Bett gefesselt. Matt besuchte sie, weil seine Familie das von ihm erwartete. »Sie beklagt sich oft bei mir, daß du ihr nicht schreibst, Matt, und –«

»Aber Mutter, ich habe doch nicht Zeit, allen zu schreiben!«

»Ja, ja. Aber sie ist stolz auf dich, Matt. Sie wird dir tausend Fragen stellen. Und daß du ja deine Uniform trägst! Das erwartet sie.«

Tante Dora hatte nicht tausend Fragen gestellt, sondern nur eine: Warum er sie erst jetzt besuche? Und anschließend hatte sie Matt in allen Einzelheiten über die Fehler des neuen Pastors, die Ehechancen einiger weiblicher Verwandter und den Gesundheitszustand einiger älterer Damen informiert, von denen er die meisten gar nicht kannte.

Als er schließlich ihr Zimmer verlassen hatte, war er ganz benommen gewesen.

Ja, vielleicht war es das – vielleicht war es der Besuch bei Tante Dora, der ihn so froh machte, wieder auf die *Randolph* zurückzukehren. Marianne war es bestimmt nicht.

Marianne war das Mädchen, das ihm das Versprechen abgenommen hatte, regelmäßig zu schreiben – und das hatte er tatsächlich sogar getan, häufiger als sie. Er hatte sie wissen lassen, daß er nach Hause komme, und sie hatte ein Picknick organisiert. Es war sehr nett gewesen. Matt hatte alte Bekanntschaften aufgefrischt und sich von den anwesenden Mädchen als Held feiern lassen. Und dann war da ein junger Mann gewesen, drei oder vier Jahre älter als Matt, um den Marianne sich besonders kümmerte oder, besser gesagt, den sie als ihr Eigentum zu betrachten schien.

Ihm hatte das nichts ausgemacht. Marianne gehörte zu der Art von Mädchen, die nie den Unterschied zwischen einem Planeten und einem Stern begreifen würde. Vorher war ihm das nicht aufgefallen, aber das eine Mal, als er alleine mit ihr ausgegangen war, hatte er es bemerkt, das und andere Dinge.

Und seine Uniform hatte sie ›nett‹ gefunden.

Jetzt begann er zu begreifen, warum die meisten Patrouillenoffiziere erst Mitte der Dreißig heiraten, nach der Pensionierung.

Die Uhr im Bahnhofsgebäude zeigte jetzt dreißig Minuten bis zum Start. Matt begann sich schon Sorgen zu machen, daß die anderen das Schiff verpassen würden, als er sie in der Menge entdeckte. Er schnappte sich seine Tasche und ging auf sie zu.

Sie wandten ihm den Rücken zu und hatten ihn bis jetzt noch nicht gesehen. Er schlich sich von hinten an Tex heran und sagte mit heiserer Stimme: »Mister – melden Sie sich im Büro des Kommandanten.«

Tex sprang hoch und drehte sich herum. »Matt! Du alter Pferdedieb, jag mir keinen solchen Schrecken ein!«

»Das ist bloß dein schlechtes Gewissen. Tag Pete. Hallo, Oscar.«

»Wie geht's denn, Matt? Schönen Urlaub gehabt?«

»Prima.«

»Wir auch.« Sie schüttelten sich reihum die Hand.

»Gehen wir an Bord.«

»Na klar.« Sie ließen die Tickets abstempeln und gingen zur *New Moon* hinaus, die mit ausgebreiteten Schwingen auf dem Startgerüst lag. Eine Stewardeß führte sie zu ihren Sitzen.

Zehn Minuten vor dem Start verkündete Matt: »Ich geh nach vorne, will was lernen. Kommt jemand mit?«

»Ich leg' mich schlafen«, lehnte Tex ab.

»Ich auch«, fügte Pete hinzu. »In Texas schläft man ja nie. Ich bin todmüde.«

Oscar beschloß mitzukommen. Sie kletterten ins Cockpit und meldeten sich beim Kapitän. »Kadetten Dodson und Jensen, Sir – erbitten Erlaubnis, als Beobachter mitfliegen zu dürfen.«

»Nichts dagegen«, brummte der Kapitän. »Schnallen Sie sich an.« Das Cockpit eines jeden lizensierten Schiffes stand sämtlichen Mitgliedern der Patrouille offen, aber die Kapitäne der Kurzstreckenshuttles, die zwischen Terra und der Raumstation verkehrten, langweilte das natürlich.

Oscar nahm den Platz des Flugbeobachters ein; Matt mußte sich auf dem Boden festschnallen. Von dieser Position aus hatte er einen erstklassigen Blick auf den Co-Piloten und den Maat, die an Steuerorganen von der Art eines Flugzeuges saßen. Sollten die Raketenmotoren nach dem Katapultstart nicht zünden, so war es Aufgabe des Maats, das Schiff in eine ebene Flugbahn zu bringen, um draußen auf der Prärie von Colorado zu landen.

Der Kapitän saß an der Raketensteuerung. Er sprach mit der Katapultzentrale und ließ dann die Sirene ertönen. Kurz darauf stieg das Schiff mit 6 g Andruck, die einem alle Knochen zu zerdrücken drohten, an der Bergflanke entlang nach oben. Die Beschleunigung dauerte nur zehn Sekunden, dann wurde das Schiff förmlich in den Himmel geschleudert; Matt wußte, daß es das Katapult mit einer Geschwindigkeit von 2100 Stundenkilometern verließ.

Jetzt befanden sie sich in freiem Fall, fielen nach oben. Der Kapitän schien sich mit dem Einschalten der Düsentriebwerke Zeit zu lassen; einen Augenblick gab Matt sich der erregenden Hoffnung hin, daß sich eine Notlandung als notwendig erweisen würde. Aber die Düsen heulten rechtzeitig auf.

Als sie ihre Kreisbahn erreicht hatten und der Antrieb wieder verstummt war, dankten Matt und Oscar dem Kapitän und begaben sich an ihre Plätze zurück. Tex und Pete schliefen beide; Oscar schloß sich ihnen sofort an. Langsam begann Matt, sich darüber klar zu werden, daß er in Texas eine ganze Menge verpaßt haben mußte.

Seine Gedanken wanderten zu dem Problem zurück, mit dem er sich vorher beschäftigt hatte. Seine Erleichterung, wieder zur *Randolph* zurückzukehren, kam bestimmt nicht daher, daß sein eigener Urlaub ziemlich ruhig verlaufen war; er hatte sein Zuhause noch nie als Nachtclub oder Rummelplatz angesehen.

Eines Abends beim Essen hatte sein Vater gefragt, was die *Nobel* eigentlich auf Kreisbahnpatrouille mache. Er hatte versucht, die Frage zu beantworten. »Nach dem Start vom Mondstützpunkt nehmen wir

Kurs zur Erde, auf einer elliptischen Bahn. Bei der Annäherung an die Erde bremsen wir langsam ab und steuern das Schiff in einen engen, kreisförmigen Orbit von Pol zu Pol ...«

»Warum Pol zu Pol? Warum nicht um den Äquator?«

»Ja, weißt du, das kommt daher, daß die Atombombenraketen auf Pol-zu-Pol-Bahnen kreisen. Nur so können wir den ganzen Globus bestreichen. Wenn sie um den Äquator kreisten ...«

»Du liebe Güte, Matthew! Du solltest nicht einmal im Spaß davon reden, daß eine Atombombe über Des Moines kreist.«

»Im Spaß?« Matt hatte verblüfft innegehalten. »Übrigens – laß mich mal nachdenken; unsere Position hier ist etwa zweiundvierzig nördlich und vierundneunzig westlich ...« Er sah auf die Uhr und überlegte einige Augenblicke. »J-3 sollte in etwa sieben Minuten eintreffen – ja, bis du mit deinem Kaffee fertig bist, wird sie genau über uns stehen.« Nach den langen Wochen in der *Nobel,* die mit Kursbahnberechnungen und Beobachtungen von Radarschirmen ausgefüllt gewesen waren, kannte Matt jetzt die Flugbahnen sämtlicher Atomraketen mindestens so gut, wie eine Farmersfrau ihre Hühner kennt. J-3 war für ihn ein Individuum, eines mit ganz bestimmten Eigenschaften.

Seine Mutter hatte ihn erschreckt angeblickt und sich dann an ihren Mann gewandt, als erwarte sie, daß er etwas unternähme. »John – das gefällt mir nicht. Hörst du? Das gefällt mir nicht. Was ist denn, wenn sie herunterfällt?«

»Unsinn, Catherine – sie kann nicht herunterfallen.«

Matts jüngerer Bruder lachte schallend. »Mom weiß nicht einmal, was den Mond dort oben festhält!«

Matt wandte sich seinem Bruder zu. »Wer hat denn dein Knöpfchen gedrückt, du Knirps? Weißt du denn, was den Mond dort oben festhält?«

»Sicher – die Schwerkraft.«

»Stimmt nicht genau. Wie wär's, wenn du es mir kurz erklären würdest? Mit einer kleinen Zeichnung.«

Der Junge versuchte es, mußte aber nach einigen gescheiterten Ansätzen aufgeben. Matt brachte ihn zum Schweigen: »Du weißt ja weniger über Astronomie als die alten Ägypter. Mach dich nicht über deine Eltern lustig. Jetzt hör mal zu, Mutter – du brauchst dich nicht aufzuregen. J-3 *kann* nicht auf uns fallen. Sie bewegt sich jetzt in einem freien Orbit, der die Erde nicht schneidet, und kann ebensowenig herunterfallen wie der Mond – wie unser Schlaukopf hier richtig bemerkte. Jedenfalls, wenn die Patrouille heute nacht Des Moines bombardieren wollte, würde sie J-3 genau aus dem Grunde *nicht* einsetzen, weil sie sich über uns befindet. Um eine Stadt zu bombardieren, setzt man eine Rakete ein, die ein paar tausend Kilometer entfernt ist, weil man ja zuerst ihrem Robotgehirn den Auftrag geben muß, die Düse anzulassen und sich das Ziel zu suchen. Man muß sie abbremsen und nach unten drücken. Es würde also nicht Jet drei sein, sondern ...« – er überlegte wieder – »... Ida zwo oder vielleicht Heinrich eins.« Er lächelte schief. »Wegen I-2 habe ich 'ne Rüge bekommen.«

»Warum?« wollte sein Bruder wissen.

»Matt, ich glaube, du hast deine Mutter noch nicht ganz beruhigt«, sagte sein Vater trocken. »Ich würde vorschlagen, daß wir nicht von der Bombardierung von Städten sprechen.«

»Aber ich hab' doch nicht – tut mir leid, Vater.«

»Catherine, es gibt wirklich keinen Grund zur Aufregung. Ebensogut könntest du vor dem Polizisten an der Kreuzung Angst haben. Matt, du wolltest mir etwas von den Bombeninspektionen sagen. Warum müssen die Raketen inspiziert werden?«

»Ich will wissen, warum Mattie eine Zigarre verpaßt wurde!«

Matt zwinkerte seinem Bruder zu. »Ich will es ihm gleich sagen, Dad – schließlich hängt es mit den Inspektionen zusammen. Okay, Bill – ich hab' einen schlechten Absprung gemacht, als wir sie aufnehmen wollten, und mußte mit meiner Anzugdüse zurückfliegen und es noch einmal versuchen.«

Seine Mutter schien immer noch verwirrt, jedenfalls gefiel ihr das, was sie hörte, nicht. »Matthew! Das klingt aber gefährlich.«

»Ist aber so ungefährlich wie ein Kinderwagen, Mutter. Man *kann* gar nicht fallen, ebenso wie die Rakete nicht fallen kann und das Schiff. Aber peinlich ist es. Jedenfalls befestigte ich die Leine schließlich und ritt zum Schiff zurück.«

»Du meinst, du bist auf einer Atombombe *geritten?«*

»Ach was, Mutter, das ist ungefährlich – das spaltbare Material ist abgeschirmt und es kommt fast keine Radioaktivität heraus. Außerdem setzt man sich der Strahlung ja nur kurz aus.«

»Aber wenn sie losginge?«

»Sie kann nicht losgehen. Um zu detonieren, muß sie entweder mit hoher Geschwindigkeit gegen den Boden prallen, so daß die unter-kritischen Massen schnell genug gegeneinander geschleudert werden, oder man muß den Zünder durch Funk auslösen. Außerdem hatte ich ja die Sicherung eingeschoben – das ist einfach ein Stück Metall, wie eine Brechstange, aber wenn die eingeschoben ist, dann könnte die Bombe nicht einmal durch ein Wunder ausgelöst werden, weil einfach die sub-kritischen Massen sich nicht verbinden können.«

»Vielleicht sollten wir das Thema besser fallenlassen, Matt. Es scheint deine Mutter nervös zu machen.«

»Aber Dad, sie hat mich doch gefragt.«

»Ich weiß. Aber du hast mir immer noch nicht gesagt, was eigentlich inspiziert wird.«

»Nun, zum ersten inspiziert man die Bombe selbst, aber an den Bomben fehlt nie etwas. Außerdem hatte ich den entsprechenden Kurs noch gar nicht gemacht. Als Bombenoffizier muß man nämlich einen Nukleonikschein haben. Man inspiziert den Raketenmotor, besonders die Treibstofftanks. Manchmal muß man etwas nachtanken, weil gelegentlich etwas Treibstoff durch die Überdruckventile entweicht. Aber in erster Linie muß eine Ballistikprobe durchgeführt werden, und man muß die Steuerstromkreise prüfen.«

»Ballistikproben?«

»Ja. Theoretisch müßte man zwar exakt vorhersagen können, wo sich eine bestimmte Orbit-Bombe die nächsten tausend Jahre befindet. Aber das klappt nicht. Kleinigkeiten – die Auswirkungen der Gezeiten, die Tatsache, daß die Erde keine absolut gleichförmige Kugel ist, und so weiter – führen dazu, daß sie langsam etwas von den geplanten Kreisbahnen abweichen. Wenn man eine gefunden hat und sie überprüft – sie sind nie weit von der Stelle entfernt, wo sie sein müßten – korrigiert man den Orbit, indem man das ganze Schiff in genau die richtige Bahn bringt und dann die Rakete wieder neben dem Schiff absetzt. Dann sucht man sich die nächste.«

»Verstehe ich. Und diese Korrekturen müssen so oft durchgeführt werden, daß ein Schiff dauernd damit beschäftigt ist, sie zu inspizieren?«

»Nun, eigentlich nicht, Dad. Tatsächlich inspizieren wir öfter, als nötig wäre – aber zugleich ist es ja eine gute Übung für die Mannschaft. Auf die Weise wird der Dienst nicht monoton. Und schaden können häufige Inspektionen ohnehin nicht.«

»Mir kommt das Ganze wie eine Verschwendung von Steuergeldern vor.«

»Aber das verstehst du falsch – wir sind nicht zum Inspizieren da, wir fliegen Patrouillendienst. Das Inspektionsschiff ist auch das Schiff, das den Angriff starten würde, falls das sich als notwendig erweisen sollte. Wir müssen auf Patrouille bleiben, bis wir vom nächsten Schiff abgelöst werden, also können wir ebensogut die Zeit mit Inspektionsarbeiten verbringen. Zugegeben, man kann eine Stadt auch vom Mondstützpunkt aus bombardieren, aber aus der Nähe ist die Treffsicherheit viel höher und die Gefahr, die falschen Leute zu treffen, viel geringer.«

Seine Mutter war bleich geworden. Sein Vater hob die Brauen und sagte: »Jetzt sind wir schon wieder beim Thema Städtebombardieren, Matt.«

»Ich hab' nur deine Frage beantwortet«, protestierte Matt ärgerlich.

Später war sein Vater in sein Zimmer gekommen. »Matt?«

»Ja?«

»Hör mal, Matt, mir ist das Gespräch vorhin etwas aus der Hand geglitten. Es tut mir leid, und ich nehme es dir auch nicht übel, daß du dich geärgert hast. Du weißt ja, wie deine Mutter ist. Ich versuche, sie zu schützen. Frauen regen sich immer gleich auf.«

»Schon gut, Dad. Tut mir leid, daß ich einfach weggegangen bin.«

»Gut. Aber eines sollten wir, glaube ich, doch noch klären. Ich weiß, daß du Loyalität für die Patrouille und ihre Ideale empfindest, und das ist auch gut so, aber – nun, du bist noch etwas jung, um die politischen Realitäten richtig zu sehen, aber du weißt doch ganz bestimmt auch, daß die Patrouille niemals die Nordamerikanische Union bombardieren würde.«

»Im Konfliktfall würde sie das tun!«

»Aber es wird keinen Konfliktfall geben. Und wenn es einen gäbe, könntest du doch nicht deine eigenen Leute bombardieren. Und deine Kameraden könnten das auch nicht.«

Matt dachte angestrengt darüber nach. Hauptmann Rivera – einer der Vier, einer der Traditionshelden der Patrouille – kam ihm in den Sinn. Rivera, den man auf die Erde geschickt hatte, um mit den Behörden in seiner eigenen Heimatstadt zu verhandeln, enttäuschte das Vertrauen nicht, das man in ihn gesetzt hatte. Da er befürchtet hatte, daß man ihn als Geisel festhalten könnte, hatte er Anweisung hinterlassen, den Angriff durchzuführen, wenn er nicht persönlich zurückkehre, um diese Befehle zu widerrufen. Rivera, dessen Name immer dann aufgerufen wurde, wenn eine Einheit der Patrouille irgendwo gemustert wurde, war zu radioaktivem Staub geworden.

Sein Vater redete immer noch. »Natürlich muß die Patrouille diesen Kontinent ebenso überwachen, wie sie das ganze Sonnensystem überwacht. Es würde wirklich schlecht aussehen, wenn sie das nicht tun würde, aber davon abgesehen, gibt es doch wirklich keinen Grund, Frauen mit einer Unmöglichkeit Angst zu machen.«

»Ich möchte lieber nicht darüber sprechen, Dad.«

Matt sah auf seine Uhr und überlegte, wie lange es noch dauern würde, bis sie Terra-Station erreichten. Er wünschte, er könnte schlafen wie die anderen. Jetzt wußte er, was sich so geändert hatte mit diesem Besuch, und was ihn so seltsam berührt hatte zu Hause. Es war nicht etwa das Bestreben, Rivera nachzueifern.

Nein, es war einfach so, daß es den kleinen Jungen, der einmal dort gelebt und gespielt hatte, ohne viel über die Dinge nachzudenken – daß es diesen kleinen Jungen nicht mehr gab!

Die ersten paar Wochen nach dem Urlaub war Matt viel zu beschäftigt, um viel nachzudenken. Er mußte wieder in die alte Tretmühle, mußte noch mehr studieren und hatte noch weniger Zeit dafür. Er stand jetzt auf der Wachliste, hatte regelmäßig Dienst und mußte außerdem viel mehr Zeit im Labor verbringen, um seine Elektronik- und Nukleonikscheine zu schaffen. Außerdem teilte er jetzt mit anderen Seniorkadetten die Verantwortung für die Ausbildung der Juniorkadetten. Vor dem Urlaub hatte er abends gewöhnlich

Zeit zum Studieren gehabt, jetzt gab er an drei Abenden in der Woche Astrogationskurse.

Er überlegte schon, ob er das Weltraumpolospiel aufgeben sollte – aber da wurde er zum Kapitän seiner Mannschaft gewählt. Jetzt hatte er noch mehr zu tun. So kam es, daß er bis zu seiner nächsten Sitzung mit Lieutenant Wong kaum Zeit hatte, über abstrakte Probleme nachzudenken.

»Tag, Matt, wie geht's?« begrüßte ihn sein Trainer. »Was macht Ihre Astrogationsklasse?«

»Ach die? Es kommt mir immer noch komisch vor, daß ich das Zeug jetzt andern beibringen soll, wo ich's früher doch selbst nicht begriffen habe.«

»Deshalb hat man Ihnen den Kurs ja gegeben. Sie erinnern sich noch an das, was Ihnen Schwierigkeiten gemacht hat, und auch worin diese Schwierigkeiten bestanden. Was macht die Atomphysik?«

»Nun – irgendwie werde ich es schon schaffen, aber ein Einstein werde ich bestimmt nie.«

»Würde mich auch sehr wundern. Wie geht es sonst?« fragte Wong.

»Nicht übel, denke ich. Wissen Sie, Mr. Wong, als ich in Urlaub ging, hatte ich vor, nicht wiederzukommen.«

»Das habe ich mir beinahe gedacht. Aber damit wären Sie Ihren eigentlichen Problemen aus dem Weg gegangen.«

»Oh. Sagen Sie, Mr. Wong, aber ehrlich bitte – sind Sie ein ganz gewöhnlicher Patrouillenoffizier oder Psychiater?«

Wong grinste fast. »Ich bin ein regulärer Patrouillenoffizier, Matt, aber ich hatte natürlich die Sonderausbildung, die für diesen Posten erforderlich ist.«

»Äh, ich verstehe. Und wovor bin ich ausgerissen?«

»Das weiß ich nicht. Sagen Sie es mir doch.«

Matt versuchte es. Er schilderte das Gespräch mit seinem Vater und seiner Mutter, das alle so erregt hatte.

»Das ist es: Wenn es zum Katastrophenfall kommt, erwartet man von mir, daß ich meine eigene Heimatstadt bombardiere. Vielleicht gehöre ich nicht hierher.«

»Das Problem wird sich wohl kaum stellen, Matt. In dem Punkt hatte Ihr Vater recht.«

»Das ist es aber nicht, worauf es ankommt. Wenn ein Patrouillenoffizier nur dann seinen Eid erfüllt, wenn es ihn nicht persönlich betrifft, dann bricht das ganze System zusammen.«

Wong wartete eine Weile, ehe er antwortete. »Wenn die Aussicht darauf, Ihre eigene Stadt, Ihre eigene Familie bombardieren zu müssen, Sie nicht beunruhigte, würde ich dafür sorgen, daß man Sie binnen einer Stunde aus diesem Schiff entfernt. Sie wären dann ungeheuer gefährlich. Die Patrouille erwartet von ihren Angehörigen nicht, daß sie perfekt sind wie die Götter. Da die Menschen nicht perfekt sind, funktioniert die Patrouille nach dem Prinzip des kalkulierten Risikos. Die Chance, daß während Ihres Lebens eine Gefahr für das Sonnensystem von Ihrer Heimatstadt ausgeht, ist gering; die Chance, daß man Sie auffordern könnte, Ihre Heimatstadt anzugreifen, ist ebenso gering – ebensogut könnten Sie gerade auf dem Mars sein. Und wenn man die beiden Chancen zusammenzählt, kommt praktisch Null heraus.

Aber wenn es doch dazu käme, würde Ihr kommandierender Offizier Sie wahrscheinlich eher in Ihre

Kabine sperren, als das Risiko einzugehen, daß Sie durchdrehen.«

Matt blickte immer noch starr vor sich hin. »Nicht zufrieden?« fuhr Wong fort. »Matt, Sie leiden an einer typischen Krankheit der Jugend: Sie erwarten, daß moralische Probleme saubere, ordentliche, in Schwarz und Weiß ausdrückbare Lösungen haben. Ich schlage Ihnen vor, Sie entspannen sich etwas und überlassen es mir, daß ich mir den Kopf darüber zerbreche, ob Sie das richtige Format haben. Oh, eines Tages werden Sie bestimmt einmal in der Patsche sitzen, und es wird keiner da sein, der Ihnen sagt, was Sie tun müssen. Aber *ich* muß entscheiden, ob *Sie* dann imstande sind, die richtige Antwort zu geben, wenn sich das Problem stellt – und ich weiß noch nicht einmal, was für ein Problem das dann sein wird! Möchten Sie lieber in meiner Haut stecken?«

Matt grinste dümmlich. »Ganz bestimmt nicht.«

# 11
## *Aes Triplex*

Oscar, Matt und Tex befanden sich kurz vor dem Mittagessen in ihrem Aufenthaltsraum, als Pete hereinschoß, – buchstäblich.

Er prallte vom Türstock ab, ließ sich zu Boden fallen und schrie: »He, Leute!«

Oscar griff nach seinen Armen, als Pete von der inneren Wand abprallte. »Jetzt schalt schon deinen Antrieb ab und lande – was regst du dich denn so auf?«

Pete drehte sich in der Luft herum und sah sie an. »Die neue Versetzungsliste ist angeschlagen!«

»Wer steht drauf?«

»Weiß nicht – hab' gerade erst davon gehört. Kommt!«

Sie rannten hinter ihm her. Tex holte Matt ein und sagte: »Ich weiß gar nicht, warum ich mich so aufrege – *ich* stehe ja doch nicht drauf.«

»Pessimist!« Sie bogen aus ihrem Korridor, gingen drei Decks schiffeinwärts und nach vorne. Ein ganzer Knäuel Kadetten hatte sich um das Anschlagbrett vor dem Wachbüro versammelt. Sie drängten sich dazu.

Pete entdeckte seinen Namen sofort. »Schaut!« Der entsprechende Absatz lautete: »Armand, Pierre: vorübergehend zum Dienst auf die *Charles Wain* abkommandiert. Terra-Station nach Leda, Ganymed. Weitere Befehle abwarten.«

»Da, schaut!« wiederholte er. »*Ich fahre nach Hause* – ›Weitere Befehle abwarten‹.«

Oscar klopfte ihm auf die Schulter. »Gratuliere,

Pete – das freut mich für dich. Wenn du jetzt gütigst Platz machen würdest ...«

Matt meldete sich zu Wort. »Ich stehe auch darauf!«

»Welches Schiff?« fragte Tex.

»Die *Aes Triplex.*«

Oscar fuhr herum. »*Welches* Schiff?«

»Die *Aes Triplex.*«

»Matt – das ist *mein* Schiff. Wir kommen aufs selbe Schiff, Junge!«

Tex wandte sich traurig ab. »Ich hab's ja gleich gesagt – kein ›Jarman‹. Ich werde fünf Jahre hier sein, zehn Jahre, fünfzehn – alt und grau. Versprecht mir, daß ihr mir zu meinem Geburtstag schreibt.«

»Tex, das tut mir aber leid!«

Matt versuchte, sich seine eigene Freude nicht anmerken zu lassen.

»Tex, hast du dir die andere Liste angesehen?« wollte Pete wissen.

»Welche andere Liste?«

Pete deutete darauf. Tex wühlte sich wieder in das Knäuel; gleich darauf erschien er wieder. »Das ist doch nicht zu glauben! Sie haben mich versetzt!«

»Wahrscheinlich wollten sie nicht noch einmal eine Klasse Juniorkadetten deiner Obhut anvertrauen. Welches Schiff?«

»Die *Oak Ridge.* Sag mal, du und Oscar, ihr seid auf dasselbe Schiff gekommen?«

»Hmm – die *Aes Triplex.*«

»Typische Bevorzugung, habe ich ja gleich gesagt. Also kommt jetzt, wir kommen sonst zu spät zum Essen.«

Im Korridor hätten sie beinahe Girard Burke angerempelt. Tex hielt ihn auf. »Brauchst gar nicht erst nachzusehen, Stinky. Dein Name steht nicht auf der Liste.«

»Auf welcher Liste? Oh, die Versetzungsliste meinst du. Haltet mich nicht auf, Kinder – ihr redet mit einem freien Mann.«

»Dann haben sie dich endlich rausgeschmissen?«

»Daß ich nicht lache! Meine Kündigung haben sie akzeptiert, mit sofortiger Wirkung. Ich trete in das Geschäft meines Vaters ein.«

»Willst wohl Schiffe bauen, was? Ich bin ja nicht neidisch.«

»Nein, wir starten eine Exportlinie mit unseren eigenen Schiffen. Vergiß ja nicht, wenn du mich das nächste Mal siehst, Captain zu mir zu sagen.« Er ging weiter.

»Captain zu dem sagen?« murmelte Tex. »Ich wette, die haben ihm nahegelegt, daß er gehen soll.«

»Muß nicht sein«, meinte Matt. »Girard ist ein aalglatter Bursche. Nun, uns läuft er jedenfalls nicht mehr über den Weg.«

»Bin ich froh.«

Tex fehlte nach dem Essen. Es dauerte fast zwei Stunden, bis er auftauchte. »So, das wäre geschafft. Jetzt könnt ihr eurem neuen Schiffskollegen die Hand geben.«

»Was? Soll das ein Witz sein?«

»Tatsache. Zuerst habe ich mir Dvorak geschnappt und ihn überzeugt, daß er in Wirklichkeit viel lieber ein Schiff auf der Circum-Terra-Patrouille haben möchte als die *Aes Triplex* – damit er auf die Weise öfter sein Mädchen besuchen kann. Dann war ich beim Kommandanten und habe ihm klargemacht, daß ihr auf meinen Rat angewiesen seid und vor die

Hunde geht, wenn ich nicht auf euch aufpasse. Mehr war nicht nötig. Der Kommandant erkannte sofort die Weisheit meines Vorschlages und stimmte dem Tausch mit Dvorak zu.«

»Aber nicht aus dem Grund, das wette ich«, antwortete Matt. »Wahrscheinlich wollte er, daß ich weiterhin auf dich aufpasse.«

Tex bekam einen eigenartigen Gesichtsausdruck. »Weißt du, Matt, so weit liegst du damit gar nicht daneben.«

»Wirklich? Das sollte doch ein Witz sein.«

»Er sagte tatsächlich, daß Kadett Jensen seiner Ansicht nach einen guten Einfluß auf mich ausüben würde. Was hältst du davon, Oscar?«

Oscar schnaubte. »Wenn es mit mir so weit gekommen ist, daß ich guten Einfluß auf jemanden habe, dann ist es Zeit, daß ich mir neue Laster zulege.«

»Da helfe ich dir gerne.«

»Kannst du gar nicht, höchstens dein Onkel Bodie – das ist ein Mann von Welt.«

Drei Wochen später machten Oscar und Matt es sich in ihrer Kabine in der *Aes Triplex* im Raumhafen der Mondbasis bequem. Matt fühlte sich nicht besonders; der vergangene Abend in der Tychokolonie war lustig und laut gewesen. Sie waren mit der letzten Rakete herübergekommen.

Das Schiffstelefon in ihrer Kabine summte; Matt meldete sich, um das Summen zum Schweigen zu bringen. »Ja? Hier spricht Kadett Dodson ...«

»Wachoffizier. Ist Jensen auch dort?«

»Ja, Sir.«

»Melden Sie sich beide beim Kapitän.«

»Aye, aye, Sir.«

Matt sah Oscar verstört an. »Was mach ich jetzt? Meine restlichen Uniformen sind noch beim Schneider – und die hier sieht aus, als hätte ich in ihr geschlafen.«

»Hast du ja auch. Nimm eine von den meinen.«

»Danke, aber da passe ich zweimal rein. Meinst du, ich habe noch Zeit, hinüberzulaufen und mir die Uniformen aus der Reinigung zu holen?«

»Kaum!«

Matt rieb sich die Bartstoppeln. »Und rasieren muß ich mich auch noch.«

»Ich will dir mal was sagen,« meinte Oscar, »wenn ich auch nur das Geringste von Kapitänen verstehe, dann ist es besser, du erscheinst nackt wie eine Schnecke und mit einem Bart, der dir bis ans Knie reicht, als ihn warten zu lassen. Gehen wir.«

Die Tür öffnete sich, und Tex streckte seinen Kopf herein.

»Sagt mal – seid ihr auch zum Alten bestellt?«

»Ja – Tex, kannst du mir eine saubere Uniform leihen?«

Das konnte Tex. Matt ging in Tex' winzige Kammer und zog sich um. Er zog den Gürtel straff, verteilte die Falten gleichmäßig am Rücken und hoffte das Beste. Die drei nahmen Kurs auf die Kabine.

»Ich bin froh, daß ich mich nicht alleine melden muß«, erklärte Tex. »Ich bin ganz nervös.«

»Nur ruhig Blut«, riet Oscar. »Captain McAndrews soll ein ziemlich humaner Typ sein.«

»Habt ihr das nicht gehört? McAndrews ist abgelöst worden – hat sich den Knöchel verstaucht. Das Ministerium hat in letzter Minute Captain Yancey als Kommandanten eingesetzt.«

»Yancey!« Oscar stieß einen langen Pfiff aus. »Ach du meine Fresse!«

»Was ist, Oscar?« wollte Matt wissen. »Kennst du ihn?«

»Mein Vater kannte ihn. Vater hatte einen Vertrag für die Lebensmittellieferung für den Hafen von New Auckland, als Yancey – damals Leutnant Yancey – Hafenmeister war.« Sie blieben vor der Kabine des kommandierenden Offiziers stehen.

»Ist doch gut. Da hast du gleich Beziehungen.«

»Kaum! Die beiden kamen miteinander nicht klar.«

»Ich frag mich, ob ich schlau war«, sinnierte Tex, »als ich von der *Oak Ridge* wechselte?«

»Dafür ist es jetzt zu spät. Nun, ich denke ...« Oscar verstummte, denn die Tür vor ihnen ging plötzlich auf, und sie standen dem kommandierenden Offizier gegenüber.

Er war groß, breitschultrig, schlank und sah so gut aus, daß er wie ein Fernsehstar wirkte, der einen Offizier der Patrouille spielt.

»Nun?« herrschte er sie an. »Stehen Sie nicht vor meiner Tür herum und schwatzen. Kommen Sie rein!«

Sie traten schweigend ein. Captain Yancey setzte sich und musterte sie, einen nach dem anderen. »Was ist denn, Gentlemen?« fragte er schließlich. »Haben Sie alle plötzlich die Sprache verloren?«

Tex fand seine Stimme als erster. »Kadett Jarman, Sir, melde mich beim Captain.« Yanceys Augen wanderten zu Matt hinüber.

Der feuchtete sich die Lippen an. »Kadett Dodson, Sir.«

»Kadett Jensen, Sir, melde mich wie befohlen.« Der Offizier sah Oscar scharf an und sprach ihn dann auf

Vernerianisch an: »*Entdecken diese Ohren ein Echo der Sprache des schönen Planeten?*«

»*So ist es, Ihr Alter und Weiser.*«

»Konnte das blöde Geschwätz nie vertragen«, meinte Yancey und sprach jetzt wieder *Basic.* »Ich will Sie ja nicht fragen, woher Sie kommen – aber verdient Ihr Vater sich sein Geld nicht mit Lebensmittellieferungen?«

»Mein Vater ist Lebensmittelgroßhändler, Sir.«

»Dachte ich mir doch.« Der Kapitän sah ihn noch eine Weile an und wandte sich dann Matt zu. »Sagen Sie mal, Mister, was soll eigentlich die Maskerade? Sie sehen ja aus, als wären Sie einem Einwandererschiff entsprungen.«

Matt versuchte zu erklären, aber Yancay ließ ihn nicht zu Wort kommen. »Entschuldigungen interessieren mich nicht. Ich bestehe auf meinem Schiff nur auf Ordnung. Vergessen Sie das nicht.«

»Aye, aye, Sir.«

Der Kapitän lehnte sich zurück und zündete sich eine Zigarette an. »So, Gentlemen, Sie fragen sich bestimmt, warum ich Sie habe kommen lassen. Ich muß gestehen, daß mich eine gewisse Neugierde bewegt, was die alte Schule heutzutage so hervorbringt. Zu meiner Zeit haben einen die ganz schön rangenommen, ohne viel Wenn und Aber. Aber wie ich höre, haben heute dort die Psychologen das Sagen, und die alten Regeln gelten alle nicht mehr.«

Er lehnte sich vor und fixierte Matt. »Hier gelten sie schon, Gentlemen. In meinem Schiff herrscht noch die alte Zucht.«

Keiner antwortete. Yancey wartete eine Weile und fuhr dann fort: »In den Vorschriften steht, daß Sie dem kommandierenden Offizier binnen vierundzwanzig Stunden nach dem Dienstantritt in einem neuen Schiff oder einer neuen Station einen Antrittsbesuch zu machen haben. Sie können dies als Antrittsbesuch auffassen. Setzen Sie sich, Gentlemen. Mr. Dodson, dort links von Ihnen steht Kaffee. Würden Sie so freundlich sein, mir welchen einzugießen?«

Vierzig Minuten später verließen sie etwas verwirrt seine Kabine. Yancey hatte ihnen demonstriert, daß er sehr nett sein konnte und über die Fähigkeit verfügte, mit trockenem Witz zahlreiche Anekdoten zum besten zu geben. Matt fand, daß er ihn mochte.

Aber als er hinausging, sah Yancey auf die Uhr und sagte: »Wir sehen uns noch einmal, Mr. Dodson – in fünfzehn Minuten.«

Als sie draußen waren, wollte Tex wissen: »Was will er denn von dir, Matt?«

»Ahnst du das nicht?« antwortete Oscar. »Paß auf, Matt, ich lauf schnell zur Reinigung. In fünfzehn Minuten schaffst du das nicht, wenn du dich auch noch rasieren mußt.«

»Bist ein prima Kumpel, Oscar!«

Dreizehn Stunden später startete die *Aes Triplex* von der Mondbasis. Sie hatte Befehl die verschollene *Pathfinder* im Asteroiden-Gürtel zu suchen. Die *Pathfinder* war mit der Erstellung von Radarkarten eines Sektors des Asteroiden-Gürtels beauftragt gewesen. Dabei war sie über die Funkreichweite hinausgeraten; dennoch hätte sie sich schon vor beinahe sechs Monaten wieder über Funk melden sollen, da sie zu diesem Zeitpunkt wieder in Verbindung mit dem Mars hätte stehen müssen. Aber die Station auf dem Marsmond Deimos hatte keine Signale von der *Pathfinder* empfangen; sie galt also als verschollen.

Den augenblicklichen Aufenthaltsort der *Pathfinder* konnte man als eine bestimmte Zone des Weltraums definieren, wenn man dazu alle bekannten Fakten – die Gesetze der Ballistik, ihren Auftrag, ihren Kurs und ihre Geschwindigkeit – berücksichtigte. Diese Zone wurde in vier Sektoren aufgeteilt, von denen die *Aes Triplex* einen untersuchen sollte, während drei andere Patrouillenschiffe die übrigen Sektoren abkämmten. Der Einsatz nannte sich ›Operation Samariter‹, aber jedes Schiff war unabhängig, da sie notwendigerweise so weit voneinander entfernt waren, daß man sie nicht als gemeinsame Einsatzgruppe leiten konnte.

Während der Sucharbeiten würden die Rettungsschiffe gleichzeitig den Auftrag der *Pathfinder* fortsetzen.

Neben dem kommandierenden Offizier und den drei Kadetten gehörten zur Mannschaft der *Aes Triplex* Kommodore Hartley Miller, Astrogator, Lieutenant Novak, Chefingenieur, Lieutenant Thurlow, Bombenoffizier, Lieutenant Brunn, Nachrichtenoffizier, die Offiziersanwärter Peters, Gomez und Cleary – ersterer als Assistent des Chefingenieurs, die beiden anderen als Helfer des Nachrichtenoffiziers eingeteilt – und Dr. Pickering, der als Schiffsarzt an der Fahrt teilnahm, um für die Überlebenden zu sorgen – sofern es solche geben sollte.

Marineinfanteristen waren dem Schiff nicht zugeteilt, sofern man nicht Dr. Pickering dazuzählen wollte, der eigentlich der Marine und nicht der

Patrouille angehörte. Sämtliche Aufgaben im Schiff mußten von den Offizieren und Kadetten erledigt werden. Es gab einmal eine Zeit, in der selbst der unbedeutendste Subalternoffizier in einem Infanterieregiment persönliche Bedienstete hatte, aber Bedienstete kosten zu viel Platz und zu viel Treibstoff und sind daher ein teurer Luxus. Außerdem ist in der endlosen Monotonie des Weltraums jede manuelle Betätigung eine willkommene Abwechslung; selbst die nicht gerade beliebte Aufgabe, die Badekabine zu reinigen, wurde abwechselnd von der ganzen Schiffsbesatzung wahrgenommen, wie es Sitte war. Bloß der Kapitän, sein Stellvertreter und der Schiffsarzt waren davon ausgeschlossen.

Captain Yancey ernannte Lieutenant Thurlow zum Ausbildungsoffizier, worauf dieser die Positionen des stellvertretenden Astrogators, stellvertretenden Nachrichtenoffiziers, Junioringenieurs und schließlich des Assistenten des Bombenoffiziers ins Leben rief und eine eigene Diensteinteilung für diese – natürlich völlig unnötigen Positionen aufstellte. Mr. Thurlow hatte auch dafür zu sorgen, daß Matt, Oscar und Tex den einzigen Studienprojektor intensiv benutzten.

Vom ersten Offizier wurden ihnen noch andere Aufgaben zugewiesen, die nicht direkt mit der formellen Ausbildung in Verbindung standen. Matt wurde zum ›Farmer‹ des Schiffes ernannt. Da die Hydroponiktanks einem Schiff gleichzeitig frische Luft und grünes Gemüse liefern, war er für die Klimaanlage des Schiffes verantwortlich und teilte sich mit Lieutenant Brunn die Küchenarbeiten.

Theoretisch nimmt jedes Patrouillenschiff sämtliche Lebensmittel im vorgekochten und tiefgekühlten

Zustand an Bord, und die Rationen brauchen nur noch aus der Tiefkühlanlage genommen und die vorgeschriebene Zahl von Sekunden im Hochfrequenzofen erhitzt zu werden. Tatsächlich aber halten sich viele Patrouillenoffiziere eine ganze Menge auf ihre Kochkünste zugute. Mr. Brunn war einer davon, und das, was er produzierte, bestätigte ihn darin – die *Aes Triplex* wurde hohen kulinarischen Ansprüchen gerecht.

Matt sollte bald feststellen, daß Mr. Brunn mehr von der ›Farm‹ erwartete, als daß die grünen Pflanzen das Kohlendioxyd aus der Luft aufnahmen und es durch Sauerstoff ersetzten; der Messeoffizier wollte Schalotten, würzige frische Minze, Tomaten, Broccoli, frische Kartoffeln. Matt fing an, sich zu fragen, ob es nicht einfacher gewesen wäre, in Iowa zu bleiben und dort Mais zu züchten.

Als er seine Tätigkeit als Hüter der Klimaanlage begann, wußte Matt noch nicht einmal, wie man den Kohlendioxydgehalt mißt, aber es dauerte nicht lange, bis er mit dem Selbstbewußtsein und dem Tempo eines Veteranen seine Nährflüssigkeiten prüfte und die nötigen Salze hinzufügte. Das war alles Brunn und der Kassette No. 62A8134 aus der Schiffsbibliothek zu verdanken: ›Eine einfache Darstellung der Hydroponik für Raumschiffe. Mit Wachstumskarten und Zusatzrezepten.‹ Die ›Farm‹ begann ihm Spaß zu machen.

Solange menschliche Wesen das Essen nicht aufgeben, müssen Weltraumschiffe auf großer Fahrt etwa dreihundertfünfzig Kilo Lebensmittel pro Mann und Jahr mit sich führen. Die grünen Pflanzen, die in der Klimaanlage der Schiffe wachsen, erlauben es, diese

Grenze etwas zu unterschreiten, da die Pflanzen im steten Kreislauf immer dieselben Rohmaterialien erzeugen – Luft, Kohlendioxyd und Wasser – und man nur winzige Mengen einiger Salze wie Kaliumnitrat, Eisensulfat und Kalziumphosphat hinzufügen muß.

Der biologische Kreislauf eines Raumschiffes gleicht in der Beziehung dem eines Planeten; Energie wird eingesetzt, damit der Kreislauf aufrechterhalten bleibt, aber dieselben Rohmaterialien werden immer und immer wieder benutzt. Da man Steaks und ähnliche Lebensmittel nicht ohne weiteres an Bord erzeugen kann, müssen einige Vorräte mitgenommen werden, während das Schiff andererseits im Laufe der Zeit eine Menge Abfall, Müll und dergleichen ansammelt, was man zwar theoretisch wieder in den biologischen Kreislauf einschleusen könnte, was aber praktisch betrachtet zu kompliziert ist.

Freilich kann man in einem atomkraftgetriebenen Schiff *jegliche* Masse als Reaktionsmasse für den Antrieb benutzen. Die radioaktiven Materialien im Atommeiler eines solchen Schiffes werden selbst praktisch nicht verbraucht; sie dienen nur dazu, andere Materialien auf extreme Temperaturen zu erhitzen und sie dann mit sehr hoher Geschwindigkeit durch die Raketenrohre wie durch eine Art ›Düse‹ auszustoßen.

Obwohl man natürlich auch Zwiebeln und dergleichen als Treibstoff verwenden könnte, besteht die Hauptaufgabe der ›Farm‹ doch darin, das Kohlendioxyd aus der Luft zu entfernen. Zu diesem Zweck müssen pro Person der Besatzung etwa ein Quadratmeter Grünfläche vorhanden sein. Lieutenant Brunn mit seinen dauernden Ansprüchen brachte Matt meistens dazu, zu viele verschiedene Pflanzen gleichzeitig zu züchten, worauf die Luft im Schiff zu frisch wurde und die Pflanzen in Ermangelung von Kohlendioxyd eingingen. Matt mußte seine Meßgeräte sehr sorgfältig beobachten und den $CO_2$-Gehalt manchmal dadurch steigern, daß er irgendwelche Abfälle verbrannte.

Brunn bewahrte in seiner Kabine eine Menge der verschiedensten Samenarten auf. Matt ging eines ›Tages‹ (nach Schiffszeit) hin, um sich persische Melonensamen zu holen. Brunn sagte, wo er suchen sollte, worauf Matt nach einigem Wühlen ausrief: »Das ist doch nicht zu glauben! Schauen Sie sich das an, Mr. Brunn.«

»Was?« Der Offizier sah das Päckchen an, das Matt in der Hand hielt. Außen stand: »Melonensamen, persisch – Lagernummer 12-Q4728-a«; aber auf dem Tütchen innen stand »Samen, Stiefmütterchen, bunte Riesen.«

Brunn schüttelte den Kopf.

»Lassen Sie sich das eine Lehre sein, Dodson. Vertrauen Sie nie einem Lagerangestellten – sonst stellen Sie plötzlich auf halbem Wege zum Pluto fest, daß Sie Messingspucknäpfe haben, wo Sie doch Weltraumkarten bestellt haben.«

»Und was soll ich jetzt statt dessen nehmen? Kürbisse?«

»Nehmen wir doch Wassermelonen – der Alte mag gern Wassermelonen.«

Matt tat, wie ihm geraten wurde, nahm aber auch die verirrten Stiefmütterchensamen mit.

Acht Wochen später improvisierte er eine Art Vase,

indem er eine Schüssel aus der Kombüse mit demselben Schwammzellulosegewebe bedeckte, das er gewöhnlich dazu benutzte, die Lösungen in seiner ›Farm‹ festzuhalten, um sie so daran zu hindern, im freien Fall durch die Luft zu fliegen.

Er füllte diese Vase mit Wasser, arrangierte seine neueste Zucht darin und befestigte das Ganze auf dem Messetisch.

Captain Yancey lächelte breit, als er zum Essen kam und die Blumenpracht erblickte. »Nun, Gentlemen«, lobte er, »das ist aber nett. Wie zu Hause!« Sein Blick suchte Matt. »Ich nehme an, dafür müssen wir Ihnen dankbar sein, Mr. Dodson.«

»Ja, Sir.« Matts Ohren röteten sich.

»Eine reizende Idee. Gentlemen, ich beantrage, daß wir Mr. Dodson von dem plebejischen ›Farmer‹ befreien und ihn zum ›Sonderhorticulturisten‹ ernennen. Darf ich um Abstimmung über diesen Antrag bitten?« Matt bekam neun Ja-Stimmen und ein lautes Nein von Commodore Miller. Eine zweite Abstimmung, die der Chefingenieur vorschlug, führte zu dem Ergebnis, daß der Commodore seine Mahlzeit in der Kombüse beenden mußte.

Lieutenant Brunn erklärte die Panne, die zu dem Blumengarten geführt hatte. Captain Yancey runzelte die Stirn. »Sie haben natürlich Ihre restlichen Samen überprüft, Mr. Brunn?«

»Äh, nein, Sir.«

»Dann tun Sie das.« Lieutenant Brunn wollte sofort aufstehen. »Nach dem Dinner«, fügte der Captain hinzu. Brunn setzte sich wieder.

»Das erinnert mich an etwas, das mir passierte, als ich ›Farmer‹ auf der alten *Percival Lowell* war – der letzten, meine ich«, fuhr Yancey fort. »Wir waren am Venussüdpol gelandet und hatten uns irgendwie eine Virusinfektion, eine Art Rost in der ›Farm‹ zugezogen – schauen Sie nicht so überlegen, Mr. Jensen; Sie werden auch mal auf die Nase fallen, bei einem Planeten, der Ihnen neu ist!«

»Ich, Sir? Ich habe gar nicht überlegen geschaut.«

»Nein? Dann haben Sie wohl den Stiefmütterchen zugelächelt?«

»Ja, Sir.«

»Hm! Wie gesagt, wir holten uns die Rostinfektion, und etwa zehn Tage nach dem Start hatte ich genauso viel Farm wie ein Eskimo. Ich schmiß das ganze Zeug hinaus, sterilisierte und pflanzte neu. Gleiches Ergebnis. Die Infektion hatte das ganze Schiff erfaßt, und ich konnte sie einfach nicht finden. Wir beendeten die Reise mit Konservennahrung bei knapper Ration, und ich durfte den Rest der Fahrt nicht mehr am Tisch essen.« Er lächelte und rief dann zur Kombüsentür hinüber. »Wie geht's Ihnen denn, Red?«

Der Commodore erschien mit einem Löffel in der Hand unter der Tür. In der anderen Hand hielt er eine Schüssel »Ausgezeichnet«, verkündete er mit vollem Mund. »Ich hab' gerade Ihren Nachtisch gegessen, Captain.«

Lieutenant Brunn schrie: »Hey! Commander! Aufhören! Nicht! Diese Beeren sind fürs Frühstück.«

»Zu spät.« Commander Miller wischte sich den Mund.

»Captain?«

»Ja, Dodson.«

»Was haben Sie in puncto Luftversorgung gemacht?«

»Nun, Mister, was hätten Sie denn getan?«

Matt überlegte. »Nun, Sir, ich hätte mir irgend etwas einfallen lassen, um das $CO_2$ aus der Luft herauszuholen.«

»Genau. Ich habe ein unbenütztes Abteil luftleer gemacht, meinen Raumanzug angelegt und ein paar Löcher nach draußen gebohrt. Dann habe ich Rohre gelegt, um die verbrauchte Luft aus der finsteren Seite des Schiffs zu entfernen – eine fraktionierte Destillationsanlage –, zuerst das Wasser weggefroren und dann das Kohlendioxyd. War ziemlich knifflig, das Ding fror immer wieder ein, und ich hatte dauernd zu tun. Aber nach Hause haben wir es geschafft.« Yancey erhob sich vom Tisch. »Hartley, wenn Sie sich dann genügend vollgestopft haben, sehen wir uns den Meteorschutz noch einmal an. Ich hab' da eine Idee.«

Bald näherte das Schiff sich der Marsbahn. Es stand ihnen damit in Kürze die vergleichsweise gefährliche Zone der Asteroiden und Meteoriten bevor. Matt tat jetzt Dienst als Assistent des Astrogators, behielt aber seine Tätigkeit als Schiffsfarmer bei. Tex besuchte ihn eines Tages im Hydroponikabteil.

»He! Bauer ...«

»Ich geb dir gleich ...«

»Hast du die Nordwestwiesen schon gepflügt? Sieht nach Regen aus.« Tex tat so, als studierte er die UV-Lampen, die dazu dienten, das Pflanzenwachstum zu fördern, und sah dann wieder weg. »Aber laß nur – der Alte will dich sprechen.«

»Nun, dann sag's doch gleich.« Matt legte sein Meßglas weg und stieg in seine Uniform. Wegen der Hitze und der Feuchtigkeit, die in der ›Farm‹ herrschten, arbeitete Matt gewöhnlich splitternackt dort, sowohl weil es bequemer war, als auch um seine Kleider zu schonen.

Der Captain war in seiner Kabine. »Kadett Dodson, Sir.«

»Ja, das sehe ich.« Yancey hielt ein Blatt Papier in der Hand. »Dodson, ich habe gerade einen Brief an das Ministerium geschrieben, der übermittelt wird, sobald wir in Funkkontakt sind. Ich empfehle darin, daß in allen Schiffen frische Blumen gezüchtet werden sollen, um damit die allgemeine Moral zu heben. Ich habe auch geschrieben, daß die Idee von Ihnen stammt.«

»Ich ... vielen Dank, Sir.«

»Schon gut. Alles, was die Langeweile, die Leere im Weltraum erleichtert, liegt im Interesse der Patrouille. Wir haben schon genug Leute, die im Weltraum durchdrehen. Blumen tun Psychotikern auf der Erde gut; vielleicht helfen sie den Astronauten dabei, nicht durchzudrehen. Aber genug davon – ich will Sie etwas fragen.«

»Ja, Sir?«

»Ich wollte wissen, wie Sie eigentlich dazu kommen, Ihre Zeit damit zu vergeuden, Stiefmütterchen zu züchten, wo Sie doch mit Ihrem Studienplan im Rückstand sind?«

Matt hatte darauf nichts zu sagen.

»Ich habe mir Mr. Thurlows Berichte durchgesehen und dabei festgestellt, daß sowohl Mr. Jensen als auch Mr. Jarman schneller vorwärtskommen als Sie. In den letzten paar Wochen haben die beiden Sie weit überholt. Es ist ja schön, wenn man Hobbys hat, aber Ihre Studien gehen vor.«

»Ja, Sir.«

»Ich hab' Ihnen für dieses Quartal ein ›Ungenügend‹ in Fleiß gegeben; Sie haben ja das nächste Quartal Zeit, das aufzuholen. Übrigens, haben Sie sich Ihren nächsten Zug überlegt?«

Matt begriff nicht gleich, dann wurde ihm klar, daß der Captain das Thema gewechselt hatte und jetzt beim Schach war; er und Matt kämpften um den ersten Platz im Schiffsturnier. »Ah, ja, Sir – ich habe beschlossen, Ihren Bauern zu nehmen.«

»Habe ich mir doch gedacht.« Yancey griff hinter sich; Matt hörte, wie die Figuren einschnappten, als der Captain den Zug auf seinem Brett tätigte. »Jetzt warten Sie mal ab, was ich mit Ihrer Königin mache!«

Die Bahngeschwindigkeit der Asteroiden, fliegenden Felsbrocken, Steine und Sandkörnchen, die die Gegend zwischen dem Mars und dem Jupiter unsicher machen, schwanken zwischen etwa zweiundzwanzig Kilometer pro Sekunde in der Nähe des Mars bis etwa zwölf Kilometer pro Sekunde in der Nähe des Jupiter. Die Flugbahnen dieses fliegenden Müllplatzes verlaufen ziemlich unregelmäßig, durchschnittlich in einem Winkel von neun Grad zur Ebene der Ekliptik, und einige dieser Flugbahnen sind noch dazu ziemlich exzentrisch.

Alles das bedeutet, daß ein Schiff, das auf einem kreisförmigen Orbit in ›östlicher‹ Richtung oder mit dem Strom fliegt, immer noch mit seitlichen Kollisionen mit relativen Geschwindigkeiten von durchschnittlich drei Sekundenkilometern rechnen muß, wobei Zusammenstöße mit etwa der doppelten

Geschwindigkeit auch im Bereich des Möglichen liegen.

Drei Sekundenkilometer ist nur etwa doppelt so viel wie die Mündungsgeschwindigkeit eines guten Sportgewehrs. Was Kleinzeug anging, Sand und Kies, so war die *Aes Triplex* dagegen gesichert. Und ehe das Schiff die Gefahrenzone erreichte, mußte die gesamte Mannschaft Raumanzüge anlegen und Panzerplatten über den aus Quarz bestehenden Ausguckluken des Schiffes befestigen, so daß nur noch für die astronautischen Instrumente und die Radarantennen Lücken offenblieben.

Außerdem führte Captain Yancey eine Meteorwache ein, und zwar eine viel straffere, als sie in den meisten Raumsektoren üblich ist. Acht Radargeräte kämmten nach allen Seiten den Himmel ab – dreihundertsechzig Grad in allen Richtungen. Die einzige Voraussetzung, unter der eine Kollision möglich ist, besteht darin, daß das andere Objekt gleichmäßigen Kurs fliegt – dazu braucht man gar keine komplizierten Kalkulationen. Und das einzige, was man tun muß, um der Kollision auszuweichen, ist, die eigene Geschwindigkeit zu verändern, in irgendeine Richtung und um irgendeinen Betrag. Wahrscheinlich ist dies der einzige Fall, wo die Theorie der Steuerkunst einfach ist.

Commodore Miller setzte die Kadetten und die Offiziersanwärter auf Dauerwache zur Überwachung der Radarschirme. Selbst wenn dem menschlichen Auge ein Objekt mit gleichmäßigem Kurs entging, würden die Radargeräte es ›sehen‹, weil sie so geschaltet waren, daß ein Alarm ertönte, wenn ein ›Blip‹ an einer Stelle auf dem Bildschirm hängenblieb und damit regelmäßigen Kurs verriet – und dann hatte der Wachoffizier den Düsenantrieb anzuwerfen, und zwar schnell!

Aber selbst der Asteroidengürtel ist wahrhaft leerer Raum; die Chancen gegen eine Kollision mit irgend etwas, das größer als ein Staubkorn war, waren riesig groß.

Der einzige Unterschied in der *Aes Triplex*, abgesehen von der zusätzlichen Arbeit für die Junioroffiziere, bestand darin, daß der Captain Anweisung erlassen hatte, daß sich alle beim Schlafen anschnallen mußten, statt bequem und locker herumzuschweben. Damit sollte sichergestellt werden, daß sich ein Schläfer nicht im Falle einer plötzlichen Beschleunigung den Hals brach.

Die *Aes Triplex* führte zwei ›Jeeps‹ an Bord – ganz gewöhnliche kleine Kurzstreckenraketen, die mit chemischen Treibstoffen betrieben wurden und Radaranlagen besaßen, die ebenso wirksam waren wie die des Mutterschiffes.

Als sie ihre Suchzone erreicht hatten, wurde jeder Jeep mit einem Piloten und einem Copiloten besetzt – sowie einer Ersatzmannschaft, da die Jeeps jeweils eine Woche Dienst tun, anschließend die Mannschaften tauschen und wieder ausfliegen sollen.

Brunn, Thurlow und Novak sowie Offiziersanwärter Peters wurden zu Piloten ernannt. Jedem Lieutenant wurde ein Kadett zugeteilt. Offiziersanwärter Peters erhielt Offiziersanwärter Gomez als Kollegen. Matt zog Lieutenant Thurlow.

Dr. Pickering übernahm die Messe. Also blieb nur noch Offiziersanwärter Cleary als ›George‹, der Mann, der alles tun muß – eine Unmöglichkeit, da sowohl die Meteorwache als auch die Suchoperationen weitergehen mußten. Folglich mußten die beiden Jeepmannschaften, die sich gerade nicht im Weltraum befanden, auch während ihrer Ruheperioden aushelfen.

# 12
## *Pathfinder*

Matt nahm sich auf den ersten Einsatz eine Anzahl Kassetten mit, in der Absicht, sie auf dem kleinen Gerät des Jeeps abzuspielen. Dafür war aber wenig Gelegenheit; vier Stunden lang mußte er die Radarschirme beobachten, dann hatte er vier Stunden wachfrei, in denen er schlafen, essen, arbeiten und, wenn möglich, studieren mußte.

Außerdem redete Lieutenant Thurlow gerne.

Der Bombenoffizier rechnete damit, am Ende des Einsatzes auf der Erde eingesetzt zu werden und dort seine Studien fortsetzen zu können. »Und dann muß ich mich entscheiden, Matt. Soll ich bleiben und mich auf Physik spezialisieren oder kündigen und in die Forschung gehen?«

»Das hängt davon ab, was Sie tun wollen.«

»Ziemlich abgedroschen, aber wahr. Ich glaube, daß ich wissenschaftlich arbeiten möchte. Aber nach ein paar Jahren wird einem die Patrouille zum Vater – und gleichzeitig auch zur Mutter. Ich weiß nicht. Dieser Felsbrocken kriecht immer näher ... ich seh ihn jetzt schon durch's Bullauge.«

»Tatsächlich?« Matt stand auf und konnte jetzt den Brocken ebenfalls sehen, den Thurlow bisher per Radar überwacht hatte. Er war unregelmäßig geformt und glitzerte in der Sonne.

»Mr. Thurlow«, sagte Matt, »schauen Sie doch mal – dort in der Mitte. Das sieht doch wie eine Streifenbildung aus?«

»Könnte schon sein. Es sind schon einige Felsbrocken eingesammelt worden, die ganz entschieden Sedimentgestein trugen. Das war der erste Beweis, daß die Asteroiden früher mal ein Planet waren, wissen Sie.«

»Ich dachte, Goodmans Berechnungen waren der erste Beweis?«

»Nee, das bringen Sie durcheinander. Goodman konnte seine Berechnungen erst anstellen, als der große Ballistikcomputer in der Terra-Station eingerichtet wurde.«

»Das wußte ich eigentlich – ich hatte es wohl nur durcheinandergebracht.« Die Theorie, daß die Asteroiden früher einmal ein Planet zwischen Mars und Jupiter gewesen waren, war viele Jahre lang abgelehnt worden, weil keine Beziehung zwischen ihren Flugbahnen bestand; das heißt, man sagte, wenn wirklich ein Planet explodiert wäre, müßten die Bahnen sich am Punkt der Explosion schneiden. Erst Professor Goodman hatte durch Einsatz des Riesencomputers beweisen können, daß diese Beziehung nur wegen der Störungen nicht bestand, die im Laufe der Äonen durch die Gravitationsfelder der anderen Planeten ausgeübt worden waren.

Für ihn lag das Datum der Katastrophe erst eine halbe Milliarde Jahre in der Vergangenheit, und er hatte auch ausgerechnet, daß der größte Teil des zerstörten Planeten ganz aus dem System verschwunden war. Der Weltraumschutt, der sie jetzt umgab, repräsentierte nur etwa 1% des verlorenen Planeten.

Lieutenant Thurlow maß die Winkelbreite des Fragments, stellte die Radarentfernung fest und notierte das Ergebnis als Bruttogröße. Der Felsbrocken war ziemlich groß, aber noch zu klein, als daß man seine

Bahn hätte vermessen müssen; man schloß ihn einfach in die allgemeine Untersuchung ein, kleinere Gegenstände wurden nur aufgelistet, und Kollisionen mit winzigen Partikeln wurden mittels elektronischer Geräte gezählt, die an der Schiffswand angebracht waren.

»Was mich an einer Kündigung stören würde«, fuhr Thurlow fort, »ist dies: Matt, haben Sie einmal über den Unterschied zwischen den Leuten in der Patrouille und den anderen nachgedacht?«

»Und ob ich das habe!«

»Und worin besteht der Unterschied?«

»Der Unterschied? Nun, wir sind Raumfahrer, und die sind das nicht. Ich denke, es hängt damit zusammen, wie groß die Welt ist, in der man lebt.«

»Zum Teil. Aber lassen Sie sich nicht von Größe allein täuschen. Hundert Millionen Meilen leerer Raum haben nichts zu sagen – wenn sie wirklich leer sind. Nein, Matt, der Unterschied geht tiefer. Wir haben der Menschheit hundert Jahre Frieden gegeben, und jetzt gibt es niemanden mehr, der sich an den Krieg erinnert. Die haben sich daran gewöhnt, Frieden und Bequemlichkeit als normalen Zustand des Lebens zu akzeptieren. Aber das ist er nicht. Das menschliche Tier hat hinter sich Millionen von Jahren der Gefahr und des Verhungerns; das letzte Jahrhundert ist in seiner Geschichte nicht mehr als ein Herzschlag. Aber nur die Patrouille scheint das zu erkennen.«

»Würden Sie die Patrouille abschaffen?«

»Du liebe Güte, nein, Matt! Aber ich wünschte, man könnte den Leuten irgendwie klarmachen, wie dünn die Wand ist, die zwischen ihr und dem Dschungel steht. Und dann noch etwas ...« – Thurlow grinste schief, – »... ich wünschte, die hätten eine Ahnung davon, was wir sind. Die sehen in uns bloß bezahlte Angestellte der Steuerzahler.«

Matt nickte.

»So eine Art Verkehrspolizei. Bei uns zu Hause gibt es einen Mann, der gebrauchte Helikopter verkauft. Der hat mich gefragt, warum wir von der Patrouille eigentlich eine Pension bekommen, wenn wir in Ruhestand treten. Er sagte, er hätte sich ja schließlich mit fünfunddreißig auch nicht auf die faule Haut legen können, und verstünde nicht recht, warum er eigentlich jemand unterstützen sollte, der das könne.« Matt sah den anderen verwirrt an. »Gleichzeitig hat die Patrouille für ihn aber einen richtigen Nimbus – er möchte, daß sein Sohn Kadett wird. Ich versteh das nicht.«

»Genau das ist es. Für die sind wir eine Art teures, nutzloses Schoßtierchen – ihr Eigentum. Die verstehen nicht, daß wir nicht gekauft werden können. Wächter, die man kaufen kann, taugen genausoviel wie eine Frau, die man kaufen kann.«

In der Woche darauf fand Matt Zeit, in der Schiffsbibliothek über den explodierten Planeten nachzulesen. Viel war da nicht zu finden – trockene Statistiken über die Größen von Asteroiden, Fragmenten und Partikeln, Bahndaten, eine Zusammenfassung von Goodmans Gleichungen. Nichts von dem, was er wissen wollte – wie es dazu gekommen war. Nichts als ein paar Theorien.

Als er das nächste Mal mit Thurlow auf Streife war, sprach er ihn darauf an. Der Lieutenant zuckte die Achseln. »Was erwarten Sie denn, Matt?«

»Ich weiß nicht; jedenfalls mehr, als ich gefunden habe.«

»Die Zeitspanne, in der wir leben, ist einfach nicht dafür geeignet, viel zu lernen. Nehmen Sie sich doch eine von den Spulen, die Sie studiert haben – die, zum Beispiel.« Der Offizier griff nach einer mit der Aufschrift ›Die sozialen Strukturen der martianischen Ureinwohner‹. »Sehen Sie sich einmal ein paar Bilder in der Mitte an. Können Sie die Tausende und Abertausende von Bildern, die davor kommen, rekonstruieren, nur auf logischem Wege?«

»Natürlich nicht.«

»Genau das ist die Situation, mit der wir fertig werden müssen. Wenn es die Menschheit fertig bringt, sich ein paar Millionen Jahre nicht in die Luft zu sprengen, dann werden wir vielleicht anfangen, einige Dinge in Erfahrung zu bringen. Bis jetzt wissen wir noch nicht einmal, was für Fragen wir stellen sollen.«

Matt war enttäuscht, hatte aber keine Antwort parat. Thurlow hob die Augenbrauen. »Vielleicht sind wir gar nicht richtig gebaut, um die richtigen Fragen zu stellen. Kennen Sie die martianische ›Doppelwelt-Idee‹?«

»Sicher, aber ich versteh' sie nicht.«

»Wer kann das schon von sich behaupten? Wir wollen einmal die übliche Annahme vergessen, daß ein Martianer nämlich in religiösen Symbolen spricht, wenn er sagt, wir lebten nur auf ›einer Seite‹, während er auf ›beiden Seiten‹ lebt. Angenommen, das, was er meint, ist ebenso real wie Butter und Bier, und er lebt wirklich gleichzeitig in zwei Welten, und wir befinden uns in derjenigen, die er für unwichtig hält. Wenn Sie das akzeptieren, dann erklärt das, weshalb die Martianer nicht bereit sind, Zeit zu vergeuden, indem sie mit uns reden oder versuchen, uns Dinge zu erklären. Die sind dann nicht hochnäsig, die sind nur vernünftig. Würden Sie Ihre Zeit damit vergeuden, indem Sie versuchen, einem Wurm einen Regenbogen zu erklären?«

»Das ist nicht dasselbe.«

»Vielleicht für einen Martianer schon. Ein Regenwurm kann nicht einmal sehen, geschweige denn besitzt er einen Sinn für Farben. Wenn Sie die ›Doppelte Welt‹ als real akzeptieren, dann besitzen wir für einen Martianer einfach nicht die richtigen Sinne, um imstande zu sein, die richtigen Fragen zu stellen. Warum sich also mit uns abmühen?«

Das Funkgerät summte und riß sie aus dem Gespräch. Thurlow warf einen Blick auf das Gerät und sagte: »Da ruft jemand, Matt. Sehen Sie nach, wer es ist und sagen Sie, daß wir nichts kaufen.«

»Okay.« Matt legte den Schalter um und meldete sich: »Jeep Eins, *Triplex* – bitte sprechen.«

»Hier spricht *Triplex*«, hallte Offiziersanwärter Clearys vertraute Stimme aus dem Lautsprecher. »Halten Sie sich bereit, Sie werden eingeholt.«

»Was? Machen Sie keine Witze – wir sind erst drei Tage unterwegs.«

»Bereithalten zum Einholen – das ist offiziell. Jeep Zwei hat die *Pathfinder* gefunden.«

»Was Sie nicht sagen! Haben Sie gehört, Mr. Thurlow? Haben Sie das gehört?«

Es stimmte; Peters und Gomez hatten das verschwundene Schiff zufällig entdeckt. Man fand die *Pathfinder* an einem kleinen Asteroiden, der etwa eineinhalb Kilometer durchmaß, verankert. Da es sich um einen bekannten Himmelskörper mit der Bezeichnung 1987-CD handelte, hatte die Mannschaft des Jeep wenig darauf geachtet, bis dann durch seine Eigendrehung die *Pathfinder* zum Vorschein gekommen war.

Captain Yancey war rücksichtsvoll genug gewesen, zuerst Thurlow und Dodson aufzunehmen, ehe das Rendezvous-Manöver mit dem zweiten Jeep stattfand.

Als sie an Bord waren, steuerte die *Aes Triplex* Asteroid 1987-CD an und glich Flugbahn und Geschwindigkeit an. Offiziersanwärter Peters hatte einen Teil seines Treibstoffes geopfert und seine Flugbahn ebenfalls angepaßt.

Matt war ruhig, während das Rendezvous-Manöver vor sich ging. Er konnte nichts sehen, da die Aussichtsluken abgedeckt waren, auch hatte er für den Augenblick keine Arbeit. Mit äußerster Vorsicht machte Captain Yancey sein Schiff an der *Pathfinder* fest, indem er zuerst durch Offiziersanwärter Gomez eine Leine hinüberschickte. Der Rest der Schiffsbesatzung drängte sich im Cockpit. Tex und Matt benutzten die Gelegenheit, Peters auszufragen.

»War nicht viel zu sehen«, meinte der. »Äußerlich sieht sie unbeschädigt aus, aber die Schleusentür stand offen.«

»Besteht noch Aussicht, daß drinnen jemand lebt?« fragte Tex.

»Möglich schon, aber unwahrscheinlich.«

Captain Yancey blickte sich um. »Ruhe«, befahl er. »Das hier ist ein Cockpit, keine Nähstube.« Als er sein Manöver abgeschlossen hatte, befahl er Peters und

Gomez mitzukommen; die drei legten Raumanzüge an und verließen das Schiff.

Sie waren etwa eine Stunde weg. Als sie zurückkehrten, rief der Kapitän sie alle in die Messe. »Ich bedaure Ihnen mitteilen zu müssen, Gentlemen, daß keiner unserer Kameraden noch am Leben ist.«

Dann fuhr er mit bedrückter Stimme fort. »Es besteht nur wenig Zweifel an dem, was vorgefallen ist. Die äußere Panzertüre der Schleuse stand offen und ist unbeschädigt. Die innere Türe ist von einem etwa faustgroßen Gegenstand durchschlagen worden, was in den anschließenden Kabinen zur explosiven Dekompression führte. Offenbar hatten sie das ungeheure Pech, daß ein Meteor in genau dem Augenblick einschlug, als die Außenschleuse offenstand.«

»Augenblick, Skipper«, wandte Miller ein. »Stand denn jede luftdichte Tür im Schiff offen? Ein Felsbrocken kann doch unmöglich soviel Schaden anrichten.«

»In den hinteren Schiffsabschnitt konnten wir noch nicht eindringen; der steht noch unter Druck. Aber wir konnten das Geschehen rekonstruieren, weil wir die Leichen zählen konnten – sieben sind es – die ganze Besatzung. Sie befanden sich alle in der Nähe der Schleuse, und mit Ausnahme des Mannes in der Schleuse trug keiner einen Raumanzug. Der Mann, der in der Schleuse stand, wurde offenbar von einem Fragment getroffen. Die anderen schienen sich um die Schleuse versammelt zu haben, um ihn zu erwarten.«
Yancey blickte ernst. »Red, ich glaube, wir müssen dafür sorgen, daß eine allgemeine Anweisung erlassen wird – ein Verbot, sich in der Schleusengegend aufzuhalten, solange im Raumanzug gearbeitet wird,

damit nicht die ganze Besatzung in Mitleidenschaft gezogen wird, wenn es in diesem Augenblick zu einem Meteoriteneinschlag kommt.«

Miller runzelte die Stirn. »Ja, das werden wir wohl müssen, Captain. Wird allerdings in einem kleinen Schiff ziemlich schwierig sein.«

»Wenn man keine Luft mehr bekommt, wird's auch ziemlich schwierig. Jetzt zu der Untersuchung: Sie übernehmen den Vorsitz, Red und Novak und Brunn sind Beisitzer. Wir übrigen bleiben im Schiff, bis der Ausschuß seine Arbeit abgeschlossen hat. Anschließend, wenn alles Beweismaterial aus der *Pathfinder* entfernt ist, lasse ich Ihnen genügend Zeit, Ihre Neugierde zu befriedigen.«

»Wie steht's mit dem Arzt, Captain? Ich hätte ihn gerne als Experten mit.«

»Okay, Red. Dr. Pickering. Sie können mitgehen.«

Die Kadetten drängten sich in Matts und Oscars Kabine. »Das ist doch nicht zu ertragen!« sagte Tex. »Da müssen wir jetzt ein oder zwei Wochen herumsitzen, während ein Ausschuß abmißt, wie groß ein Loch in der Türe ist.«

»Das kannst du vergessen«, riet Oscar. »Wahrscheinlich wollte der Alte nicht, daß du dort drüben überall deine Initialen einkratzt oder vielleicht die kaputte Türe als Andenken mitschleppst, ehe die genau Bescheid wissen.«

»Ach, Unsinn!«

»Hör auf zu meckern. Er hat doch versprochen, daß du herumschnüffeln darfst und Bilder machen, sobald der Ausschuß fertig ist. Inzwischen solltest du lieber den Luxus von acht Stunden Schlaf genießen. Keine Wache, gar keine, verstehst du?«

»Ja, das stimmt!« nickte Matt. »Daran hatte ich gar nicht gedacht; aber wenn man vor Anker liegt und nicht ausweichen kann, braucht man schließlich nicht nach Felsbrocken Ausschau zu halten.«

»Wie die Mannschaft der *Pathfinder* nur zu gut weiß.«

Am folgenden Tag fand in der Offiziersmesse der *Aes Triplex* die letzte Ehrung für die Mannschaft der *Pathfinder* statt. Eine kurze, ergreifende Feier, in der Unermeßlichkeit des Weltalls, und dann stimmte der Captain selbst die Hymne der Patrouille an: *»Und jetzt steuern wir alle nach Hause ...«*

Zufällig waren gerade genug Personen zugegen, um Meldung zu machen. Die Besatzung der *Aes Triplex* bestand aus einem Kapitän und elf Mannschaftsmitgliedern. Für die *Pathfinder* waren auch genau elf notwendig – sechs Offiziere der Patrouille, ein Zivilplanetologe und die Vier, die bei jedem Appell zugegen sind. Captain Yancey rief die Mannschaft der *Pathfinder* auf, und die anderen antworteten einer nach dem anderen, von Commodore Miller bis hinunter zu Tex – während leise die *Lange Wache,* getragen wie ein Requiem, über die Lautsprecher des Schiffes erklang. Matt schämte sich seiner Ergriffenheit nicht, und Tex rannen die Tränen über die Wangen.

In den ersten zwei Tagen der Untersuchung war Lieutenant Brunn für sie die Informationsquelle. Er erklärte, die *Pathfinder* befinde sich in gutem Zustand, sehe man einmal von der beschädigten Schleusentüre ab. Am dritten Tage verweigerte er plötzlich alle weiteren Auskünfte. »Der Captain will nicht, daß die

Untersuchungsergebnisse diskutiert werden, solange er sie nicht genau studiert hat.«

Matt erzählte das den anderen. »Was ist denn los?« wollte Tex wissen. »Was ist denn daran so geheim?«

»Woher soll ich das wissen?«

»Ich hab' da eine Theorie«, sagte Oscar.

»Was? Hm? Raus damit.«

»Der Captain will beweisen, daß man an Neugierde nicht sterben kann. Er hält dich für den perfekten Testfall.«

Aber sie sollten nicht lange warten müssen. Captain Yancey rief sie am nächsten Tage zusammen. »Gentlemen, ich bin Ihnen für Ihre Geduld dankbar. Ich wollte nicht über das sprechen, was in der *Pathfinder* gefunden wurde, solange ich mir nicht darüber klar war, was geschehen soll. Es läuft darauf hinaus: Der Planetologe der *Pathfinder*, Professor Thorwald, ist zu dem unwiderlegbaren Schluß gelangt, daß der vernichtete Planet bewohnt war.«

Ein Stimmengewirr erhob sich. »Ruhe bitte! In der *Pathfinder* befinden sich Proben von Felsgestein, in das Fossilien eingeschlossen sind, aber es gibt auch noch andere Beweisstücke, die Professor Thorwald – und darin schließen Dr. Pickering, Commodore Miller und ich uns seiner Meinung an – die Professor Thorwald für Artefakte hielt, Gegenstände, die von intelligenten Lebewesen hergestellt worden sind.

Diese Tatsache allein würde schon ausreichen, um ein Dutzend Schiffe in den Asteroidengürtel zu entsenden«, fuhr er fort. »Wahrscheinlich ist dies die wichtigste Entdeckung der Systemarchäologie seit Beginn der Ausgrabungen auf Luna. Aber Professor Thorwald hat noch weitere – viel erschreckendere –

Schlüsse gezogen. Mit Hilfe des Bombenoffiziers des Schiffes bildete er, unter Einsatz der Halbwertzeitmethode, eine vorläufige Hypothese, wonach der Planet – er nennt ihn Planet Lucifer – durch eine künstlich hervorgerufene Kernexplosion vernichtet wurde. Mit anderen Worten: sie haben es selbst getan.«

Jetzt war nur das leise Summen der Ventilatoren im Raum zu hören. Dann platzte Thurlow heraus: »Aber Captain – das ist unmöglich!«

Captain Yancey sah ihn an. »Kennen Sie alle Antworten, junger Mann? Ich bestimmt nicht.«

»Entschuldigen Sie bitte, Sir.«

»In diesem Falle würde ich es nicht einmal wagen, eine Meinung zu haben. Ich bin hier nicht kompetent. Aber meine Herren, wenn es zutrifft – und Professor Thorwald war davon überzeugt –, dann brauche ich Sie wohl kaum darauf hinzuweisen, daß wir mehr Grund denn je haben, auf unsere Patrouille stolz zu sein – und unsere Verantwortung wiegt sogar noch schwerer, als wir angenommen hatten.

Aber um wieder zu unserer Arbeit zu kommen – es widerstrebt mir, die *Pathfinder* dort zu lassen, wo sie jetzt liegt. Abgesehen von sentimentalen Gründen, handelt es sich schließlich um ein Schiff der Patrouille im Werte von vielen Millionen. Ich glaube, wir können sie reparieren und zurückführen.«

## 13
## Langer Heimweg

Matt beteiligte sich unter dem wachsamen Auge des Chefingenieurs an der Reparatur der Innentür der Luftschleuse der *Pathfinder* und führte anschließend auch die Belastungstests durch. Ansonsten gab es recht wenig Beschädigungen am Schiff. Der Felsbrocken oder Meteor, der das Loch in die Innentür gerissen hatte, hatte dabei den größten Teil seiner Energie aufgezehrt; es mußten noch ein Innenschott ausgebessert und ein paar Beulen geglättet werden – das war alles.

Die äußere, gepanzerte Tür war völlig unbeschädigt; es war ganz klar, daß der Eindringling sein Schreckenswerk getan hatte, während die Außentüre offenstand.

Die Pflanzen in der ›Farm‹ waren mangels Pflege und mangels Kohlendioxyd eingegangen. Matt übernahm das, während die anderen sich der schier endlosen Aufgabe unterzogen, jeden Stromkreis, jede Leitung, jedes Instrument zu überprüfen, die für die Funktion des Schiffes notwendig waren.

Eigentlich hätten diese Arbeiten auf einem Reparaturstützpunkt erledigt werden müssen, und wenn tatsächlich viel beschädigt gewesen wäre, wäre es auch nicht möglich gewesen, eine Reparatur zu improvisieren.

Oscar und Matt stahlen ihrer Schlafenszeit eine Stunde ab, um 1987-CD zu erforschen, eine Expedition, bei der sie teilweise klettern, teilweise ihre Anzugdüsen einsetzen mußten.

Der Asteroid hatte natürlich ein Schwerefeld, aber verglichen mit der Masse eines Planeten ist die eines kleinen Berges praktisch belanglos. Sie spürten die Anziehung einfach nicht; Muskeln, die es gewöhnt waren, ihre Arbeit auf Terra zu tun, nahmen die schwache Anziehung von 1987-CD einfach nicht wahr. Endlich löste die *Pathfinder* ihre Verankerung, und eine Notmannschaft, bestehend aus Captain Yancey am Steuer und Lieutenant Novak im Maschinenraum prüfte das Antriebsaggregat. Die *Aes Triplex* lag ein paar Meilen abseits und wartete, bis die Düsen einige Sekunden gearbeitet hatten, dann kam sie näher. Die beiden Schiffe machten aneinander fest, und Captain Yancey und der Chefingenieur kamen in die *Aes Triplex* zurück.

»Jetzt gehört sie Ihnen, Hartley«, erklärte er. »Testen Sie sie selbst, und wenn Sie dann fertig sind, übernehmen Sie.«

»Wenn Sie damit einverstanden sind, bin ich das auch. Mit Ihrer Erlaubnis, Sir, übernehme ich jetzt meine Mannschaft.«

»Ja? Gut, Captain – übernehmen Sie das Kommando und erfüllen Sie Ihre Befehle. Machen Sie einen Eintrag ins Logbuch, Mister«, fügte Yancey über die Schulter gewandt für den Wachoffizier hinzu.

Dreißig Minuten später ging ein Teil der Mannschaft durch die Luftschleuse der *Aes Triplex* und betrat die Schleuse des anderen Schiffes. Die *Pathfinder* stand wieder in Dienst.

Bei der *Aes Triplex* blieben zurück Captain Yancey, Lieutenant Thurlow, jetzt erster Offizier und Astrogator, Offiziersanwärter.

Peters, jetzt Chefingenieur, Kadett Jensen, ›leitender

Nachrichtenoffizier‹, und die Kadetten Jarman und Dodson, Wachoffiziere für sämtliche Abteilungen – und Dr. Pickering, Schiffsarzt.

Commodore Miller, Captain der *Pathfinder,* hatte einen Offizier weniger als Captain Yancey, aber all seine Offiziere waren erfahrene Männer; Captain Yancey hatte die Kadetten in seine Obhut genommen. Er hätte selbst das Kommando der *Pathfinder* übernommen – aber die Flottenvorschrift ließ es nicht zu. Er konnte einen Kapitän für sie ernennen und sie wieder in Dienst stellen, aber es gab im Umkreis von einigen Millionen Meilen niemanden, der die Autorität besaß, ihn des Kommandos für sein eigenes Schiff zu entbinden – er war ein Gefangener seines eigenen einmaligen Amtes, das des kommandierenden Offiziers, der auf eigene Faust handeln mußte.

Der ursprüngliche Flugplan der *Pathfinder* hatte vorgesehen, an dem Marsmond Deimos anzulegen, und zwar zu einem Zeitpunkt, wo der Mars das Schiff überholte und sich daher in günstiger Position befand.

Die durch die Katastrophe ausgelöste Verzögerung machte das unmöglich. Außerdem wollte Captain Yancey, daß das erstaunliche Beweismaterial der *Pathfinder so* schnell wie möglich die Erde erreichte; es hatte wenig Sinn, es zuerst zu dem Außenposten auf dem äußeren Satelliten des Mars zu schicken.

Folglich wurde von der *Aes Triplex* Reaktionsmasse in das kleinere Schiff gepumpt, bis dessen Tanks voll waren; und es wurde für die *Pathfinder* ein schneller, nahezu direkter, aber unökonomischer Kurs zur Erde ermittelt. Die *Aes Triplex* würde – nach dem Hohmann-Prinzip* – einen wirtschaftlicheren, aber viel längeren Kurs wählen. Sie würde gemächlich ihre Bahn ziehen, vorbei am Mars-Orbit, vorbei am Erd-Orbit (die Erde würde zu diesem Zeitpunkt weit entfernt sein); später würde sie sich um die Sonne schwingen und fast ein Jahr nach der *Pathfinder* auf der Erde eintreffen. Die *Triplex* hatte genügend Treibstoff, um ihr Ziel zu erreichen, selbst nachdem sie die *Pathfinder* aufgetankt hatte, war jedoch zu diesem zeitraubenden, aber energiesparenden Kurs gezwungen, wie er normalerweise von Raumfrachtern gewählt wurde und nicht von Schiffen der Patrouille.

Matt, in seiner Rolle als Assistent des Astrogators, fiel eine Besonderheit des Orbit auf, und er machte Oscar darauf aufmerksam. »Oscar, schau dir das mal an – wenn wir das Perihel auf der anderen Seite der Sonne erreichen, können wir uns fast eine Wolke von deiner Heimatstadt mitnehmen. Siehst du?«

Oscar sah sich die Kartenposition an. »Tatsächlich! Wie nahe kommen wir denn ran?«

»Auf weniger als hundertfünfzigtausend Kilometer. Da kriegen wir sogar ein bißchen Schwung mit – der Alte versteht wirklich was von günstigen Flugbahnen. Warum, willst du abspringen?«

»Dafür fliegen wir wohl ein wenig zu schnell«, meinte Oscar trocken.

»Oh, wo bleibt denn dein Pioniergeist? Du könntest

* Hohmann, Dr. Walter, Die Erreichbarkeit der Himmelskörper, München, 1925. Dieses bahnbrechende Werk über die Raumfahrt, lange vor dem Flug der *Kilroy* geschrieben, bleibt nach wie vor die grundlegende Arbeit auf diesem Gebiet. Alle späteren Forschungen stellen eine Weiterentwicklung der von Hohmann entwickelten Prinzipien dar.

ja einen der Jeeps klauen und abhauen, ehe dich jemand vermißt.«

»Mann, Lust hätte ich schon. Wäre nett, mal Urlaub zu haben.« Oscar schüttelte traurig den Kopf und starrte auf die Karte.

»Ich weiß schon, was an dir frißt. Seit du leitender Nachrichtenoffizier geworden bist, erfüllt dich ein ganz besonderes Verantwortungsgefühl. Wie kommt man sich denn vor, wenn man zu den Großen und Mächtigen gehört?«

Tex war zu ihnen getreten, während sie sich unterhielten.

Jetzt mischte er sich ein: »Yeah, raus mit der Sprache, Oscar – sag es uns.«

Oscars helle Haut rötete sich. »Hört auf, mich zu piesacken, Leute. Ich kann nichts dafür.«

»Okay, schon gut. Aber ernsthaft«, fuhr Matt fort, »eigentlich ist diese ganze Reise eine mächtige Chance für uns diensttuende Schiffsoffiziere, dabei sollte das Ganze nur eine Trainingstour werden. Wißt ihr, was ich denke?«

»Du denkst?« fragte Tex scheinheilig.

»Halt den Mund. Wenn wir keine Dummheiten machen und eine Chance bekommen, zu zeigen, was wir können, dann könnte das bedeuten, daß wir plötzlich unser Offizierspatent bekommen.«

»Captain Yancey und mir ein Patent geben?« fragte Tex. »Daß ich nicht lache!«

»Nun, Oscar kriegt das seine ganz bestimmt. Schließlich ist er Cheffunker.«

»Ich sag dir, das hat gar nichts zu bedeuten«, protestierte Oscar. »Sicher, den Job habe ich schon – bloß daß ich mit niemand in Verbindung stehe. Wir sind außer Reichweite, abgesehen von der *Pathfinder,* und die entfernt sich ja schnell von uns.«

»Wir werden nicht immer außer Reichweite sein.«

»Das macht keinen Unterschied. Kannst du dir wirklich vorstellen, daß der Alte mich – oder irgendeinen von uns – etwas tun läßt, ohne uns dauernd im Nacken zu sitzen? Außerdem will ich gar kein Patent. Stell dir doch vor, wir kommen zurück und es wird nicht bestätigt? Das wär' vielleicht peinlich!«

»Ich würde sofort zugreifen«, verkündete Tex. »Das ist vielleicht die einzige Chance, daß ich je eines bekomme.«

»Hör auf, den Waisenknaben zu spielen, Tex. Stell dir vor, dein Onkel Bodie würde dich jetzt hören.«

Tatsächlich war die Atmosphäre im Schiff jetzt völlig anders, wenn auch der Captain oder Lieutenant Thurlow oder beide sie sorgfältig überwachten. Captain Yancey gewöhnte sich an, sie in der Messe mit Vornamen anzusprechen, und ließ den Titel ›Kadett‹ ganz weg.

Manchmal sprach er sogar von ›Schiffsoffizieren‹ und gebrauchte das Wort so, daß die drei Kadetten offensichtlich mit eingeschlossen waren. Aber von Offizierspatenten war keine Rede.

Sobald sie den Asteroidengürtel hinter sich gelassen hatten, immer noch außer Funkreichweite und in endlosem freien Fall, wurden die Pflichten an Bord der *Aes Triplex* noch leichter. Die Kadetten hatten genügend Zeit zum Studieren, genügend Zeit, Karten zu spielen und endlose Diskussionen zu führen. Matt holte in seinem Lehrplan auf und erreichte sogar den Punkt, wo er sich selbst aus der Schiffsbibliothek zusätzliche Arbeit holte, denn die Kurse, die man ihnen beim Verlassen der *Randolph* zugeteilt hatte, waren nur für einen kurzen Flug bestimmt gewesen.

Der Captain führte eine Anzahl von Seminaren ein, teilweise um sich selbst die Zeit zu vertreiben, teilweise um damit einen Beitrag zu ihrer Ausbildung zu leisten. Er wollte damit verschiedene Probleme beleuchten, die auf Patrouillenoffiziere in ihrer Eigenschaft als Astronauten oder in der wesentlich wichtigeren Rolle als diplomatische Vertreter zukommen konnten. Yancey hatte einen guten Vortragsstil; außerdem stellten die Kadetten fest, daß man ihn leicht dazu bringen konnte, in Erinnerungen zu schwelgen. Das war ebenso angenehm wie lehrreich und half mit, die langen Wochen zu überbrücken.

Und dann waren sie endlich in Funkreichweite der Venus gekommen; Post erwartete sie, Mitteilungen, die sie durch das halbe Sonnensystem erreicht hatten. Eine offizielle Mitteilung des Ministeriums gratulierte dem kommandierenden Offizier zur Bergung der *Pathfinder* und enthielt auch ein Lob für die Besatzung – was zu gegebener Zeit in die Personalakten eines jeden einzelnen eingetragen werden würde. Eine private Nachricht von Hardley Miller informierte Captain Yancey, daß der Rückflug ohne Schwierigkeiten verlaufen sei und daß die Wissenschaftler zu Hause sich über den Inhalt des Schiffes alle Haare rauften. Yancey las ihnen das laut vor.

Neben ein paar Briefen von zu Hause erhielt Matt eine Heiratsanzeige von Marianne. Er fragte sich, ob sie wohl den jungen Mann geheiratet hatte, den er bei dem Picknick kennengelernt hatte, aber der Name wollte ihm nicht einfallen – das Ganze schien ihm in weiter Ferne zu liegen. Es gab auch einen Brief an alle drei Kadetten, der den Stempel ›Leda, Ganymed‹ trug: von Pete. Ein überschwenglicher Brief, der in der Feststellung gipfelte: »Ich wollte, ihr wäret alle hier.«

»Der Glückspilz«, sagte Tex.

Auch andere Nachrichten gingen ein – Schiffsbewegungen, technische Anweisungen, Personalveränderungen, all die bürokratischen Einzelheiten einer großen militärischen Organisation – und eine detaillierte Zusammenfassung der Nachrichten von vier Planeten, beginnend mit dem Zeitpunkt, an dem sie den Kontakt mit der Gegenwart verloren hatten.

Oscar stellte fest, daß Captain Yancey sich nicht sehr in seine Pflichten als Nachrichtenoffizier einmischte – aber eigentlich überraschte ihn das auch gar nicht.

Oscar *war* ganz einfach der Nachrichtenoffizier und hatte beinahe vergessen, daß er je etwas anderes gewesen war.

Aber an dem Tage, an dem eine chiffrierte Nachricht einging, die erste Nachricht, die nicht in Klartext war, spürte er auch, daß er wirklich in seinem Amte bestätigt war. Er mußte den Kapitän um das Chiffriergerät bitten, das dieser in seinem Safe aufbewahrte. Es wurde ihm ohne Kommentar ausgehändigt.

Oscar machte große Augen, als er die dechiffrierte Mitteilung zu Yancey trug. Sie lautete: »TRIPLEX – KÖNNEN SIE SCHWIERIGKEITEN ÄQUATORREGION VENUS UNTERSUCHEN – OPERATIONSABTEILUNG.«

Yancey warf einen Blick darauf. »Sagen Sie dem Ersten Offizier, daß ich ihn gerne sprechen möchte, bitte. Und behalten Sie das für sich.«

»Aye, aye, Sir.«

Thurlow kam verblüfft herein. »Was gibt's denn, Captain?«

Yancey hielt ihm das Telegramm hin. Der Lieutenant las und pfiff durch die Zähne.

»Haben Sie eine Ahnung, wie wir das machen können?«

»Sie wissen selbst, wieviel Treibstoff wir haben, Captain. Wir könnten eine Kreisbahn schaffen. Landen können wir nicht.«

»So sehe ich das auch. Ich nehme an, wir müssen ablehnen. – Verdammt, lieber lasse ich mich verprügeln als nein zu sagen. Warum haben sich die gerade uns ausgesucht? Es muß doch mindestens ein halbes Dutzend Schiffe in besserer Position geben.«

»Das glaube ich nicht, Captain. Ich glaube, wir sind das einzige zur Verfügung stehende Schiff. Haben Sie den Almanach gelesen?«

»Nein. Warum?«

»Nun, die *Thomas Paine* sollte da sein – aber die liegt in New Auckland wegen Notreparaturen fest.«

»Ich verstehe. Ich sage ja immer, daß es eine dauernde Circum-Venus-Patrouille geben sollte – eines Tages wird es auch eine geben.« Yancey kratzte sich am Kinn und blickte unglücklich.

»Was halten Sie davon, Captain –«

»Ja?«

»Wenn wir sofort Kurs wechseln, könnten wir es ganz billig schaffen. Dann könnten wir eine Atmosphärebremsung machen, ohne daß es zusätzlichen Treibstoff kostet. Und dann eine weiche Düsenlandung.«

»Hmmm – wie hoch ist das Sicherheitsrisiko?«

Lieutenant Thurlow bekam einen abwesenden

Blick, während er eine Gleichung vierten Grades im Kopf löste. Captain Yancey schien ebenso in Trancezustand zu verfallen, und seine Lippen bewegten sich lautlos.

»Praktisch null, Captain. Nachdem wir auf Kreisbahn sind, müßten wir in Sturzflug übergehen und uns praktisch ganz auf die Bremswirkung der Atmosphäre verlassen und erst im letzten Moment zünden.«

Yancey schüttelte den Kopf.

»Und das auf der *Venus?* Da würde ich lieber einen Besen in der Walpurgisnacht fliegen. Nein, Mr. Thurlow, wir müssen denen einfach Bescheid geben, daß es nicht geht.«

»Augenblick, Captain – die wissen, daß wir keine Marinetruppen an Bord haben.«

»Natürlich.«

»Dann rechnen sie auch nicht damit, daß wir eine Polizeiaktion durchführen. Was wir aber tun *können*, ist, einen Jeep hinunterschicken.«

»Ich hab' mich schon gefragt, wann Sie darauf kommen würden. All right, Mr. Thurlow – Sie dürfen. Ich überlasse Ihnen das nur widerstrebend, aber ich kann nichts machen. Sie haben noch nie einen eigenen Einsatz gehabt, oder?«

»Nein, Sir.«

»Dann kriegen Sie in jungen Jahren einen. Ich erkundige mich bei der Operationsabteilung nach den Einzelheiten, während Sie das Manöver vorbereiten.«

»Vielen Dank, Sir! Wollen Sie den Kadetten bestimmen, der mitkommen soll, oder soll ich ihn auswählen?«

»Sie gehen nicht nur mit einem, Lieutenant – Sie nehmen alle drei. Ich möchte, daß Sie den Jeep die ganze Zeit bemannt haben und daß Sie einen bewaffneten Mann neben sich haben. Die Äquatorregion der Venus – niemand weiß, worauf Sie dort stoßen.«

»Aber dann bleibt Ihnen ja nur Peters, Sir – ohne den Arzt mitzuzählen natürlich.«

»Mr. Peters und ich kommen schon klar. Peters ist ein ausgezeichneter Schachspieler.«

Die Einzelhciten, die sie von der Operationsabteilung erfuhren, waren höchst knapp.

Das Handelsraumschiff *Gary* hatte um Hilfe gefunkt und behauptet, es befände sich wegen eines Eingeborenenaufstandes in Gefahr. Die Position war noch durchgegeben worden, dann war die Funkverbindung abgerissen.

Yancey beschloß, in der Atmosphäre zu bremsen, um seinen Treibstoff zu sparen – sonst hätte die *Aes Triplex* möglicherweise nachher die Venus umkreisen müssen, bis Verstärkung kam. Die gesamte Besatzung verbrachte sechsundfünfzig Stunden im Cockpit, während das Schiff immer wieder in die Wolkendecke der Venus eintauchte und wieder abprallte, jedesmal etwas tiefer und bei jeder Rundreise etwas langsamer. Das Schiff erhitzte sich dabei unangenehm, und die Zeit, die sie bei jeder Umkreisung im freien Weltraum verbrachten, reichte kaum aus, um die Wärme wieder abzustrahlen. Der größte Teil des Schiffes war unerträglich heiß, denn die Steuerkanzel und die ›Farm‹ wurden zu Lasten der restlichen Räume gekühlt. Im Weltraum gibt es keine Möglichkeit, unerwünschte Hitze dauernd loszuwerden, außer durch Strahlung – und die kinetische Energiedifferenz zwischen der ursprünglichen Bahn und der Kreisbahn um die Venus, die der Kapitän wollte, mußte Stück für Stück als Hitze absorbiert und dann ins All abgestrahlt werden.

Aber am Ende dieser sechsundfünfzig Stunden waren drei erhitzte, müde, aber sehr aufgeregte junge Männer und ein etwas älterer Mann bereit, den Jeep Nr. 2 zu besteigen.

Matt fiel plötzlich etwas ein. »Oh, Doktor – Dr. Pickering!« Der Schiffsarzt hatte eine in medizinischer Hinsicht höchst langweilige Reise damit verbracht, eine Monographie mit dem Titel ›Einige Notizen über vergleichende Pathologie auf den bewohnten Planeten‹ zu schreiben und wußte jetzt nichts mehr mit sich anzufangen. Er hatte Matt als ›Farmer‹ abgelöst.

»Ja, Matt?«

»Diese neuen Tomatenpflanzen – die müssen in drei Tagen bestäubt werden. Tun Sie das für mich? Vergessen Sie es auch bestimmt nicht?«

»Wird gemacht!«

Captain Yancey lachte brüllend. »Raus aus dem Acker, Dodson. Vergessen Sie die Farm – wir kümmern uns schon drum. So, Gentlemen ...« Er sah ihnen der Reihe nach in die Augen. »Versuchen Sie, am Leben zu bleiben. Ich bezweifle stark, daß dieser Einsatz den Verlust von vier Offizieren der Patrouille wert ist.«

Als sie den Jeep bestiegen, stieß Tex Matt in die Rippen. »Hast du gehört, Kleiner – ›Vier Offiziere der Patrouille‹!«

»Yeah, aber denk auch an das, was er sonst noch gesagt hat.«

Thurlow steckte seine Befehle ein. Sie waren ganz einfach: ›Begeben Sie sich nach zwei Grad sieben nördlicher Breite und zweihundertzwölf Grad Länge;

machen Sie die Gary ausfindig und klären Sie den gemeldeten Eingeborenenaufstand auf. Bewahren Sie den Frieden.‹

Der Lieutenant nahm seinen Platz ein und sah sich nach seiner Mannschaft um. »So, haltet eure Hüte fest, Boys. Es geht los!«

## 14
## ›Die Eingeborenen sind freundlich . . .‹

Thurlow saß am Steuer, während Matt den Platz des Co-Piloten eingenommen hatte. Der Jeep setzte sich in Bewegung. Sie starteten mit einer Orbitalgeschwindigkeit von etwas mehr als sechs Kilometern pro Sekunde, der Geschwindigkeit der *Aes Triplex* in ihrer Kreisbahn um den Äquator der Venus. Der Lieutenant hoffte, die Geschwindigkeit genau über seinem Zielort auf Null zu bringen und dann den Jeep auf seinem Raketenstrahl zu landen. Eine Raketenlandung war notwendig, da das Boot keine Tragflächen besaß.

Er mußte dies mit möglichst geringem Treibstoffaufwand bewerkstelligen. Dabei kam ihm zustatten, daß er ›mit dem Strom‹ flog, also von Westen nach Osten; die Rotationsgeschwindigkeit der Venus am Äquator, welche 1500 Kilometer pro Stunde betrug, ließ also den Zielort langsamer auf sie zukommen. Aber die genaue Einhaltung des Kurses war eine andere Sache. Der Abflugzeitpunkt wurde so gewählt, daß die Landekurve sich auf der Tagseite des Planeten befand. Das machte es möglich, die Sonne als Bezugspunkt zu benutzen.

Für jegliche Art von Navigation auf der Venus ist die Sonne der einzig mögliche Himmelskörper, auf den man sich beziehen kann, und selbst sie wird von der den ganzen Planeten umgebenden Wolkendecke vor dem Auge verborgen. Sie mußten also mit Infrarot arbeiten.

Als Matt seinen Piloten davon informierte, daß sie sich in etwa fünfzig Kilometer Höhe befanden und sich dem richtigen Längengrad näherten, steuerte Thurlow den Jeep auf ihr Ziel zu, immer tiefer, immer langsamer, und bremste schließlich mittels der Düsen, womit er gleichzeitig den Luftwiderstand ausnützte, und so das Fahrzeug in eine parabelförmige Flugbahn zwang.

Jetzt umgaben sie die allgegenwärtigen Wolken der Venus. Das Ausblickfenster vor dem Piloten war jetzt völlig nutzlos. Matt mußte die Planetenoberfläche mit Hilfe eines Infrarotsichtgerätes beobachten.

Thurlow behielt seinen Radarhöhenmesser im Auge und verglich die Ablesungen immer wieder mit dem vorher ermittelten Flugplan.

»Wenn wir irgendeinem Hindernis ausweichen müssen, dann hoffentlich bald«, sagte er leise zu Matt. »Was sehen Sie?«

»Sieht ziemlich glatt aus. Aber viel kann man nicht sagen.«

Thurlow warf einen Blick auf das IR-Gerät. »Wasser ist es jedenfalls nicht – und Wald auch nicht. Ich glaube, wir riskieren es.«

Sie fielen. Matt ließ das gespenstisch grüne Infrarotbild nicht aus dem Auge – und da schaltete Thurlow die Düsen ab. Es gab einen leichten Stoß, als wären sie ein oder zwei Meter tief gefallen. Sie waren unten, auf der Venus gelandet.

»Mann!« sagte der Pilot und wischte sich den Schweiß von der Stirn. »Jeden Tag möchte ich das nicht versuchen.«

»'ne Klasselandung, Skipper!« rief Oscar.

»Fein gemacht!« pflichtete Tex ihm bei.

»Danke, Kumpels. So, jetzt lassen wir die Stelzen runter.« Er drückte einen Knopf auf dem Armaturenbrett. Wie die meisten Raketen, die für Düsenlandungen ausgerüstet waren, besaß der Jeep drei Teleskopbeine, die seitlich am Schiffskörper angebracht waren. Sie wurden hydraulisch ausgefahren, bis sie genügend festen Untergrund fanden, um dem Schiff Halt zu geben. Sobald das der Fall war, wurde der Motor abgestellt, und die Rakete stand auf drei Beinen aufrecht.

Thurlow wartete, bis drei kleine grüne Lämpchen unter dem Druckknopf aufleuchteten und kuppelte dann die Stabilisierungskreisel des Jeep aus. Das Boot regte sich nicht. Er schnallte sich los. »All right, Männer. Sehen wir uns um. Matt und Tex, Sie bleiben an Bord. Oscar, wenn es Ihnen nichts ausmacht und nachdem Sie ja hier zu Hause sind, sollten Sie vielleicht die Honneurs machen.«

»Richtig!« Oscar schnallte sich los und eilte an die Schleuse. Die Luft brauchte nicht überprüft zu werden, da die Venus von Menschen bewohnt ist und sie als Mitglieder der Patrouille gegen die allgegenwärtigen Pilzkrankheiten der Venus geimpft waren.

Thurlow drängte sich hinter ihn. Matt schnallte sich los und setzte sich neben Tex auf den Passagiersitz, den Oscar freigemacht hatte. Rings um die Schleuse war zu wenig Platz in dem kleinen Fahrzeug, als daß sie irgend etwas anderes hätten tun können als warten.

Oscar starrte in den Nebel hinaus. »Nun, wie fühlt man sich denn, wenn man wieder zu Hause ist?« fragte Thurlow.

»Prima! Was für ein wunderschöner Tag!«

Thurlow lächelte und kniff hinter Oscars Rücken ein Auge zu. »Lassen wir die Leiter hinunter und sehen wir uns um.« Die Ausstiegluke befand sich mehr als fünfzig Meter über den Schwanzflossen des kleinen Raumschiffs, und den Luxus eines Ladelifts hatte man sich natürlich gespart.

»Okay.« Oscar drehte sich um und drängte sich an Thurlow vorbei. Plötzlich kippte der Jeep ein Stück zur Seite, fing sich wieder und rutschte dann immer schneller ab.

»Die Stabilisatoren!« schrie Thurlow. »Matt, die Stabilisatoren einkuppeln!« Er versuchte, sich an Oscar vorbeizudrängen; aber sie behinderten einander, und dann stürzten beide zu Boden, als der Jeep umkippte.

Auf den Schrei des Piloten hin versuchte Matt der Anweisung nachzukommen, aber er war ganz bequem und ausgestreckt dort gesessen und mußte erst nach den Armlehnen greifen, um sich aufzusetzen. Und in dem Augenblick kippte sein Sitz nach hinten ab; dann lag er plötzlich auf dem Boden – oder besser gesagt, auf der Schiffswand, die jetzt den Boden bildete. Oscar und Thurlow waren das erste, was er sah, als er die Orientierung zurückgewann. Sie lagen auf der Innenwand des Schiffes, und Oscar versuchte gerade aufzustehen, zuckte aber zusammen. »Autsch!«

»Hast du dich verletzt, Oscar?«

»Mein Arm.«

»Was ist denn los?« Das war Tex, der jetzt hinter Matt auftauchte und offenbar nicht verletzt war.

Oscar betastete vorsichtig den linken Unterarm. »Ich weiß nicht. Verstaucht – vielleicht auch ein Bruch. Au! Ja, das ist ein Bruch.«

»Bist du sicher?« Matt trat vor. »Laß mal sehen.«

»Was ist mit dem Piloten los?« fragte Tex.

»Was?« sagten Matt und Oscar wie aus einem

Munde. Thurlow hatte sich nicht bewegt. Tex kniete neben ihm nieder.

»Scheint, der ist k.o. gegangen.«

»Spritzt ihn mit Wasser an.«

»Nein, tut das nicht. Er –« Das Fahrzeug machte wieder einen Ruck. Oscar blickte verstört auf und sagte: »Ich glaube, wir sehen besser zu, daß wir hier rauskommen.«

»Was? Geht nicht«, protestierte Matt. »Wir müssen Mr. Thurlow mitnehmen.«

Oscar gab keine Antwort, kletterte aber auf die offene Schleuse zu, die jetzt drei Meter über ihren Köpfen hing, und fluchte dabei auf Venerianisch vor sich hin, während er sich mühsam mit nur einer Hand an den Sprossen emporhangelte. »Was ist denn mit dem alten Oscar?« fragte Tex. »Der wird doch nicht etwa durchdrehen.«

»Laß ihn nur. Wir müssen uns um den Skipper kümmern.« Sie knieten neben Thurlow nieder und untersuchten ihn. Er schien unverletzt, blieb aber ohne Bewußtsein. »Vielleicht ist ihm bloß die Luft weggeblieben«, meinte Matt. »Sein Herzschlag ist jedenfalls ganz regelmäßig.«

»Sieh dir das an, Matt.« Damit meinte er eine Beule am Hinterkopf des Lieutenants. Matt betastete sie vorsichtig.

»Den Schädel hat er sich jedenfalls nicht eingeschlagen. Bloß einen kleinen Klaps abgekriegt. Der steht das schon durch, glaube ich.«

»Ich wünschte, Dr. Pickering wäre hier.«

»Yeah, und wenn die Fische Füße hätten, wären sie Mäuse. Hör auf zu unken, Tex. Laß ihn in Ruhe, bis er von selbst zu sich kommt.«

Oscar streckte den Kopf zur offenen Türe herein. »He Leute! Kommt hier raus – schnell!«

»Wozu denn?« fragte Matt. »Außerdem geht das gar nicht – wir müssen beim Boß bleiben, und der ist noch weg.«

»Dann tragt ihn!«

»Wie denn? Huckepack?«

»Wie ihr wollt – bloß *schnell!* Das Schiff sinkt!«

Tex machte den Mund auf, klappte ihn dann wieder zu und hastete auf einen kleinen Schrank zu. Matt schrie: »Tex, hol eine Leine!«

»Was meinst du denn, daß ich tue? Glaubst du, ich will hier Schlittschuhlaufen?« Tex tauchte mit einem Knäuel einer dünnen, kräftigen Leine auf, die gewöhnlich dazu benutzt wurde, das kleine Fahrzeug an das Mutterschiff heranzuziehen. »So, jetzt vorsichtig – heb ihn an, dann schieb' ich es ihm unter der Brust durch.«

»Wir sollten eine richtige Schlinge machen. Sonst tun wir ihm vielleicht weh.«

»Dafür ist jetzt keine Zeit!« drängte Oscar von oben. »Schnell!«

Matt kletterte mit der Leine zur Türe hoch, während Tex immer noch damit beschäftigt war, die Schlinge unter den Armen des Bewußtlosen durchzuziehen. Er brauchte sich nur kurz umzusehen, um Oscars Prophezeiung zu bestätigen; der Jeep lag auf der Seite, und die Schwanzflossen hatten kaum mehr Berührung mit dem Boden. Die Spitze lag jetzt tiefer als der Schwanz und versank in dünnem gelben Schlamm. Der Schlamm verschmolz in der Ferne mit dem Nebel wie ein ebenes Feld, und seine Oberfläche war mit grünlichgelben Pilzen bedeckt, abgesehen von einer kleinen Fläche neben dem Schiff, wo dieses durch den Fall eine Furche aufgerissen hatte.

Matt hatte keine Zeit, die Szene in sich aufzunehmen; der Schlamm reichte schon fast bis zur Türe. »Fertig dort unten?«

»Fertig. Ich komme jetzt rauf.«

»Bleib, wo du bist und halt ihn fest. Ich glaube, ich komme schon klar.« Thurlow wog auf der Erde etwa fünfundsechzig Kilo; also betrug sein Venusgewicht ungefähr vierundfünfzig. Matt setzte sich rittlings auf die Tür und zog an der Leine.

»Mit einer Hand kann ich dir helfen, Matt«, sagte Oscar ängstlich.

»Halt dich da raus.« Indem Matt zog und Tex von unten nachschob, schafften sie es, den reglosen Mann über die Türschwelle zu ziehen und auf die Raketenwand zu legen.

Wieder ruckte das Fahrzeug, als eine Schwanzflosse abrutschte. »Los, Leute«, drängte Matt. »Oscar, schaffst du es alleine?«

»Sicher.«

»Dann tu's. Wir lassen den Skipper angeseilt und werfen dir das Ende der Leine hinüber, dann kannst du dich mit der unverletzten Hand daran festhalten. Auf die Weise können wir Thurlow rausziehen, wenn er in den Schlamm rutscht.«

»Hört jetzt auf zu reden und macht euch an die Arbeit.« Oscar lief an dem Jeep entlang und nahm die Leine mit. Dann sprang er von der Schwanzflosse ans Ufer.

Matt und Tex bereitete es keine Schwierigkeiten, Thurlow bis zu den Schwanzflossen zu tragen, aber die letzten ein, zwei Meter von den Schwanzflossen bis zum Ufer bereiteten Schwierigkeiten. Sie mußten ganz in der Nähe der Düsenöffnung arbeiten, die noch kochendheiß war, und sich in einer Art Trog bewegen, der von einer Flosse und der Schiffswand gebildet wurde. Schließlich schafften sie es, indem sie es Oscar überließen, das Gewicht des Lieutenants mittels seines unverletzten Arms an Land zu ziehen.

Als Thurlow schließlich auf dem festen Boden lag, sprang Matt noch einmal zum Jeep zurück. Oscar schrie ihm nach: »He, Matt – was machst du denn?«

»Ich will noch mal hinein.«

»Tu es nicht. Komm hierher zurück.« Matt zögerte, und Oscar fügte hinzu: »Das ist ein Befehl, Matt!«

Matt antwortete: »Das dauert nur eine Minute. Wir haben keine Waffen und keine Verpflegung. Ich spring' nur schnell hinein und werf' euch das Zeug raus.«

»Versuch's nicht!« Matt stand einen Augenblick unschlüssig da und schwankte, ob er den Befehl des Freundes ausführen sollte. »Schau dir die Türe an, Matt«, fügte Oscar hinzu. »Da kommst du nicht mehr raus!«

Matt sah hin. Die Türe war bereits vom Schlamm bedeckt, und ein gleichmäßiger Strom quoll wie Sirup in das Schiff. Und jetzt kippte der Jeep zur Seite, vollführte eine Vierteldrehung und blieb wieder liegen. Matt schaffte es mit einem einzigen Satz bis ans Ufer.

Er sah sich um und stellte fest, daß die Türe nicht mehr zu sehen war; eine große Blase bildete sich, platzte, dann noch eine. »Danke, Oscar!«

Dann standen sie da und sahen zu, wie der Schiffsschwanz vom Ufer wegrutschte. Eine Dampfwolke stieg auf und mischte sich mit dem Nebel, als das heiße Düsenrohr vom Schlamm erfaßt wurde. Dann hob sich das Heck, und der Jeep stand beinahe senkrecht, mit der Spitze nach unten. Aber das dauerte nur ein paar Augenblicke, und dann ragte nur noch das Heckteil aus dem Schlamm.

Es sank langsam. Und dann waren nur noch ein paar Blasen im Schlamm zu sehen und eine Furche in dem falschen Rasen, um anzuzeigen, wo gerade noch ein Schiff gewesen war.

Matts Kinn zitterte. »Ich hätte am Steuer bleiben sollen, dann hätte ich die Stabilisatoren schnell genug wieder einkuppeln können.«

»Unsinn,« sagte Oscar. »Er hatte dir nicht befohlen zu bleiben.«

»Ich hätte es selbst wissen müssen.«

»Hör auf, dich zu quälen. In der Dienstanweisung steht, daß das Aufgabe des Piloten ist. Wenn er die geringsten Zweifel hatte, dann hätte er die Stabilisierungskreisel eingeschaltet lassen müssen, bis er alles inspiziert hatte. Im Augenblick müssen wir uns jedenfalls um ihn kümmern. Hör also auf, schon Nachrufe zu verfassen!«

»Okay.« Matt kniete nieder und tastete nach Thurlows Puls. Er ging immer noch regelmäßig. »Im Augenblick können wir nichts Besseres für ihn tun, als ihn in Ruhe zu lassen. Laß deinen Arm sehen.«

»Okay, aber vorsichtig. Autsch!«

»Tut mir leid. Ich fürchte, ich muß dir jetzt weh tun. Ich habe noch nie einen Bruch eingerichtet.«

»Ich schon«, sagte Tex, »auf der Weide. Jetzt geht's los, Oscar, alter Junge – leg dich auf den Rücken. Und verkrampf dich nicht. Das tut jetzt weh.«

»Okay. Ich hab' immer gedacht, daß ihr sie in Texas

einfach abknallt.« Oscar zwang sich zu einem Lächeln.

»Nur wenn die Beine gebrochen sind. Bei Armbrüchen machen wir eine Ausnahme. Matt, ich brauch' eine Schiene. Hast du ein Messer?«

»Mhm.«

»Gut – ich nicht. Am besten ziehst du zuerst deine Bluse aus, Oscar.«

Jensen gehorchte. Er brauchte dazu Hilfe. Tex stellte den Fuß in Oscars linke Achselhöhle, packte seine linke Hand mit beiden Händen und zog kräftig.

Oscar stieß einen Schrei aus. »Ich glaub', das war's«, sagte Tex. »Matt, beeil dich gefälligst.«

»Komme schon.« Matt hatte eine Art Gras gefunden, das vier oder fünf Meter hoch wurde und äußerlich an Bambus erinnerte. Er schnitt ein gutes Dutzend Stäbe, etwa so dick wie sein kleiner Finger und vielleicht fünfzig Zentimeter lang, und gab sie Tex. »Geht das?«

»Ich glaub' schon. Jetzt muß deine Bluse dranglauben, Oscar.« Tex versuchte, das Kleidungsstück in Streifen zu reißen, gab es dann aber auf. »Mann, das Zeug ist vielleicht zähe. Gib mir dein Messer, Matt.«

Zehn Minuten später war Oscar geschient und bandagiert, und das, was von seiner Bluse übriggeblieben war, diente ihm als Schlinge. Tex zog seine eigene Bluse aus und setzte sich darauf, denn der Boden war feucht und der Tag war so heiß und schwül wie nur ein Venustag sein kann. »Das wäre geschafft«, sagte er, »und der Skipper hat noch kein Lebenszeichen von sich gegeben. Jetzt bist du dran, Oscar – wann essen wir Mittag?«

»Gute Frage.« Oscar runzelte die Stirn. »Zuerst wollen wir mal sehen, was wir haben. Dreht die Taschen um.«

Matt hatte sein Messer. Oscars Tasche enthielt überhaupt nichts von Bedeutung. Tex hatte nur seine Mundharmonika anzubieten. Oscar blickte besorgt. »Was meint ihr – darf ich Mr. Thurlows Tasche durchsuchen?«

»Ich glaube, das solltest du«, sagte Tex. »Ich habe noch nie erlebt, daß jemand so lange weg war.«

»Ja, finde ich auch«, fügte Matt hinzu. »Ich glaube, wir sollten davon ausgehen, daß er eine Gehirnerschütterung hat und damit eine Weile aus dem Verkehr gezogen ist. Nur zu, Oscar.«

Thurlows Tasche enthielt einige persönliche Gegenstände, die sie übergingen, die Einsatzbefehle der Expedition und ein zweites Messer – in dessen Griff ein kleiner magnetischer Kompaß eingelassen war. »Mann, bin ich froh über den Kompaß. Ich hab' mich schon gefragt, wie wir je ohne eingeborene Führer an diese Stelle zurückfinden sollen.«

»Wer will das denn?« fragte Tex. »Mir gefällt es hier jedenfalls gar nicht.«

»Der Jeep ist hier.«

»Und die *Triplex ist* irgendwo dort oben. Das eine ist so nahe wie das andere – für den Fußgänger zumindest, und ein solcher bin ich jetzt.«

»Hör zu, Tex – irgendwie müssen wir diesen Knallfrosch wieder aus dem Schlamm holen und flugfähig machen. Sonst bleiben wir unser ganzes Leben hier.«

»Was? Ich hätte doch angenommen, daß du als alter Venerianer uns in die Zivilisation zurückführen kannst.«

»Du weißt nicht, wovon du redest. Mag sein, daß

du acht- oder zehntausend Kilometer durch Sümpfe und Schlammlöcher und Röhricht marschieren kannst – ich kann das nicht. Denk' daran, daß es weder auf der nördlichen noch auf der südlichen Halbkugel eine permanente Siedlung ja nicht einmal eine Pflanzung gibt, die weiter als achthundert Kilometer von einem der beiden Pole entfernt ist. Weißt du, eigentlich ist die Venus noch gar nicht erforscht. Ich kenne diese Gegend etwa genauso gut wie du vielleicht Tibet kennst.«

»Ich möchte bloß wissen, was die *Gary* eigentlich hier verloren hatte?« meinte Matt.

»Keine Ahnung.«

»He!« sagte Tex. »Vielleicht können wir mit der *Gary* nach Hause fliegen!«

»Kann schon sein – aber dazu müssen wir sie zuerst einmal finden. Doch wenn wir sie gefunden haben, müssen wir diese Befehle erfüllen.« Oscar zeigte auf das Papier, das er aus Thurlows Tasche geholt hatte. »Und deshalb müssen wir irgendeine Möglichkeit finden, den Jeep aus dem Schlamm zu ziehen.«

»Mit den eigenen kleinen Händchen?« erkundigte sich Tex. »Und was heißt das, von wegen Befehle? Wir sind ja nicht gerade besonders gut darauf eingerichtet, Unruhen aufzulösen, Aufstände niederzuschlagen und Flagge zu zeigen. Wir haben ja nicht einmal eine Steinschleuder, mit der man Bohnen schießen könnte, geschweige denn Bohnen. Weil ich übrigens gerade von Bohnen rede, wenn ich eine hätte, würde ich die viel lieber essen als damit schießen.«

»Oscar hat recht«, erklärte Matt. »Wir sind hier, um eine Mission zu erfüllen, und das werden wir auch tun. Das würde Mr. Thurlow sagen. Wenn das erledigt ist, können wir uns überlegen, wie wir wieder zurückkehren.«

Tex stand auf. »Ich hab's ja gleich gewußt – ich hätte in die Viehzucht meines Onkels einsteigen sollen. Also, Oscar: Was machen wir jetzt?«

»Als allererstes kannst du, Matt, eine Tragbahre bauen, damit wir den Boß tragen können. Wir müssen an freies Wasser, und ich will unsere Gruppe nicht teilen.«

Das röhrichtähnliche Gras, aus dem die Schiene an Oscars Arm bestand, lieferte auch das Material für die Bahre. Matt und Tex schnitten zwei armdicke, etwa zwei Meter lange Stücke ab. Dann schoben sie diese Stangen durch den Ärmel ihrer Uniformblusen und befestigten dazwischen Querstreben. Um die freie Mitte wickelten sie die Leine, die sie aus dem Jeep geborgen hatten.

Das Ganze sah ziemlich primitiv aus, funktionierte aber. Thurlow war immer noch nicht bei Bewußtsein. Sein Atem ging schwach, aber sein Puls war immer noch regelmäßig. Sie hoben ihn auf die improvisierte Bahre und machten sich unter der Führung von Oscar, der den Kompaß trug, auf den Weg.

Etwa eine Stunde lang stapften sie durch das Sumpfland, wühlten sich durch den Schlamm und wurden von Wolken von Insekten verfolgt. Schließlich rief Matt: »Oscar! Wir müssen jetzt etwas ausruhen.«

Jensen drehte sich um. »Okay – weiter kommen wir ohnehin nicht. Freies Wasser.«

Sie drängten sich neben ihn. Hinter dem Röhricht lag eine Art Tümpel mit völlig glatter Oberfläche unter dem Nebel. Das andere Ufer konnte man nicht sehen.

Sie setzten die Bahre ab, und dann kniete Oscar neben dem Wasser nieder und schlug mit der Hand hinein: *Klatsch! – Klatsch! – Klatsch, Klatsch, Klatsch – Klatsch, Klatsch!*

»Was machen wir jetzt?«

»Wir warten – und beten. Gott sei Dank sind die Eingeborenen gewöhnlich ganz freundlich.«

»Glaubst du, sie können uns helfen?«

»Wenn sie helfen wollen, dann wette ich mit dir jeden Betrag, daß sie den Jeep aus dem Schlamm ziehen und ihn binnen drei Tagen sauber polieren können.«

»Glaubst du wirklich? Ich hab' schon gewußt, daß die Venerianer freundlich sind, aber so etwas –«

»Du solltest das Kleine Volk nicht unterschätzen. Sie sehen ganz anders aus als wir, aber davon solltest du dich nicht beeinflussen lassen.«

Matt kauerte sich nieder und verjagte die Insekten von Thurlows Gesicht. Nach einer Weile ging Oscar noch einmal ans Wasser und wiederholte seine klatschenden Signale.

»Scheint niemand zu Hause zu sein, Oscar.«

»Ich hoffe, du hast unrecht, Tex. Es heißt, daß der größte Teil der Venus bewohnt sei aber vielleicht ist der Ort hier tabu.«

Ein dreieckiger Kopf, etwa so groß wie der eines Schäferhundes, schob sich drei Meter von ihnen entfernt aus dem Wasser. Tex zuckte zusammen. Der Venerianer musterte ihn mit glänzenden, neugierigen Augen. Oscar stand auf. *»Sei mir gegrüßt, Du, deren Mutter die Freundin meiner Mutter war.«*

Der Venerianer wandte seine Aufmerksamkeit Oscar zu. *»Möge Deine Mutter in Frieden ruhen.«* Er verschwand wieder unter der Wasseroberfläche.

»Jetzt bin ich froh«, sagte Oscar. »Es heißt immer, dieser Planet hätte nur eine Sprache, aber das ist das erstemal, daß ich das ausprobiert habe.«

»Warum ist es wieder verschwunden?«

»Wahrscheinlich, um Meldung zu machen. Und sag' nicht ›es‹, Matt; sag' ›sie‹.«

»Das ist ein Unterschied, der eigentlich nur für einen anderen Venerianer etwas bedeutet.«

»Trotzdem ist es eine schlechte Angewohnheit.« Oscar kauerte sich nieder und wartete.

Nach einer Weile, die ihnen wegen der Insekten, der Hitze und der Schwüle länger vorkam, als sie wirklich war, brachen plötzlich ein Dutzend Köpfe an verschiedenen Stellen durch die Wasseroberfläche. Eine der Amphibien kletterte geschickt ans Ufer und richtete sich auf. Sie reichte Matt etwa bis zur Schulter. Oscar wiederholte seinen formellen Gruß. Sie musterte ihn. *»Meine Mutter sagt mir, daß sie Dich nicht kennt.«*

*»Zweifellos hat sie es vergessen, weil sie Wichtigeres zu tun hat.«*

*»Mag sein. Gehen wir zu meiner Mutter, damit sie Dich beriechen kann.«*

*»Du bist sehr freundlich. Kannst Du meinen Nestgenossen tragen?«* Oscar deutete auf Thurlow. »*›Sie‹ ist krank und kann daher ›ihren‹ Mund nicht im Wasser schließen.«*

Das Amphibienwesen stimmte zu, es kam zu einer kurzen Unterredung mit Oscar, in deren Verlauf er darlegte, wie man Thurlows Mund bedecken und seine Nase verschließen mußte »*... auf daß die Wasser ›sie‹ nicht zu ›ihrer‹ Mutter Mutter zurückbringen.«* Der zweite Eingeborene hatte einige Einwände, gab sich aber schließlich zufrieden.

Tex' Augen wurden immer größer.

»Hör mal«, sagte er eindringlich auf *Basic*, »du hast doch nicht etwa vor, unter Wasser zu gehen?«

»Wenn du nicht hierbleiben willst, bis die Insekten dich gefressen haben, wird dir nichts anderes übrigbleiben. Laß dich einfach ziehen und versuche, deine Lungen voll zu halten. Wenn sie tauchen, mußt du vielleicht ein paar Minuten unten bleiben.«

»Das gefällt mir aber gar nicht«, sagte Matt.

»Ach, Unsinn, ich hab' meine erste venerianische Behausung als Neunjähriger besucht. Die wissen schon, daß du nicht so wie sie schwimmen kannst. Wenigstens wissen das diejenigen, die in der Nähe der Kolonien wohnen«, fügte er etwas zweifelnd hinzu.

»Vielleicht sollte man ihnen das klarmachen.«

»Ich will's versuchen.«

Die Anführerin ließ ihn nicht ausreden, sondern erteilte einen scharfen Befehl, worauf sechs Mitglieder ihrer Gruppe neben den Kadetten Aufstellung nahmen; zwei pro Mann. Drei weitere nahmen Thurlow, hoben ihn auf und trugen ihn ins Wasser. Oscar rief. »Habt keine Angst, Boys!« Matt spürte, wie kleine Hände ihn in den See drängten. Er atmete tief und trat ins Wasser.

Das Wasser schloß sich über seinem Kopf. Es war warm und frisch. Er schlug die Augen auf, sah die Oberfläche, und dann brach sein Kopf wieder durchs Wasser. Die kleinen Hände packten ihn an den Seiten und schoben ihn vor sich her. Er zwang sich, nicht dagegen anzukämpfen.

Nach einer Weile kam ihm das Ganze sogar recht angenehm vor, insbesondere da er jetzt ziemlich sicher war, daß die kleinen Geschöpfe offenbar gar nicht beabsichtigten, ihn hinunterzuziehen. Aber er erinnerte sich an Oscars Rat und versuchte, auf das nächste Tauchmanöver vorbereitet zu sein. Zum Glück sah er, wie Tex und seine Begleiter plötzlich verschwanden; er hatte gerade noch Zeit, Luft zu schnappen.

Tiefer und tiefer ging es, bis seine Trommelfelle schmerzten – dann wieder geradeaus. Als die Reise wieder nach oben führte, war der Schmerz in seiner Brust fast unerträglich. Er kämpfte gegen den Reflex an, den Mund zu öffnen und einfach zu atmen – selbst, wenn es nur Wasser gewesen wäre – als sie endlich wieder an die Oberfläche kamen.

Es gab noch drei solcher Manöver, und als sie das dritte Mal wieder auftauchten, sah Matt, daß sie sich nicht mehr im Freien befanden.

Die Höhle – wenn es sich um eine solche handelte – war etwa dreißig Meter lang und halb so breit. In ihrer Mitte war der Wassereingang, durch den sie gekommen waren. Die Höhle wurde von oben ziemlich schwach aus irgendwelchen orangeroten Gebilden beleuchtet.

Das alles sah er, nachdem er sich ans Ufer gezogen hatte. Sein erster Eindruck war, daß eine ganze Schar von Venerianern den Tümpel umstand. Sie waren offensichtlich neugierig auf ihre Gäste und schnatterten untereinander. Matt schnappte ein paar Worte auf und hörte, wie eine sagte: »... *Abschaum des Schlamms*«, was ihn ärgerte.

Jetzt kamen die drei Venerianer mit Thurlow an die Wasseroberfläche. Matt schob seine Begleiter von sich und half ihnen, den Bewußtlosen an Land zu ziehen.

Als er diesmal keinen Puls feststellen konnte, wurde er unruhig – aber dann fand er ihn. Er ging schnell und unregelmäßig.

Thurlow schlug die Augen auf und sah ihn an. »Matt – die Kreisel ...«

»Schon gut, Lieutenant. Seien Sie beruhigt.«

Oscar stand über ihm. »Wie geht es ihm, Matt?«

»Scheint, daß er aufwacht.«

»Vielleicht hat das Bad ihm gutgetan.«

»Mir jedenfalls hat es nicht gutgetan«, verkündete Tex. »Beim letzten Tauchen habe ich wenigstens fünf Liter Wasser geschluckt. Diese kleinen Frösche sind so *gleichgültig.*«

»Sie sind eher wie Seehunde«, sagte Matt.

»Sie sind weder das eine noch das andere«, schaltete Oscar sich ein. »Es sind *Leute.* So«, fuhr er fort, »jetzt müssen wir versuchen, freundschaftliche Beziehungen herzustellen.« Er wandte sich um und suchte die Anführerin der Gruppe.

Die Menge teilte sich und bildete eine Gasse, die zum Tümpel führte. Ein Amphibiengeschöpf, dem drei andere folgten, kam langsam durch diese Gasse auf sie zu. Oscar wandte sich der Anführerin zu.

*»Sei mir gegrüßt, ehrenwerte Mutter der Vielen.«*

Sie sah ihn langsam von oben bis unten an und sprach dann, aber nicht zu ihm gewandt. *»Wir haben uns nicht getäuscht. Schafft sie von hinnen.«*

Oscar wollte protestieren, aber das nützte nichts. Vier der Kleinen drängten sich um ihn. Tex schrie zu ihm hinüber: »Was soll das, Oscar? Zeigen wir es ihnen?«

»Nein!« rief Oscar zurück. »Keinen Widerstand leisten!«

Drei Minuten später hatte man sie in einen kleinen, fast völlig dunklen Raum gedrängt, den nur eine einzige orangefarbene Lichtkugel erhellte. Nachdem sie Thurlow auf den Boden gelegt hatten, gingen die Kleinen und schlossen die Türe hinter sich, indem sie einen Vorhang vorzogen. Tex sah sich um und versuchte, seine Augen dem schwachen Licht anzupassen. Dann meinte er: »So gemütlich wie ein Grab. Oscar, du hättest zulassen müssen, daß wir uns wehren. Ich wette, wir wären mit denen allen fertig geworden.«

»Sei nicht albern, Tex. Angenommen, wir hätten es geschafft – was ich übrigens bezweifle, aber nur einmal angenommen – wie würdest du dann hier herausfinden?«

»Das würde ich gar nicht erst versuchen. Wir würden uns einen Tunnel bis zur Oberfläche graben – schließlich haben wir zwei Messer.«

»Vielleicht würdest du das; ich würde es nicht versuchen. Das Kleine Volk baut seine Städte gewöhnlich unter Seen.«

»Daran hatte ich nicht gedacht – Hm, das ist schlimm.« Tex studierte die Decke, als fragte er sich, ob sie jeden Augenblick zusammenbrechen würde. »Schau mal, Oscar, ich glaube nicht, daß wir unter einem See sind, sonst wären die Wände dieses Verlieses feucht.«

»Nun, die verstehen sich auf solche Sachen.«

»Na schön – dann haben sie uns eben doch, ich will mich ja nicht beklagen. Oscar, deine Absicht war gut – aber es sieht so aus, als wären wir besser im Dschungel geblieben.«

»Verdammt noch mal, Tex! – Meinst du, ich hätte

nichts Wichtigeres zu tun, als mir von dir sagen zu lassen, was ich hätte tun sollen? Wenn du dich nicht beklagen willst, dann tu es auch nicht.«

Eine Weile herrschte Schweigen, dann sagte Tex: »Entschuldige, Oscar. Ich hätte den Mund halten sollen.«

»Tut mir leid. Ich hätte auch nicht gleich laut werden müssen. Mein Arm tut weh.«

»Oh, was macht er denn? Habe ich ihn nicht richtig eingerichtet?«

»Ich glaube, du hast deine Sache gut gemacht, aber er tut weh. Und außerdem fängt es unter dem Verband an zu jucken – das macht mich ganz kribbelig. Was machst du denn dort, Matt?«

Der hatte sich zuerst um Thurlow gekümmert und war dann zur ›Türe‹ gegangen. Der Vorhang bestand aus einem dicken, festen Stoff, der an den Rändern irgendwie befestigt war.

Er probierte sein Messer daran, aber Oscar winkte ab.

»Laß das, das kannst du nicht schneiden. Außerdem wollen wir hier ja gar nicht raus – noch nicht wenigstens, schließlich sind wir hier um ein paar hundert Prozent besser dran als vor ein paar Stunden.«

»Wieso?«

»Hast du eine Ahnung, was es bedeutet, eine Nacht im Dschungel zu verbringen? Wenn es dunkel wird und die Schlammwürmer heraufkommen und anfangen, an deinen Zehen zu knabbern? Eine Nacht könnten wir vielleicht überstehen, vielleicht auch zwei, mit etwas Glück – aber was ist denn mit ihm?« Oscar deutete auf die reglose Gestalt Thurlows. »Deshalb war es mir wichtig, schnell Eingeborene zu finden.

Wir sind hier in Sicherheit, selbst wenn man uns eingeschlossen hat.«

Matt schauderte. »Du hast mich überzeugt.« Die Schlammwürmer haben keine Zähne; statt dessen sondern sie eine Säure ab, die alles auflöst, was sie berührt. Sie sind im Durchschnitt etwa zwei Meter lang.

Tex meinte: »Ich wünschte, mein Onkel Bodie wäre jetzt hier.«

»Ich auch – der würde wenigstens dafür sorgen, daß du den Mund hältst. Ich bin gar nicht scharf darauf, hier herauszukommen, solange wir nicht etwas zu essen gekriegt und uns ausgeschlafen haben. Dann ist vielleicht der Boß wieder auf den Beinen und weiß, was wir als nächstes tun müssen.«

»Was bringt dich auf die Idee, daß die uns zu essen geben?«

»Ich weiß nicht sicher, ob sie das tun werden, aber ich glaube es. Wenn sie vom selben Schlage wie die Eingeborenen in der Umgebung der Polkolonien sind, werden sie uns füttern. Ein anderes Lebewesen einzuschließen, ohne ihm Nahrung zu geben, verstößt gegen ihre Sitten.« Oscar suchte nach Worten. »Man muß sie kennen, um zu begreifen, was ich meine, aber das Kleine Volk ist nicht so schlecht wie wir Menschen.«

Matt nickte. »Ich weiß, daß man sie immer als eine sanfte, friedliche Rasse schildert. Ich kann mir zwar nicht vorstellen, daß ich sie je besonders mögen könnte, aber die Kassetten, die ich studiert habe, schildern sie alle als freundlich.«

»Das ist bloß ein Rassenvorurteil. Es ist leichter, einen Venerianer zu mögen, als einen Menschen. Aber dazu muß man wahrscheinlich gemeinsam mit ihnen aufwachsen, wie das bei mir der Fall war. Bei ihnen ist alles anders – zum Beispiel die Tatsache, daß man immer nur weibliche Venerianer zu sehen bekommt.«

»Ja, danach wollte ich dich schon fragen, Oscar. Gibt es wirklich männliche Venerianer, oder ist das nur Aberglaube?«

»Sicher gibt es die – das Kleine Volk ist ohne jeden Zweifel bisexuell. Aber ich glaube nicht, daß wir je einen zu Gesicht bekommen werden.«

»Warum sind die da so komisch?«

»Warum ißt ein Hindu kein Fleisch? Es muß gar keine Gründe dafür geben. Ich schließe mich da der allgemeinen Vermutung an: die männlichen Venerianer sind klein und hilflos und daher schutzbedürftig.«

»Bin ich froh, daß ich kein Venerianer bin«, meinte Matt.

»Wäre vielleicht gar kein so schlechtes Leben«, wandte Tex ein. »Ich hätte jetzt gar nichts dagegen, mich ein wenig beschützen zu lassen.«

»Haltet mich bloß nicht für einen Fachmann für Venerianer«, warnte Oscar. »Ich bin auf diesem Planeten zur Welt gekommen, aber nicht *hier.*« Er klopfte mit der Hand auf den Boden. »Ich kenn' die Eingeborenen der Polarregionen, die, die rings um meine Heimatstadt wohnen; und das sind so ziemlich die einzigen, die irgend jemand kennt.«

»Meinst du, daß das so viel Unterschied macht?« wollte Matt wissen.

»Ich glaube, wir können von Glück reden, daß wir uns überhaupt mit ihnen verständigen können – selbst wenn mich der Akzent manchmal verrückt macht. Was die anderen Unterschiede angeht – sieh mal, wenn die einzigen Menschen, die ihr je gesehen hättet, Eskimos wären, was würde dir das dann helfen, wenn du mit dem Bürgermeister einer mexikanischen Stadt zu tun hast? Die Sitten und Gebräuche wären völlig anders.«

»Dann geben sie uns vielleicht doch nichts zu essen«, meinte Tex kläglich.

Aber sie bekamen zu essen; kurz darauf wurde der Vorhang zurückgezogen und jemand legte etwas auf den Boden, worauf die Tür sich wieder schloß.

Es handelte sich um eine Schüssel mit einer undefinierbaren breiartigen Substanz, deren Farbe und Zusammensetzung man in dem schwachen Licht nicht erkennen konnte, und einen Gegenstand von etwa der Größe und der Form eines Straußeneis. Oscar nahm die Platte, roch daran, nahm ein kleines Stück und kostete. »In Ordnung«, erklärte er. »Das könnt ihr essen.«

»Was ist es denn?« wollte Tex wissen.

»Das ist ... lassen wir das. Iß es. Es schadet dir nicht.«

»Aber was ist es? Ich möchte wissen, was ich esse.«

»Ich darf dich vielleicht darauf hinweisen, daß du entweder das hier essen oder hungrig bleiben mußt. Mir ist das egal. Wenn ich es dir sagen würde, hättest du wahrscheinlich irgendein Vorurteil dagegen. Stell dir einfach vor, es sei Abfall, und versuche, es zu mögen.«

Oscar lehnte jede weitere Diskussion ab und aß.

Matt probierte. »Wie schmeckt es denn?« fragte Tex.

»Nicht schlecht. Erinnert mich an Sojabohnenbrei. Salzig – es macht mich durstig.«

»Bedien dich«, meinte Oscar.

»Hm? Wo denn? Wie denn?«

»Mit der Trinkblase natürlich.« Oscar reichte ihm das ›Straußenei‹. Es fühlte sich weich an. Matt sah es verblüfft an.

»Kannst du nicht damit umgehen?« Oscar nahm ihm das ›Ei‹ ab, musterte die beiden Enden, wählte eins davon aus und legte es an seine Lippen.

»So!« sagte er und wischte sich über den Mund. »Versuch es. Drück aber nicht zu fest, sonst machst du dich naß.«

Matt probierte es und bekam einen Schluck Wasser. Es erinnerte irgendwie an das Trinken aus einer Milchflasche.

»Das ist so etwas Ähnliches wie eine Fischblase. Ach, schau nicht so, Tex! Es ist schon steril.«

Tex versuchte es vorsichtig, trank und machte sich dann an sein Essen.

Nach einer Weile lehnten sie sich zurück. Sie fühlten sich wohler. »Nicht übel«, räumte Tex ein, »aber wißt ihr, was ich jetzt gerne hätte? Ein paar Pfannkuchen, schön goldbraun und weich ...«

»Ach halt doch den Mund!« sagte Matt.

»... mit geschmolzener Butter und Ahornsirup. Okay, ich bin schon still.« Er zog den Reißverschluß seiner Tasche auf und holte seine Mundharmonika heraus. »Nicht zu glauben, sogar noch trocken.« Er probierte ein paar Töne und spielte dann virtuos *Der schielende Pilot*.

»He, hör auf damit«, sagte Oscar. »Das ist so etwas wie eine Krankenstation, weißt du.«

Tex warf einen besorgten Blick auf den Patienten. »Glaubst du, er kann es hören?«

Thurlow drehte sich um und murmelte im Schlaf.

Matt beugte sich über ihn. »*J'ai soif*«, murmelte der Lieutenant und wiederholte dann ganz deutlich: »*J'ai soif.*«

»Was hat er gesagt?«

»Ich weiß nicht, aber das klang wie Französisch. Warum er wohl Französisch spricht? Ich dachte immer, er sei Nordamerikaner; jedenfalls hat er *Basic* gesprochen.«

»Vielleicht ist er ein Frankokanadier.« Tex kniete neben ihm nieder und fühlte nach seiner Stirn. »Er scheint Fieber zu haben. Vielleicht sollten wir ihm etwas Wasser geben.«

»Okay.« Oscar hielt die Blase an Thurlows Lippen und drückte leicht, so daß etwas Flüssigkeit austrat. Der Verletzte begann zu trinken, anscheinend ohne aufzuwachen. Nach einer Weile legte er den Kopf zur Seite.

»Sollten wir davon etwas für ihn aufheben?« fragte Tex und deutete auf das restliche Essen.

»Iß nur, wenn du willst. Ein paar Stunden nachdem ... nun, es wird jedenfalls ranzig.«

»Ich glaube, jetzt mag ich nichts mehr«, entschied Tex.

Sie hatten eine Weile geschlafen, als ein Geräusch sie weckte – unzweifelhaft eine menschliche Stimme. »He!« rief die Stimme, »*wohin schafft ihr mich? Ich bestehe darauf, daß du mich zu deiner Mutter bringst!*«

Der Lärm war genau vor ihrer Tür.

»*Hüte deine Zunge!*« antwortete eine Eingeborene; dann wurde der Vorhang beiseite gezogen und jemand wurde in den Raum gestoßen. Der Vorhang schloß sich wieder.

»Oh, guten Tag!« rief Oscar.

Der Neuankömmling fuhr herum. »Menschen ...«, sagte er, als könnte er es nicht glauben. »Menschen!« Er begann zu schluchzen.

»Hallo, Stinky!« sagte Tex. »Was machst du denn hier?«

Es war Girard Burke.

Die nächsten paar Augenblicke herrschte ein ziemliches Durcheinander.

Burke kämpfte mit den Tränen. Er zitterte am ganzen Leibe. Matt, der als letzter wach geworden war, war völlig desorientiert. Er hatte geträumt, und jetzt redeten alle gleichzeitig, stellten Fragen, und keiner beantwortete sie.

»Ruhig!« befahl Oscar. »Ich möchte das jetzt klar kriegen. Burke, warst du in der Gary?«

»Ich bin der Kapitän der Gary!«

»Was? Da soll mich doch der Teufel holen. Aber richtig, wir wußten sogar, daß der Kapitän der Gary Burke hieß. Aber keiner wäre auf die Idee gekommen, daß das Stinky Burke sein könnte. Wer ist denn so verrückt, dir eine Maschine anzuvertrauen, Stinky?«

»Es ist mein eigenes Schiff – oder jedenfalls das meines Vaters. Und ich möchte doch bitten, daß du mich Captain Burke nennst und nicht Stinky.«

»Okay, Captain Stinky.«

»Aber wie ist er denn hierher gekommen?« wollte Matt wissen, der immer noch etwas durcheinander war.

»Das hat er gerade erklärt«, sagte Tex. »Er ist der Bursche, der um Hilfe gerufen hat. Aber was mich so auf die Palme bringt ist, daß gerade wir uns um ihn kümmern müssen – ein verrückter Zufall, findet ihr nicht auch?«

»Oh, ich weiß nicht«, wandte Oscar ein. »Ein Zufall ist es schon, aber so überraschend nun auch wieder nicht. Er ist Raumfahrer, er braucht Hilfe, und natürlich reagiert die Patrouille. Zufälligerweise waren wir gerade in der Nähe.«

»Augenblick mal«, mischte Burke sich ein, »soll das heißen, daß man euch hierher geschickt hat – als Reaktion auf meinen Notruf?«

»Sicher.«

»Nun, dem Himmel sei Dank dafür – auch wenn ihr euch zu dumm angestellt habt. Und jetzt sagt mir: wie viele Mann umfaßt die Expedition, und wie ist sie ausgerüstet? Das wird ja gar nicht einfach sein.«

»Was? Wovon redest du, Stinky? *Das ist* die Expedition, du siehst sie vor dir.«

»*Was?* Jetzt ist keine Zeit für Witze. Ich habe ein Regiment Marineinfanterie verlangt, ausgerüstet für amphibische Kampfhandlungen.«

»Kann schon sein, daß du das getan hast, aber das ist es, was du gekriegt hast – und zwar alles. Lieutenant Thurlow führt das Kommando, aber er hat eine kleine Kopfverletzung also bin ich jetzt diensttuender Befehlshaber. Du kannst alles mir erklären – wie ist die Lage?«

Burke schien benommen. Er starrte die drei Kadetten an, ohne ein Wort herauszubringen. Oscar forderte ihn auf: »Reiß dich zusammen, Stinky. Sag uns, was vorgefallen ist, damit wir einen Plan machen können.«

»Wie? Oh, das hat keinen Sinn. Es ist völlig hoffnungslos.«

»Was ist hoffnungslos? Die Eingeborenen scheinen insgesamt freundlich zu sein. Sag uns, was es für

Ärger gegeben hat, damit wir das mit ihnen bereinigen können.«

»Freundlich!« Burke lachte bitter. »Alle meine Männer haben sie umgebracht. Jetzt werden sie mich umbringen, und euch auch.«

# 15
# Kuchen mit der Gabel

»Okay«, nickte Oscar. »Und da das nun klar ist, kannst du mir vielleicht noch den Rest erzählen. Wie wär's, wenn du dich jetzt zusammenreißen würdest, Burke, und uns sagen würdest, was geschehen ist?«

Die Frachtrakete *Gary*, Eigentum der Familiengesellschaft ›System Enterprises‹, war eine Flügelrakete, die speziell für den Kurzstreckenverkehr auf der Venus ausgestattet war. Mr. Burke senior hatte seinem Sohn das Kommando übertragen und ihm eine erfahrene Mannschaft zur Verfügung gestellt; Zweck des Fluges war es, einem Tip nachzugehen, wonach an einer ganz bestimmten Stelle Transurane gefunden worden wären.

Der Tip war gut gewesen; die Erze waren reichlich vorhanden. Burke junior hatte daraufhin Verhandlungen über Ausbeutungsrechte mit den lokalen venerianischen Behörden eingeleitet, um seinen Vorsprung gegenüber den anderen Geschäftsleuten zu wahren, die ganz bestimmt in Kürze auftauchen würden.

Es war ihm jedoch nicht gelungen, die zuständige ›Mutter der Vielen‹ für seine Wünsche zu begeistern; der Sumpf, den Burke wollte, gab sie ihm zu verstehen, war tabu. Es gelang ihm jedoch, sie dazu zu überreden, die *Gary* zu besuchen. Als sie sich an Bord befand, versuchte er erneut, ihre Meinung zu ändern. Als sie wieder ablehnte, hinderte er sie gewaltsam daran, das Schiff zu verlassen.

»Du meinst, du hast sie gekidnappt?« warf Matt ein.

»Aber keineswegs. Sie kam freiwillig an Bord. Ich bin einfach nicht aufgestanden, um ihr die Türe zu öffnen, und habe weiter argumentiert.«

»Ach so?« meinte Oscar. »Wie lange ging das?«

»Nicht sehr lange.«

»Genau wie lange? Du kannst es mir ruhig sagen; ich erfahre es ohnehin von den Eingeborenen.«

»Nun ja, über Nacht – was ist so schlimm daran?«

»Ich weiß nicht, wie schlimm das hier ist. Auf dem Mars, das habe ich auf der Schule gelernt – und du ganz bestimmt auch –, würde die Strafe darin bestehen, daß man dich genau die gleiche Zeitspanne ohne Schutzkleidung in der Wüste aussetzen würde.«

»Ach Quatsch – ich hab' ihr ja nichts zuleide getan. So dumm bin ich nicht. Ich wollte, daß sie kooperiert.«

»Also hast du sie unter Druck gesetzt. Du hast sie gefangen gehalten, sie praktisch gekidnappt und als Geisel festgehalten. Okay – du hast sie also über Nacht festgehalten. Was geschah, als du sie gehen ließest?«

»Das versuche ich dir ja klarzumachen. Ich bekam keine Gelegenheit, sie freizulassen. Ich wollte das natürlich ...«

»... behauptest du!«

»Jetzt werd nicht sarkastisch. Am nächsten Morgen griffen sie das Schiff an. Es müssen Tausende von den Biestern gewesen sein.«

»Also hast du sie freigelassen?«

»Ich hatte Angst, das zu tun. Ich dachte, solange wir sie festhielten, könnte uns nicht viel geschehen. Aber ich hatte unrecht. Sie gossen etwas auf die Türe, das sie förmlich wegfraß, und waren im Schiff, ehe wir sie aufhalten konnten. Sie haben meine Mannschaft getötet, sie einfach überrannt – aber wir haben bestimmt wenigstens doppelt so viele von denen erwischt, diesen Scheusalen!«

»Wie kommt es dann, daß du noch lebst?«

»Ich habe mich in die Funkkabine eingeschlossen und den Hilferuf ausgesandt, der euch hierher geführt hat. Sie haben mich dort eine Weile nicht gefunden. Erst als sie Abteil für Abteil das Schiff durchkämmten. Ich muß von den Dämpfen ohnmächtig geworden sein, als sie sich den Weg freibrannten – jedenfalls wachte ich auf, während sie mich hierherbrachten.«

»Ich verstehe.« Oscar saß eine Weile mit angezogenen Knien stumm da und überlegte. »Ist das dein erster Besuch auf der Venus, Stinky?«

»Ja.«

»Habe ich mir gedacht. Offensichtlich hast du nicht gewußt, wie hartnäckig und wie schwierig das Kleine Volk sein kann, wenn man es unter Druck setzt.«

Burke blickte auf. »Jetzt weiß ich es. Deshalb hab' ich ausdrücklich ein Regiment Marineinfanterie verlangt. Ich kann mir nicht vorstellen, was sich das Ministerium dabei gedacht hat, mir drei Kadetten und einen Wachoffizier zu schicken. Diese Idiotie! Mein alter Herr wird einen ganz schönen Wirbel machen, wenn ich zurückkomme.«

Tex machte eine wegwerfende Handbewegung. »Du hast dir wohl eingebildet, die Patrouille sei dazu da, Schwachköpfe wie dich davor zu bewahren, für ihre Dummheit zu bezahlen?«

»Ach du, ich habe gute Lust ...«

»Ruhig Burke – und keine Kommentare, Tex. Das hier ist eine Untersuchung und keine Debatte. Du weißt, daß die Patrouille nie Marineinfanterie schickt, solange noch die Chance besteht, die Angelegenheit durch Verhandlungen zu lösen, Burke. Und über das, was du nach deiner Rückkehr tun willst, brauchen wir jetzt noch nicht zu reden. Noch wissen wir gar nicht, daß wir zurückkehren.«

Burke kaute auf seiner Unterlippe herum und dachte nach. »Schau mal, Jensen, wir beide waren auf der Schule nicht gerade dicke Freunde, aber das ist jetzt nicht wichtig; wir sitzen im selben Boot und müssen zusammenhalten. Ich hab' einen Vorschlag. Du kennst diese Frösche besser als ich ...«

»Nicht ›Frösche‹!«

»Okay, du kennst die Eingeborenen. Wenn du das in Ordnung bringst und mich hier rausholst, dann beteilige ...«

»Vorsichtig Burke!«

»Steig nicht gleich aufs hohe Roß. Hör dir an, was ich zu sagen habe. Habe ich das Recht auf freie Meinungsäußerung oder nicht?«

Oscar sagte nichts. Burke fuhr fort: »Ich wollte nichts vorschlagen, das deinen alabasterweißen Charakter schwärzen könnte. Schließlich seid ihr hier, um mich hier rauszuholen; es ist meine Angelegenheit, wenn ich eine Belohnung anbieten möchte. Jedenfalls ist dieser Sumpf, den wir ausgesteckt haben, voll von dem Zeug – Transurane, was ihr euch vorstellen könnt, von Element 97 bis 104. Ich brauche euch nicht zu sagen, was das bedeutet: 101 und 103 für Düsenauskleidungen, 100 für Krebstherapie, ganz zu schweigen vom Einsatz als Katalysator. Mann, alleine an Katalysatoren sind Millionen zu verdienen. Ich bin kein Unmensch; ihr könnt alle einen Anteil haben – sagen wir, je zehn Prozent.«

»Ist das alles, was du zu sagen hast?«

»Nicht ganz. Wenn ihr es so hinkriegt, daß die uns gehen lassen und uns nicht stören, während wir die *Gary* provisorisch so reparieren, daß wir schon auf diesem Flug eine Ladung mitnehmen können, dann könnt ihr sogar zwanzig Prozent haben. Die *Gary* wird euch gefallen – ein Klasseschiff. Wenn das nicht geht und ihr mich in eurem Schiff zurückschafft, ist mir das immer noch zehn Prozent wert.«

»Bist du jetzt fertig?«

»Ja.«

»Ich will gleich für uns alle antworten. Wenn ich nicht wüßte, woher es kommt, wäre ich beleidigt.«

»Fünfzehn Prozent. Ihr braucht euch nicht so zu haben. Schließlich mache ich das Angebot aus freien Stücken, als Gegenleistung für das, was ihr hier ohnehin tun müßt.«

»Oscar«, sagte Matt, »müssen wir uns diesen Unsinn noch lange anhören?«

»Nein, jetzt nicht mehr«, entschied Jensen. »Er hat jetzt gesagt, was er sagen wollte. Burke, ich will ganz sachlich bleiben und meine persönliche Meinung rauslassen. Man kann die Patrouille nicht zu irgend etwas beauftragen, das weißt du. Tatsächlich ...«

»Ich wollte euch keinen Auftrag geben, ich hatte nur vor, euch einen Gefallen zu tun – mich erkenntlich zu zeigen.«

»Jetzt rede ich. Zweitens haben wir kein Schiff, wenigstens augenblicklich nicht.«

»Was?« Burke erschrak.

Oscar schilderte ihm kurz, was aus dem Jeep geworden war. Burke blickte gleichzeitig erstaunt und schrecklich enttäuscht. »Ach, ihr Blödmänner! Dann kannst du das Angebot vergessen; ihr habt ja nichts anzubieten.«

»Ich habe es bereits vergessen, und darüber solltest du froh sein. Ich möchte nur noch darauf hinweisen, daß wir ganz bestimmt keine Düsenlandung mitten im Dschungel gemacht hätten, wenn du dich nicht so dumm angestellt und um Hilfe geschrien hättest. Wir hoffen jedoch, den Jeep bergen zu können, sofern es uns gelingt, die Schwierigkeiten auszubügeln, die du hier eingebrockt hast – und das wird nicht leicht sein.«

»Nun, wenn ihr das natürlich schafft und euer Schiff wiederbekommt, dann steht das Angebot.«

»Hör auf, von diesem dummen Bestechungsversuch zu reden! Wir können dir gar nichts versprechen. Selbst wenn wir wollten, könnten wir das nicht. Wir haben hier einen Auftrag zu erledigen.«

»Okay, euer Auftrag ist es, mich hier rauszuholen. Es läuft auf dasselbe hinaus; ich wollte nur großzügig sein.«

»Unser Auftrag ist nichts dergleichen. Unser Auftrag ist der gleiche, den die Patrouille immer hat: den Frieden zu bewahren. In unseren Einsatzbefehlen steht, daß wir einen Eingeborenenaufstand zu untersuchen haben, der uns gemeldet wurde – einen solchen gibt es nicht –, und ›den Frieden zu bewahren‹. Da steht kein Wort davon, daß wir Girard Burke aus dem Gefängnis befreien und ihm einen Freifahrtschein nach Hause geben sollen.«

»Aber ...«

»Ich bin noch nicht fertig. Du weißt genausogut wie ich, wie die Dinge bei der Patrouille laufen. Wenn ein Offizier der Patrouille auf sich alleine gestellt ist, muß er nach eigenem Ermessen und im Sinne der Tradition ...«

»Nun, wenn du nach einem Präzedenzfall suchst, dann mußt du ...«

»Halt den Mund! Ich brauche Informationen von dir. Hatten die Kleinen, bevor du hier auftauchtest, schon einmal einen Menschen gesehen?«

»Ich ... Nun, sie wußten jedenfalls, daß es Menschen gibt. Und dann war da natürlich Stevens.«

»Wer war Stevens?«

»Ein Mineraloge, der für meinen alten Herrn arbeitete. Er hat die Untersuchung gemacht, die uns dazu veranlaßte, mit der Gary hierherzukommen. Oh, dann war da auch noch sein Pilot.«

»Und dies sind die einzigen Menschen, die die Eingeborenen, außer der Mannschaft der Gary, je gesehen haben?«

»Soweit mir bekannt ist, ja.«

»Haben sie je von der Patrouille gehört?«

»Das bezweifle ich – ja, doch. Zumindest schien die Mutter hier das Eingeborenenwort dafür zu kennen.«

»Hm ... das überrascht mich eigentlich. Soweit mir bekannt ist, hatte die Patrouille nie Gelegenheit, so nahe am Äquator zu landen – und wenn doch, dann hätte Captain Yancey das bestimmt uns gegenüber erwähnt.«

Burke zuckte die Achseln. Oscar fuhr fort: »Es ist wichtig für das, was wir tun müssen. Du hast hier ganz schön Mist gebaut, Burke. Wo jetzt wertvolle Mineralien hier entdeckt sind, werden mehr Menschen hierherkommen. Und so wie du angefangen hast, könnte es noch mehr Ärger geben – vielleicht sogar einen Guerillakrieg zwischen den Eingeborenen und den Menschen. Das könnte sich sogar bis in die

Polargegenden ausbreiten. Es ist die Aufgabe der Patrouille, solche Dinge im Keim zu ersticken. Das ist unser Auftrag hier. Ich muß mich entschuldigen, das Ganze irgendwie hinbiegen und dafür sorgen, daß der erste schlechte Eindruck korrigiert wird. Kannst du mir noch irgendwelche Informationen geben, die mir dabei nützlich sein könnten?«

»Ich glaube nicht. Aber nur zu – wickle das alte Mädchen irgendwie ein. Du kannst sogar so tun, als würdest du mich verhaften und wegschaffen, falls es nützt – he, das könnte eine gute Idee sein! Ich wäre damit einverstanden, so lange es nur hilft.«

Oscar schüttelte den Kopf. »Wenn sie es so haben will, könnte ich das durchaus tun. Aber so wie ich das sehe, bist du ein völlig legaler Gefangener der Eingeborenen, weil du dich ja gegen die hiesigen Gesetze vergangen hast.«

»Wovon in aller Welt redest du?«

»Ich sollte vielleicht darauf hinweisen, daß das, was du gestanden hast, ein Verbrechen ist – überall. Du kannst auch auf Terra dafür vor ein Gericht gestellt werden, wenn sie es so haben will. Aber mir ist das eigentlich gleichgültig, so oder so. Die Patrouille geht das nichts an.«

»Aber du kannst mich doch nicht hierlassen!«

Oscar zuckte die Achseln. »Ich sehe das aber so. Lieutenant Thurlow kann jeden Augenblick zu sich kommen, dann kannst du ja mit ihm darüber sprechen. So lange ich hier das Kommando habe, werde ich nicht den Auftrag der Patrouille aufs Spiel setzen, um dir dabei zu helfen, ungestraft zu morden – und ich meine morden!«

»Aber ...« Burke blickte verstört um sich. »Tex!

Matt! Werdet ihr zulassen, daß er sich auf die Seite dieser Frösche stellt – gegen einen *Menschen?*«

Matt musterte ihn mit steinernem Blick. Und Tex sagte: »Halt die Klappe, Stinky.«

Oscar nickte. »Ja, tu das und leg dich schlafen. Mein Arm tut weh, und ich will heute nichts mehr mit dir zu tun haben.«

Es wurde sofort still im Raum, obwohl keiner von ihnen sofort einschlief. Matt lag lange wach und grübelte darüber nach, ob es Oscar wohl gelingen würde, die Froschmutter – diesen Begriff verwendete er in seinen Gedanken – davon zu überzeugen, daß sie mit ganz unschuldigen Absichten hierher gekommen waren. Gleichzeitig machte er sich Vorwürfe, den Verlust des Jeeps verschuldet zu haben. Und dann fiel er in einen tiefen Schlaf.

Ein klagendes Geräusch weckte ihn. Er war sofort hellwach und eilte an das Lager des Lieutenants. Aber Tex war bereits bei ihm. »Was ist denn?« fragte er. »Ist es schlimmer geworden?«

»Er versucht, irgend etwas zu sagen«, antwortete Tex.

Thurlows Augen öffneten sich, und er blickte zu Matt auf. *»Maman«*, sagte er mit klagender Stimme. *»Maman – pourquoi fait-il nuit ainsi?«*

Jetzt war auch Oscar wach geworden. »Was sagt er denn?«

»Scheint, daß er nach seiner Mama ruft«, sagte Tex. »Vom Rest verstehe ich kein Wort.«

»Wo ist denn diese Blase hingeraten? Wir könnten ihm zu trinken geben.« Sie fanden sie wieder, und der Patient trank, anschließend schien er sofort wieder in den Schlaf zu sinken.

»Legt euch schlafen, Leute«, sagte Oscar. »Ich will dem Wachposten etwas sagen, wenn er uns unsere nächste Mahlzeit bringt, und dann will ich die Große Mutter sehen. Er muß irgendwie ärztlich behandelt werden.«

»Ich übernehme die Wache, Oscar«, erbot sich Matt.

»Nein, ich kann ohnehin nicht schlafen. Das verdammte Ding juckt.« Er wies auf seinen verletzten Arm.

»Aber – also gut.«

Matt war noch wach, als der Vorhang aufging. Oscar hatte im Schneidersitz auf dem Boden gesessen und gewartet; als der Eingeborene eine Schüssel mit Essen hereinschob, steckte er den Arm in die Öffnung.

*»Entferne Deinen Arm«*, sagte der Eingeborene.

*»Leihe mir Dein Ohr«*, beharrte Oscar. *»Ich muß mit Deiner Mutter sprechen.«*

*»Entferne Deinen Arm.«*

*»Wirst Du meine Botschaft überbringen?«*

*»Entferne Deinen Arm.«*

Oscar gehorchte, und der Vorhang wurde geschlossen. Matt sagte: »Sieht nicht so aus, als wollten die ein Palaver mit uns halten – oder?«

»Nur ruhig«, antwortete Oscar. »Frühstück. Weck die anderen.«

Es war dasselbe Essen wie am Tag zuvor. »Teile es in fünf Portionen, Tex«, befahl Oscar. »Der Lieutenant könnte zu sich kommen und Hunger haben.«

Burke sah das Essen an und rümpfte die Nase. »Ich kann das Zeug nicht sehen. Ich will nichts davon.«

»Okay, dann in vier Teile.« Tex nickte.

Sie aßen; anschließend lehnte Matt sich zurück, rülpste nachdenklich und sagte: »Wißt ihr, ich könnte zwar etwas Orangensaft und Kaffee gebrauchen, aber übel ist das Zeug nicht.«

»Habe ich euch einmal erzählt«, fragte Tex, »wie mein Onkel Bodie einmal in Juarez ins Kittchen gesteckt wurde? Aus Versehen natürlich.«

»Natürlich, aus Versehen«, pflichtete Oscar bei. »Was geschah dann?«

»Nun, sie haben ihm nichts als mexikanische Bohnen zu essen gegeben. Er . . .«

»Sind ihm die nicht bekommen?«

»Doch. Er hat so viel davon gegessen, wie er bekommen konnte, und eine Woche später ist er über eine vier Meter hohe Mauer gesprungen und nach Hause gehüpft.«

»Seit ich deinen Onkel Bodie kennengelernt habe, glaube ich das sogar. Was meinst du wohl, was er unter diesen Umständen tun würde?«

»Das liegt auf der Hand. Er würde sich in das alte Mädchen verlieben und wäre binnen drei Tagen hier der Boß.«

»Ich glaube, ich will doch etwas frühstücken«, verkündete Burke.

»Du wirst das jetzt dem Lieutenant lassen«, erklärte Oscar entschieden. »Du hast deine Chance gehabt.«

»Von dir lasse ich mir gar nichts sagen.«

»Ich kann dir zwei Gründe nennen, weshalb du dich irrst.«

»So? Was wären das für Gründe?«

»Matt und Tex.«

Tex stand auf.

»Soll ich ihm eine runterhauen, Oscar?«

»Jetzt noch nicht.«

»Ach Quatsch!«

»Und außerdem«, wandte Matt ein, »hätte ich das ältere Recht – ich bin dienstälter als du, Tex.«

»Jetzt willst du mir wohl mit deinem Dienstrang kommen, wie? Du bist eine richtige Ratte!«

»Mr. Ratte, wenn ich bitten darf. Ja, in diesem Fall bestehe ich auf meinem Rang.«

»Aber hier handelt es sich doch um einen privaten Anlaß.«

»Haltet den Mund, Leute«, befahl Oscar. »Keiner von euch beiden haut ihm eine runter, so lange er die Finger von dem Teller läßt.«

An der Türe ertönte ein Geräusch. Der Vorhang wurde zurückgeschoben, und eine Eingeborene verkündete: *»Meine Mutter ist geneigt, Dich zu empfangen. Komme.«*

*»Mich alleine oder mich und meine Schwestern.«*

*»Euch alle. Kommt.«*

Aber als Burke versuchte, den Raum zu verlassen, schoben zwei der kleinen Eingeborenen ihn wieder hinein. Sie hielten ihn dort fest, während vier andere Lieutenant Thurlow aufhoben und ihn hinaustrugen.

»Ich wünschte, die könnten diese Hasenställe etwas beleuchten«, beklagte sich Tex, nachdem er gestolpert war.

»Für ihre Augen ist es hell genug«, antwortete Oscar.

»Kann schon sein«, meinte Tex, »aber mir nützt das gar nichts. *Meine* Augen sehen kein Infrarot.«

»Dann paß auf deine großen Füße auf.«

Sie wurden in einen großen Saal geführt. Es war aber nicht die Eingangshalle, denn man sah keinen Wassertümpel. Ein Venerianer – dasselbe Geschöpf, das sie bei ihrer Ankunft gesehen hatten und das den

Befehl erteilt hatte, sie wegzuschaffen – saß auf einer Art Podest am Ende des Saales. Nur Oscar erkannte sie wieder; für die anderen sah sie aus wie der Rest der Venerianer im Saal.

Oscar beschleunigte seine Schritte und trat vor seine Eskorte. »*Sei gegrüßt, Du alte weise Mutter der Vielen.*«

Sie richtete sich auf und sah ihm gerade in die Augen. In der großen Halle herrschte Stille. Ringsum wartete das Kleine Volk. Ihre Blicke wanderten zwischen den Erdenmenschen und ihrer höchsten Respektsperson hin und her. Matt fühlte, daß die bevorstehende Antwort ihr Schicksal besiegeln würde.

»*Seid gegrüßt.*« Sie hatte den Ball zu Oscar zurückgespielt, indem sie ihm überhaupt keinen Titel gab, keinen guten und keinen schlechten. »*Du wolltest mit mir sprechen. So sprich denn.*«

»*Was werde ich gewahr, o Mutter, in Deiner Stadt? Hat mich denn meine Reise an einen Ort geführt, wo die guten Sitten nicht mehr gelten?*« Das venerianische Wort bedeutete viel mehr als ›gute Sitten‹; es bezog sich auf den ganzen hochheiligen Verhaltenskodex, der die Älteren und Stärkeren zwang, sich um die Jüngeren und Schwächeren zu kümmern.

Atemlose Stille senkte sich über den Raum. Matt fragte sich, ob Oscar nicht zu weit gegangen sei. Der Gesichtsausdruck der Herrscherin änderte sich, aber Matt konnte nichts aus ihren Zügen lesen. »*Meine Stadt und meine Töchter leben stets nach den Sitten –*« sie gebrauchte einen sehr viel weiter reichenden Ausdruck, der nicht nur das Gesetz der Hilfsbereitschaft und Gastfreundschaft, sondern auch die Tabus und alle anderen Vorschriften einschloß, »*– und noch nie hat* *dieses Ohr einen Vorwurf vernommen, wir erfüllten sie nicht.«*

*»Ich höre Dich, gnädige Mutter der Vielen, aber Deine Worte verwirren mich. Wir kommen zu Dir, meine ›Schwestern‹ und ich, und suchen Unterschlupf für uns und unsere ›Mutter‹, die schwer erkrankt ist. Ich selbst bin verletzt und nicht imstande, meine jüngeren ›Schwestern‹ zu schützen. Und was haben wir in Deinem Hause erhalten? Du hast uns unserer Freiheit beraubt; unsere ›Mutter‹ ist krank, und niemand nimmt sich ihrer an. Ja, nicht einmal, was der allgemeine Anstand erfordert, hat man uns gewährt – eigene Zimmer, um darin zu essen.«*

Ein Raunen erhob sich unter den Zuhörern. Oscar hatte ganz bewußt das unhöfliche Wort *›essen‹* gebraucht, anstatt drumherum zu reden. Matt war jetzt ganz sicher, daß Oscar sich falsch verhielt.

Und jetzt schien Oscar das sogar noch bestätigen zu wollen. *»Sind wir Fische, daß man uns solches antut? Oder sind dergestalt die Sitten bei Deinen Töchtern?«*

*»Wir beachten die Sitten«*, sagte die Große Mutter kurz, und selbst Matt und Tex konnten den Ärger aus ihrer Stimme heraushören. *»Ich mußte zum Glauben gelangen, daß Deine Brut keinen Anstand hat. Es soll korrigiert werden.«* Sie sprach mit scharfer Stimme zu einem ihrer Helfer; das kleine Geschöpf trottete davon. *»Was Deine Freiheit betrifft: was ich tat, war erlaubt, denn es diente dazu, meine Töchter zu schützen.«*

*»Deine Töchter zu schützen? Wovor? Vor meiner kranken ›Mutter‹? Oder vor meinem verletzten Arm?«*

*»Deine Schwester, die keine Sitten kennt, hat Deine Freiheit verscherzt.«*

*»Ich höre Deine Worte, Mutter, aber ich verstehe sie nicht.«*

Das Amphibienwesen schien verblüfft. Sie erkundigte sich speziell nach Burke, gebrauchte seinen irdischen Namen, zog ihn aber in einem Wort zusammen: ›Captainburke‹. Oscar versicherte ihr, daß Burke keine ›Tochter‹ von Oscars ›Mutter‹ sei, noch von Oscars ›Mutters Mutter‹.

Die Herrscherin überlegte. »*Wenn wir Euch zu den oberen Wassern zurückbringen, werdet Ihr uns dann verlassen?*«

»*Und was wird aus meiner ›Mutter‹?*« fragte Oscar. »*Willst Du sie krank ausstoßen, auf daß sie stirbt und von den Geschöpfen des Schlammes zerrissen wird?*« Diesmal vermied er sorgfältig den venerianischen Ausdruck für ›gefressen werden‹.

Die Mutter der Vielen ließ Thurlow auf das Podest bringen, auf dem sie saß.

Einige der Kleinen gruppierten sich um ihn, untersuchten ihn und sprachen in schrillen Tönen miteinander. Dann schaltete auch die Herrscherin selbst sich in die Konsultation ein, um schließlich zu erklären: »*Deine Mutter schläft.*«

»*Es ist ein ungesunder Schlaf. ›Ihr‹ Kopf hat einen Schlag erhalten und ist verletzt worden.*« Oscar drängte sich zwischen die Gruppe und zeigte ihnen die Beule an Thurlows Hinterkopf. Sie verglichen sie mit Oscars eigenem Kopf, strichen mit sanften kleinen Händen durch sein blondes Haar. Wieder erregtes Lispeln; Matt vermochte nicht einmal das zu verstehen, was er hörte; die meisten Worte waren ihm fremd.

»*Meine gelehrten Schwestern sagen mir, sie wagten es nicht, den Kopf Deiner Mutter zu zerlegen, weil sie fürchten, ihn nicht wieder zusammensetzen zu können*«, verkündete die Mutter der Vielen.

»Nun, das ist aber beruhigend!«, sagte Tex aus dem Mundwinkel.

»Das würde der alte Oscar sowieso nicht zulassen«, flüsterte Matt.

Die Anführerin erteilte Befehle; vier ihrer ›Töchter‹ hoben den bewußtlosen Offizier auf und schickten sich an, ihn aus dem Saal zu tragen. Tex rief: »He, Oscar – ist das nicht gefährlich?«

»Schon gut‹‹, rief Oscar zurück und erklärte dann der Herrscherin: *»Meine ›Schwester‹ hat sich um die Sicherheit unserer ›Mutter‹ gesorgt.«*

Die Mutter der Vielen machte eine Bewegung, die Matt plötzlich an seine Großtante Dora erinnerte, sagte aber nichts.

Als Thurlow aus dem Saal war, wandte sie sich wieder ihnen zu. *»Mögest Du von vielen Töchtern träumen.«*

*»Mögen Deine Träume ebenso angenehm sein, edle Mutter.«*

*»Wir werden uns erneut zum Gespräch setzen.«* Sie erhob sich zu ihrer erhabenen Größe von einem Meter zwanzig und verließ den Saal. Als sie draußen war, führten die Kleinen die Kadetten ebenfalls hinaus, aber durch einen anderen Gang als den, durch den sie gekommen waren. Dann blieben sie vor einer Türe stehen. Die Anführerin der kleinen Gruppe verabschiedete sich mit derselben Formel von ihnen wie zuvor die Matriarchin. Der Vorhang wurde zugezogen, aber nicht befestigt, wie Matt sofort bemerkte. Er wandte sich Oscar zu.

»Das muß man dir lassen. Wenn es dir bei der Patrouille einmal nicht mehr gefällt, kannst du dich um jeden Politikerposten bewerben.«

»Ja, und meine Stimme kriegst du jederzeit«,

pflichtete Tex ihm bei. »Oscar, du warst wunderbar. Onkel Bodie hätte das alte Mädchen auch nicht besser um den Finger wickeln können.«

»Das ist ein hohes Lob, Tex. Ich gebe zu, daß ich erleichtert bin. Aber wenn das Kleine Volk nicht so anständig wäre, hätte es nicht geklappt.«

Ihr Wohnzimmer – sie verfügten jetzt über zwei Räume – war etwa so groß wie der Raum, in dem sie vorher untergebracht waren, aber bequemer. Es gab eine gepolsterte breite Couch, die eine ganze Wand einnahm. In der Mitte des Raumes schimmerte im schwachen Lichtschein ein Wassertümpel.

»Oscar, glaubst du, daß diese Badewanne eine Verbindung nach draußen hat?« wollte Tex wissen.

»Ich glaube schon, ja – aber ich habe keine Lust, rauszuschwimmen, wenn du das meinst.«

Tex wanderte ins Nebenzimmer. »He, Oscar, schau dir das an.«

Matt und Oscar folgten ihm. Die beiden Längswände des Raumes waren von kleinen Schränken gesäumt, zehn an der Zahl, jeder mit einem eigenen Vorhang. »O ja, unsere Eßzellen.«

»Was mich daran erinnert: Ich dachte schon, alles wäre im Eimer, Oscar«, meinte Matt. »Nämlich als du anfingst, vom Essen zu reden. Aber du hast das prima hingekriegt.«

»Ich hab' das nicht hingekriegt – ich hab's absichtlich getan.«

»Warum?«

»Weil ich ihnen einen Schock versetzen wollte. Die sollten glauben, daß wir sie für unanständig hielten. Vom Standpunkt der Kleinen aus hat das den Beweis geliefert, daß wir ›Leute‹ sind. Nachher war es einfach.« Oscar überlegte und fuhr dann fort: »Jetzt müssen wir nur aufpassen, daß wir das Ganze nicht wieder kaputtmachen. Ich esse ebenso ungern in diesen kleinen Löchern wie ihr, aber wir dürfen unter gar keinen Umständen riskieren, daß einer uns beim Essen sieht – denkt daran, immer die Vorhänge hinter euch zuzuziehen. Vergeßt nicht: essen ist für die Venerianer das einzige, was sie ganz alleine tun, und wo sie für sich sind.«

»Versteh' schon«, nickte Tex. »Kuchen mit der Gabel.«

»Was?«

»Laß nur – das ist eine schmerzliche Erinnerung. Aber wir passen schon auf.«

# 16
## *Astarte*

Am nächsten Tage wurde Oscar wieder zum Stadtoberhaupt gerufen und begann, auf unauffällige und indirekte Art die Basis für künftige formelle diplomatische Beziehungen zu erarbeiten. Zunächst ließ er sich die mit der *Gary* und ihrem Kapitän in Verbindung stehenden Ereignisse schildern. Burkes Bericht war im großen und ganzen richtig gewesen – nur daß er jetzt den anderen Standpunkt hörte.

Oscar hatte sich beiläufig erkundigt, weshalb der Sumpf, den Burke beanspruchte, tabu sei. Er wußte, daß er damit möglicherweise eine Frage der Religion anschnitt, aber er mußte es tun. Schließlich bestand kein Zweifel, daß über kurz oder lang weitere Raumfahrer kommen würden, um die Transurane auszubeuten; wenn die Patrouille weitere Störungen des Friedens verhindern wollte, mußte die Angelegenheit untersucht werden.

Die Mutter antwortete ohne zu zögern: der Sumpf war tabu, weil der Schlamm giftig war.

Oscar war sehr erleichtert. Natürlich führten die transuranischen Elemente zu einer Vergiftung des Schlammes; das war eine Angelegenheit, die die Patrouille ohne Zweifel auf dem Verhandlungswege lösen konnte – praktische Tabus waren für die Eingeborenen nur so lange von Bedeutung, als die dahinterstehenden Probleme nicht gelöst waren. Darum sollten sich später Fachleute kümmern.

In einem späteren Gespräch fragte er sie zum Thema Patrouille aus. Irgendwie hatte die Große Mutter davon gehört. Sie benutzte den Ausdruck, den die Eingeborenen der Polarregionen für die Patrouille und jegliche Art der Kolonialregierung gebrauchten – ein Wort, welches ›Hüter der Sitten‹ oder ›Bewahrer des Gesetzes‹ bedeutete.

Das kam Oscar nicht ungelegen, und so erklärte er ihr, daß weitere Angehörige seiner Rasse hier eintreffen würden. Die ›Große Mutter der Vielen‹ seines eigenen Volkes habe ihn und seine ›Schwestern‹ als Boten geschickt, um die Gesandtschaft einer ›Mutter‹ aus Oscars Volk vorzubereiten.

Diesem Vorschlag stand die Würdenträgerin aufgeschlossen gegenüber, da er ihrer Erfahrung und ihren eigenen Vorstellungen entsprach. Die Eingeborenengruppen in der Umgebung der Polarkolonien hatten die Gewohnheit, mit fremden Stämmen ›Mütter‹ – tatsächlich eine Art von Richtern – auszutauschen, um in Angelegenheiten, die infolge der unterschiedlichen Sitten und Gebräuche zu Meinungsverschiedenheiten geführt hatten, Recht zu sprechen.

Damit hatte Oscar die Voraussetzung für ein Konsulat, extraterritoriale Gerichte sowie eine Art Fremdenpolizei geschaffen; sein Auftrag, wie er ihn verstand, war somit erfüllt – vorausgesetzt, daß es ihm gelang, zum Stützpunkt zurückzukehren und Bericht zu erstatten, ehe weitere Prospektoren, Bergwerksingenieure und Spekulanten auftauchten.

Und erst jetzt hatte er davon gesprochen, zurückzukehren – und hatte damit bewirkt, daß sie ihm vorschlug, dauernd als ›Mutter‹ für sein Volk hierzubleiben. (Die Wortwurzel, die hier als ›Mutter‹ übersetzt wird, wird in der venerianischen Sprache für jegliche Autoritätsposition benutzt; je nachdem, wie man sie modifiziert und in welchem Zusammenhang sie gebraucht wird, kann die Bedeutung sich ändern.)

Der Vorschlag machte Oscar einen Augenblick lang sprachlos. »Ich wußte nicht, was ich sagen sollte«, gestand er später. »Von ihrem Standpunkt aus betrachtet, erwies sie mir eine hohe Ehre. Wenn ich abgelehnt hätte, dann hätte ich sie vielleicht beleidigt und damit die ganze Übereinkunft wieder aufs Spiel gesetzt.«

»Nun, und wie hast du dich dann herausgeredet?« wollte Tex wissen. »Sofern du das überhaupt hast.«

»Ich denke schon. Ich habe ihr so diplomatisch wie möglich erklärt, daß ich für die Ehre zu jung sei und nur deshalb als ›Mutter‹ aufträte, weil Thurlow krank sei, und daß in jedem Falle meine *›Große Mutter der Vielen‹* andere Arbeit für mich hätte, die ich, wie die Sitte es verlangte, ausführen mußte.«

»Damit hattest du vermutlich gewonnen.«

»Ich glaube, sie hat es einfach registriert, um später weiter darüber zu verhandeln. Die Kleinen Leute sind große Verhandler; du mußt einmal nach New Auckland kommen und dir eine gemischte Gerichtsverhandlung anhören.«

»Bleib beim Thema,« bat Matt.

»Das *ist* das Thema. Sie kämpfen nicht – sie argumentieren einfach so lange, bis eine Seite nachgibt. Ich hab' ihr jedenfalls gesagt, wir müßten Thurlow an einen Ort bringen, wo er chirurgisch behandelt werden könnte. Das hat sie verstanden und mir zum x-ten Mal ihr Bedauern ausgedrückt, daß ihre eigenen kleinen Mädchen das nicht schafften. Aber sie hatte einen Vorschlag, wie man den Boß kurieren könnte.«

»Ja?« meinte Matt. »Was denn?« Matt hatte sich

selbst zum Pfleger Thurlows ernannt und arbeitete eng mit den Eingeborenen zusammen, die sich um ihn kümmerten. Er hatte ihnen beigebracht, Thurlows Puls zu überwachen und auf seine Atmung zu achten; jetzt saß immer eines der Amphibiengeschöpfe am Fußende von Thurlows Couch und beobachtete ihn mit ernstem Blick. Es schien ihnen wirklich peinlich zu sein, daß sie ihm nicht helfen konnten; der Lieutenant war immer noch in einer Art Koma. Gelegentlich wachte er zwar auf und nahm etwas Nahrung und Flüssigkeit zu sich, aber er sagte nie etwas, das die Kadetten verstehen konnten. Und sein Zustand besserte sich nicht.

»Das alte Mädchen hat einen ziemlich radikalen, wenn auch nicht unlogischen Vorschlag gemacht«, antwortete Oscar auf Matts Frage. »Sie meinte, ihre Helfer sollten Burkes Kopf auseinandernehmen, um festzustellen, wie er funktioniert. Dann könnten sie den Boß operieren und wieder herrichten.«

»*Was?*« platzte es aus Matt heraus.

Tex hatte Mühe, an sich zu halten. Er lachte so heftig, daß ihm die Luft wegblieb und Matt ihm auf den Rücken klopfen mußte.

»Mann!« brachte er schließlich hervor, und die Tränen rannen ihm über die Wangen, »das ist herrlich! Ich kann gar nicht erwarten, Stinkys Gesicht zu sehen. Ihr habt es ihm doch nicht etwa gesagt, oder?«

»Nein.«

»Dann laßt mich das machen.«

»Ich glaube nicht, daß wir es ihm sagen sollten«, wandte Oscar ein. »Warum ihn noch treten, wo er ohnehin schon am Boden liegt?«

»Ach, sei nicht so edelmütig! Es schadet gar nichts,

wenn er weiß, daß er hier den Sozialstatus eines Versuchskaninchens einnimmt.«

»Sie hassen ihn wirklich, wie?« meinte Matt.

»Warum sollten sie auch nicht?« antwortete Tex. »Schließlich ist ein Dutzend von ihren Leuten seinetwegen umgekommen. Glaubst du, sie halten das für einen Schulbubenstreich?«

»Da kennt ihr sie beide nicht«, unterbrach sie Oscar. »Sie hassen ihn nicht.«

»Was?«

»Könntest du einen Hund hassen? Oder eine Katze? Nein, sie sehen in Burke überhaupt kein – nun, kein denkendes Wesen, weil er auf ihren Sitten herumtrampelt. Wir dagegen, auch wenn wir so aussehen wie er, sind für sie ›Leute‹, weil wir uns richtig verhalten. Burke ist für sie bloß ein gefährliches Tier – wie ein Wolf oder ein Hai, den man entweder einsperrt oder vernichtet, aber nicht haßt oder bestraft.«

»Außerdem«, fuhr er fort, »habe ich der Großen Mutter gesagt, daß wir ihren Vorschlag nicht annehmen könnten, da er gegen ein nicht näher erklärbares Tabu unseres Volkes verstoße. Damit war für sie das Thema erledigt. Aber ich sagte ihr, daß wir gerne Burkes Schiff benutzen würden, um den Lieutenant zurückzuschaffen. Sie hat es mir erlaubt. Morgen sehen wir uns die *Gary* an.«

»Na also – warum hast du uns das nicht gleich gesagt?«

Sie machten die gleiche Unterwasserreise wie damals, als sie in die Stadt gekommen waren. Anschließend ging es eine kurze Strecke über Land. Die Stadtmutter selbst erwies ihnen die Ehre, sie zu begleiten. Die *Gary* war genau so, wie Burke behauptet hatte: modern, atomgetrieben, luxuriös ausgestattet und schön, mit Flügeln von der Eleganz einer Schwalbe.

Und ein hoffnungsloses Wrack.

Der Schiffsrumpf war mit Ausnahme der zerstörten Türe intakt. Die Türe schien großer Hitze oder einer ätzenden Flüssigkeit, vielleicht auch beidem, ausgesetzt worden zu sein. Matt fragte sich, wie die Eingeborenen das zuwege gebracht hatten und notierte sich das Ganze als weiteren Hinweis darauf, daß die Venerianer keineswegs die Frosch-Otter-Biber-Geschöpfe waren, als die er sie mit seinen irdischen Vorurteilen immer gesehen hatte.

Im Inneren sah das Schiff auch ziemlich gut aus – bis sie anfingen, die Steuerorgane zu überprüfen. Beim Durchsuchen des Schiffes hatten die Amphibier, für die selbst eine gewöhnliche Türklinke ein Rätsel war, sich einfach einen Weg freigebrannt – und dabei auch die Klappe geöffnet, hinter der der Autopilot des Schiffes und die Schaltkreise untergebracht waren. Sämtliche Draht- und Kabelverbindungen, also das Nervensystem des Schiffes, waren ein einziger unförmiger Klumpen aus geschmolzenem und verbranntem Kupfer.

Dennoch verbrachten sie drei Stunden damit, sich selbst zu überzeugen, daß das Schiff nicht ohne das Arsenal eines komplett ausgestatteten Reparaturdocks wieder flugfähig gemacht werden konnte. Dann gaben sie widerstrebend auf und traten niedergeschlagen die Rückreise an.

Oscar hatte mit der Stadtmutter auch darüber gesprochen, ob man den Jeep bergen könne. Also schwamm man zu der Stelle, wo die Kadetten zum erstenmal mit den Venus-Eingeborenen Verbindung aufgenommen hatten.

Die Mutter der Vielen besprach die Angelegenheit mit ihren Helfern, während die Kadetten tatenlos warteten. Dann erteilte sie plötzlich den Befehl zur Rückkehr. Es begann spät zu werden, und selbst Venerianer blieben nicht gerne über Nacht im Dschungel.

Damit war die Angelegenheit für einige Tage erledigt. Oscars Versuche, in Erfahrung zu bringen, ob in dieser Sache etwas geschehe, führten zu nichts. Man behandelte sie in diesem Punkt wie lästige Kinder. Sie begannen sich zu langweilen. Tex spielte so lange Mundharmonika, bis man ihm androhte, ihn in den Tümpel in der Mitte des Aufenthaltsraumes zu werfen. Oscar saß herum, kratzte sich unter seinen Verbänden und brütete vor sich hin. Matt verbrachte den größten Teil seiner Zeit damit, Thurlow zu beobachten, und freundete sich dabei mit den Pflegerinnen an, die ihn nie aus den Augen ließen. Besonders war da ein nettes kleines Ding, das sich ›Th'wing‹ nannte.

Th'wing trug dazu bei, seine Einstellung zu den Venerianern zu ändern. Zuerst sah er in ihr so etwas Ähnliches wie einen guten, treuen und ungewöhnlich intelligenten Hund. Und dann fing er an, so etwas wie einen Freund in ihr zu sehen, einen interessanten Gefährten – eben ein ›intelligentes Wesen‹. Er hatte versucht, ihr von sich und seinen Rassegenossen und seiner eigenen Welt zu erzählen. Sie hatte mit wachem Interesse zugehört, dabei aber nie vergessen, Thurlow im Auge zu behalten.

Eines Morgens, fünfzehn Venustage nach ihrer Ankunft, ließ die Stadtmutter sie kommen und zum Landeplatz des Jeeps führen. Sie standen an der gleichen Stelle, wo sie aus dem sinkenden Schiff ans Ufer geklettert waren, aber die Szene hatte sich verändert. Ein großer Graben dehnte sich zu ihren Füßen, und darin lag zu dreiviertel freigelegt der Jeep. Ein ganzer Schwarm von Venerianern kroch auf dem Schiff herum, ganz ähnlich wie Arbeiter in einem Dock.

Die Amphibier hatten zuerst dem dünnen, gelben Schlamm irgendeine Substanz hinzugefügt. Oscar versuchte, die Zusammensetzung des Stoffes in Erfahrung zu bringen. Aber dazu reichten auch seine Sprachkenntnisse nicht – die Worte waren ihm fremd. Aber was auch immer es war, es bewirkte, daß der fast flüssige Schlamm zu einer dicken Paste wurde, die desto mehr aushärtete, je länger sie der Luft ausgesetzt war. Die kleinen Leute hatten diese Paste, sobald sie sich verfestigte, weggekratzt, und jetzt war der Jeep von Mauern umgeben. Eine Rampe führte ans Ufer, auf der die unermüdlichen kleinen Amphibiengeschöpfe in langen Reihen auf- und abliefen und Brocken erhärteten Schlamms heraustrugen.

Die Kadetten waren in die Grube geklettert und hatten erregt die Möglichkeit diskutiert, den Jeep bald wieder in Dienst zu stellen, bis schließlich die Venerianerin, die die Arbeiten leitete, sie verscheucht hatte. Dann hatten sie sich der Stadtmutter zugesellt und gewartet.

»Frag sie, wie sie den Jeep aus dem Loch holen will«, meinte Tex. Oscar gab dem Wunsch nach.

*»Sag Deiner ungeduldigen Tochter, sie soll ihre Fische jagen, und ich jage die meinen.«*

»Da braucht sie nicht gleich grob zu werden«, beklagte sich Tex.

»*Was hat sie gesagt?*« fragte die Mutter der Vielen.

»›*Sie*‹ *dankt Dir für die Lektion*«, schwindelte Oscar.

Die Kleinen arbeiteten schnell. Das Schiff würde bis zum Abend freigelegt sein – und auch gesäubert; die Außenwand glänzte jetzt, und ein Heer von Arbeitern hatte aus dem Inneren Schlammbrocken getragen. Und dann fingen sie an, mit gefüllten Wasserblasen herumzulaufen. Die Reinigungskolonne war jetzt am Werk. Oscar sah ihnen interessiert zu. »Ich hab' dir ja gesagt, daß sie es saubermachen würden.«

Matt sah nachdenklich drein. »Ich hab' nur Sorge, daß die an den Armaturen herumspielen und irgend etwas kaputtmachen.«

»Warum? Die Leitungen sind ja alle in den Wänden verlegt. Die können nichts anrichten. Du hast doch die Stromversorgung ausgeschaltet, oder?«

»Ja, natürlich.«

»Außerdem können sie unmöglich die Düse in Betrieb setzen, so lange das Schiff auf der Seite liegt, selbst wenn du das nicht getan hättest.«

»Stimmt schon. Trotzdem mache ich mir Sorgen.«

»Nun, dann sehen wir eben nach. Ich will sowieso mit denen reden. Ich hab' eine Idee.«

»Was denn?« wollte Tex wissen.

»Vielleicht können die sie in der Grube aufrichten. Vielleicht könnten wir von dort starten, ohne sie herauszuschleppen. Das würde uns ein paar Tage sparen.« Sie gingen die Rampe hinunter und suchten die Vorarbeiterin; dann stiegen Matt und Tex ins Schiff, während Oscar draußen blieb, um seinen Vorschlag anzubringen.

Es fiel einem schwer sich vorzustellen, daß das Cockpit vor kurzem noch mit schleimigem gelben Schlamm gefüllt gewesen war. Ein paar Amphibier arbeiteten noch im mittleren Teil, ansonsten war der Raum blitzblank.

Matt stieg in den Pilotensitz und fing an, die Armaturen zu inspizieren. Als erstes stellte er fest, daß der Gummischutz des Infrarot-Periskops fehlte. Das war nicht wichtig, aber er hätte doch gerne gewußt, was geschehen war – hatten die Kleinen vielleicht auch das Laster des Andenkensammelns? Er tat seinen Verdacht ab und begann, die Steuerorgane zu überprüfen, ohne dabei die Düse in Betrieb zu nehmen.

Nichts funktionierte – überhaupt nichts.

Er sah sich noch einmal das Armaturenbrett an. Für den oberflächlichen Beobachter war es blitzblank und funktionstüchtig, aber jetzt entdeckte er viele kleine Löcher und Kratzer. Er fuhr mit dem Fingernagel darüber, und etwas löste sich. Er kratzte daran und stieß schließlich auf ein kleines Loch, das ins Innere des Armaturenbrettes führte. Er wurde bleich. »He, Tex – komm mal her. Ich hab' da etwas.«

»Meinst du?« antwortete Tex mit halb erstickter Stimme. »Ich hab' auch etwas.«

Als er sich umsah, sah er Tex mit einem Schraubenschlüssel in der Hand. In der anderen Hand hielt er die Deckplatte der Kreiselsteuerung.

»Nach dem, was in der *Gary* passiert ist, dachte ich mir, ich schaue hier mal nach. Hast du so etwas schon mal gesehen?«

Der Schlamm war eingedrungen. Die Leitungen waren teils durchgeschmort, teils wie zerfallen. Die Schaltplatten glichen Sieben.

»Das sagen wir am besten gleich Oscar«, meinte Matt niedergeschlagen.

Und dann sahen sie sich mit Oscar alles an. Jedes Instrument, jedes elektronische Gerät war zerstört. Nichtmetallische Stoffe fehlten völlig, dünne Blechplatten, wie zum Beispiel Instrumentengehäuse, waren von zahllosen Löchern durchbohrt. »Ich weiß nicht, woher das kommt«, meinte Oscar, der fast in Tränen ausbrach.

Matt fragte die venerianische Vorarbeiterin. Zuerst begriff sie nicht; als er ihr dann die winzigen Löcher zeigte, nahm sie einen Klumpen von dem verhärteten Schlamm und brach ihn auseinander. Dann bohrte sie mit den Fingern in den Überresten herum und brachte schließlich eine Art weißen Faden zum Vorschein, der ein paar Zentimeter lang war. *»Das ist die Quelle Deiner Schwierigkeiten.«*

»Weißt du, was das ist, Oscar?«

»Eine Art Wurm. Ich kenne ihn auch nicht; Gott sei Dank sind die Polargegenden ganz anders als die Gegend hier.«

»Ich glaube, wir können die Arbeiten abbrechen lassen.«

»Wir wollen nicht vorschnell handeln. Vielleicht gibt es noch eine Möglichkeit.«

Aber die gab es nicht – eine Überprüfung der Tanks zeigte, daß wirklich keine Hoffnung mehr bestand. Die Düsen des Jeeps wurden mit flüssigem Wasserstoff und flüssigem Sauerstoff betrieben. Die Treibstofftanks waren isoliert und vor direkter Strahlung geschützt und konnten daher auch über längere Zeiträume gefüllt bleiben, aber der warme Schlamm hatte sie erreicht und erwärmt, und die sich ausdehnenden Gase waren durch Überdruckventile entwichen. Der Jeep hatte keinen Treibstoff mehr.

Oscars Gesicht wirkte wie eine Maske aus Stein. »Ich wünschte, die *Gary* hätte einen chemischen Antrieb«, meinte er schließlich.

»Und dann?« meinte Matt. »Dann könnten wir ohne Steueraggregate immer noch nicht starten.«

Die Mutter der Vielen wollte nicht gleich begreifen, daß an dem Schiff etwas nicht stimmte. Selbst nach Oscars Erklärung schien sie nur teilweise überzeugt. Offenbar nahm sie es den Kadetten irgendwie übel, daß sie ihr Geschenk nicht richtig würdigten. Oscar verbrachte den größten Teil der Rückreise damit, ihr seine Probleme zu schildern, um sie zu versöhnen.

Oscar aß an diesem Abend nicht. Selbst Tex pickte nur an seinem Essen herum und verzichtete sogar auf sein abendliches Mundharmonikaspiel. Matt verbrachte den Abend schweigend in Thurlows Zimmer an dessen Bett.

Am nächsten Morgen ließ die Mutter der Vielen alle drei kommen. Nachdem sie formelle Grüße ausgetauscht hatten, begann sie: *»Kleine Mutter, stimmt es, daß Deine Gary tot ist so wie die andere Gary?«*

*»Das ist wahr, edle Mutter.«*

*»Stimmt es, daß Du ohne eine Gary den Weg zu Deinem eigenen Volk zurück nicht findest?«*

*»Das ist wahr, weise Mutter der Vielen; der Dschungel würde uns vernichten.«*

Sie hielt inne und winkte eine ihrer Helferinnen herbei. Die ›Tochter‹ brachte ein Bündel, das halb so groß wie sie selbst war. Die Stadtmutter nahm es und forderte die Kadetten auf, zu ihr auf das Podest zu kommen.

Dann fing sie an, das Bündel aufzuwickeln. Der darin enthaltende Gegenstand schien dichter umhüllt als eine Mumie. Endlich war die letzte Hülle entfernt, und sie hielt ihnen den Gegenstand hin. *»Gehört das Dir?«*

Es war ein großes Buch. Auf dem Umschlag stand in Goldbuchstaben:

LOGBUCH
RAUMSCHIFF ASTARTE

Tex sah es an und rief aus: »Das gibt es doch nicht!«

Und Matt sagte im Flüsterton: »Doch, das muß es sein. Die verschollene erste Expedition. Sie sind nicht im All gescheitert – *sie sind hier gelandet!«*

Oscar blickte nur starr und brachte keinen Ton hervor, bis die Stadtmutter ungeduldig ihre Frage wiederholte: *»Gehört das Dir?«*

»Hm? Was? Ja, natürlich! *Weise und edle Mutter, dieses Ding gehörte der ›Mutter der Mutter meiner Mutter‹. Wir sind ihre ›Töchter‹.*

*»Dann gehört es Dir.«*

Oscar nahm ihr das Buch aus den Händen und schlug vorsichtig die brüchigen Seiten auf. Sie starrten den Eintrag für ›Start‹ an – aber insbesondere das Jahr in der Datumsspalte- ›1992‹.

»Großer Gott!« hauchte Tex. »Schaut euch das an. Fast hundert Jahre.«

Sie blätterten in dem Buch. Seite für Seite standen hier Eintragungen wie ›freier Fall, Position planmäßig‹, und sie blätterten weiter, bis sie folgenden

Eintrag fanden: ›Weihnachten. Nach dem Mittagessen wurden Weihnachtslieder gesungen.‹

Sie mußten sich beeilen, weil die Mutter der Vielen anfing, Ungeduld zu zeigen. Sie suchten die Stellen über die Venus: ›... Klima nicht schlimmer als in den extremen Tropen der Erde während der Regenzeit. Das beherrschende Lebewesen hier scheint ein großes amphibisches Geschöpf zu sein. Dieser Planet kann ganz eindeutig kolonisiert werden.‹

›... die Amphibiengeschöpfe sind von beträchtlicher Intelligenz und scheinen sich miteinander verständigen zu können. Sie sind freundlich, und wir versuchen, mit ihnen Verbindung aufzunehmen.‹

›... Hargraves hat sich eine Infektion zugezogen, offenbar eine Art Hautpilz, der unangenehm an Lepra erinnert. Der Arzt versucht eine entsprechende Behandlung.‹

›... nach der Beisetzung wurden die Gegenstände aus Hargraves' Umgebung bei 400 Grad Celsius sterilisiert.‹

Kurz darauf kam eine andere Handschrift. Die Stadtmutter war jetzt so ungeduldig, daß sie nur noch einen kurzen Blick auf die beiden letzten Eintragungen warfen: ›... Johnsons Krankheit hält an, aber die Eingeborenen sind sehr hilfsbereit ...‹

›... kann jetzt die linke Hand nicht mehr gebrauchen. Ich habe mich entschieden, das Schiff zu verlassen und meine ganze Hoffnung auf die Eingeborenen zu setzen. Ich werde dieses Logbuch mitnehmen und weitere Eintragungen machen, sofern das möglich ist.‹ Die Handschrift war fest und klar; wenn sie ihnen undeutlich und verschwommen erschien, so lag das an ihren Augen.

Die Mutter der Vielen zögerte nicht lange, und eine halbe Stunde später traten sie bereits die Reise an, die sie wieder durchs Wasser führte. Sie schien nicht zum Reden aufgelegt, und als die Reise einmal begonnen hatte, war dazu auch keine Gelegenheit, bis sie wieder trockenes Land erreichten.

»Glaubst du wirklich, daß sie uns zur *Astarte* bringt, Oscar?« fragte Tex, als er das Wasser abgeschüttelt hatte.

»Könnte sein. Wahrscheinlich sogar.«

»Und glaubst du, daß wir das Schiff intakt vorfinden?« fragte Matt.

»Ausgeschlossen. Und wenn schon, dann ist bestimmt kein Treibstoff mehr in den Tanks. Du hast ja gesehen, was aus dem Jeep geworden ist. Und die *Astarte* steht schon fast hundert Jahre hier.« Er hielt inne und atmete tief. »Außerdem will ich mir überhaupt keine Hoffnungen mehr machen. Dreimal nacheinander ertrag' ich das nicht. Das ist zuviel.«

»Da hast du wahrscheinlich recht«, räumte Matt ein. »Hat wenig Sinn, sich aufzuregen. Wahrscheinlich ist sie ohnehin nur ein Rosthaufen unter einer Decke von Schlingpflanzen.«

»Wer hat denn etwas davon gesagt, daß wir uns nicht aufregen wollen?« antwortete Oscar. »Ich bin so aufgeregt, daß ich kaum reden kann. Aber du solltest in der *Astarte* keine Möglichkeit zur Heimkehr sehen; sie ist einfach ein historischer Gegenstand.«

»Das kannst *du* ja so sehen«, meinte Tex. »Ich bin immer Optimist und will aus diesem Loch raus.«

»Oh, du wirst schon rauskommen! Die kommen schon und finden uns eines Tages – und dann beenden sie die Mission, die wir verpatzt haben.«

»Schau mal«, antwortete Tex, »könnten wir nicht einmal Pause machen und wenigstens die nächsten paar hundert Meter nicht über unsere Mission nachdenken? Diese Insekten sind wirklich unangenehm – denk du über Oskar nach, und ich denk über Mutter Jarmans Lieblingssohn nach. Ich wünschte, wir hätten wieder die gute alte Zeit auf der *Triplex.*«

»Du hast doch die *Triplex* immer als Tollhaus bezeichnet.«

»Dann habe ich mich eben geirrt. Ich kann da sehr großzügig sein.«

Sie erreichten einen der wenigen Hügel, die es auf der Venus gab, und der fast drei Meter über die Wasseroberfläche reichte. Die Eingeborenen fingen aufgeregt zu flüstern und zu lispeln an. Matt schnappte das venerianische Wort für *tabu* auf. »Hast du das gehört, Oscar?« fragte er. »Tabu.«

»Ja. Wahrscheinlich hat sie ihnen nicht gesagt, wo sie mit uns hin will!«

Die Gruppe blieb stehen und schwärmte aus. Die drei Kadetten traten vor, schoben die Büsche auseinander und betraten eine Lichtung.

Und vor ihnen, die keilförmigen Tragflächen von Lianen überwuchert, den ganzen Rumpf in eine durchsichtige Substanz gehüllt, stand das Raumschiff *Astarte.*

## 17
## Pfannkuchen zum Frühstück

Die Stadtmutter stand neben der Luftschleuse der *Astarte,* unter der Steuerbordtragfläche. Zwei ihrer Helfer arbeiteten an der Türe. Sie spritzten aus den inzwischen vertraut gewordenen Blasen irgendeine Flüssigkeit um den Schleusenrand. Die durchsichtige Schicht über der Schiffswand schmolz überall, wo die Flüssigkeit sie berührte, weg. Dann schälten sie die durchsichtige Haut ab.

»Schau dir das an«, sagte Tex. »Weißt du, was die gemacht haben? Die haben das Schiff *venusiert.*« Er gebrauchte den Begriff im weiteren Sinne; ein ›planetisierter‹ Gegenstand ist gegen gewisse typische Umwelteigenschaften des betreffenden Planeten stabilisiert, und es gibt dafür bestimmte Festlegungen des Normenbüros. So wird beispielsweise für bestimmte Produkte in der Kolonialausgabe des Sears & Montgomery-Katalogs, die als ›venusiert‹ angeboten werden, dafür Garantie geleistet, daß sie der übermäßigen Feuchtigkeit, den exotischen Schimmelarten und gewissen Bakterien des Planeten Widerstand leisten. Die *Astarte* war einfach mit einer Schicht überzogen.

»Sieht so aus«, nickte Oscar mit betont ruhiger Stimme. »Ob die das mit Spritzpistolen aufgetragen haben?«

»Wetten, daß nicht ...« Tex schlug nach einem Insekt. »Aber weißt du, was das bedeutet, Oscar?«

»Ich würd' mir da noch keine zu großen Hoffnungen machen. Hundert Jahre sind eine lange Zeit.«

»Du bist ein alter Miesmacher.«

Die kleinen Arbeiter hatten Probleme. Die Türe war viel höher als sie, daher versuchten sie jetzt, eine Art Pyramide zu bilden. Da sie aber keine Menschen waren und auch keine Schultern hatten, bereitete das einige Schwierigkeiten. Matt sagte zu Oscar: »Ob wir ihnen helfen sollen?«

»Ich will mal sehen.« Oscar ging zu der Herrscherin und schlug vor, die Flüssigkeit selbst aufzutragen. Die Mutter sah ihn an.

*»Kannst Du, wenn nötig, eine neue Hand wachsen lassen?«*

Oscar gab zu, daß er dazu nicht imstande war.

*»Dann mische Dich nicht in Dinge, die Du nicht verstehst.«*

Bald hatten die Eingeborenen die Türe freigelegt. Sie war verriegelt, aber nicht versperrt, und widersetzte sich nur kurz dem Versuch, sie zu öffnen. Dann rannten sie in die Schleuse. »Augenblick«, flüsterte Matt. »Sollten wir nicht vorsichtig sein? Wir wissen doch nicht, ob die Infektion, die Hargraves und die anderen erwischt hat, schon abgeklungen ist.«

»Sei nicht albern«, flüsterte Tex zurück. »Wenn deine Impfung nicht funktioniert hätte, dann wärst du schon lange krank geworden.«

»Tex hat recht, Matt. Und ihr braucht nicht zu flüstern. Geister können nicht hören.«

»Woher weißt du das?« wandte Tex ein. »Bist du ein Doktor der Geisterkunde?«

»Ich glaube nicht an Gespenster.«

»*Ich* schon. Mein Onkel Bodie hat einmal ...«

»Gehen wir hinein«, drängte Matt.

Der Gang hinter der inneren Tür war dunkel, sah

man einmal von dem Licht ab, das durch die Schleuse drang. Es roch seltsam – nicht eigentlich faulig, aber alt. Wie in einem Museum.

Das Cockpit war schwach, aber ausreichend, beleuchtet. Das Außenlicht fiel weich durch die Schutzschicht, die die Aussichtsluke des Piloten bedeckte. Es war sehr eng. Die Kadetten waren an geräumige, moderne Schiffe gewöhnt; die *Astarte* wirkte nur wegen ihrer Tragflächen so groß. Innen war sie kleiner als der Jeep.

»Schaut euch das an!« sagte Tex plötzlich. »Wenn man sich vorstellt, daß die damit tatsächlich einen interplanetarischen Flug gemacht haben! Schaut euch das Armaturenbrett an. Die ist ja so primitiv wie ein Ruderboot. Und doch haben sie es riskiert. Erinnert einen richtig an Columbus und die *Santa Maria*.«

»Oder die Wikingerschiffe«, meinte Matt.

»Das waren noch Männer damals«, pflichtete Oscar ihnen nicht besonders originell, aber überzeugt bei.

»Das kannst du ruhig laut sagen«, meinte Tex. »Machen wir uns nichts vor. Wir sind für die großen Abenteuer zu spät zur Welt gekommen. Stellt euch nur vor, die flogen ja nicht einmal zu einem registrierten Hafen, die sind einfach losgeflogen, mitten in die Nacht hinein, und haben ihrem Glück vertraut, daß sie wieder zurückkehren werden.«

»Was nicht der Fall war«, sagte Oscar mit leiser Stimme.

»Reden wir von etwas anderem«, meinte Matt. »Ich hab' ohnehin schon eine Gänsehaut.«

»Okay«, nickte Oscar. »Ich sehe besser mal nach ihrer Majestät.« Er ging hinaus und kehrte gleich darauf in Begleitung der Stadtmutter zurück. »Sie hat nur darauf gewartet, daß man sie einlädt«, rief er auf *Basic,* »und war schon etwas beleidigt, weil wir sie vergessen hatten. Helft mir, sie wieder in gute Stimmung zu versetzen.«

Das Schiff war überall ordentlich und sauber, sah man einmal von einer dünnen Staubschicht ab. »Du kannst sagen, was du willst, Oscar«, meinte Matt. »Ich beginne wieder zu hoffen. Ich glaube nicht, daß dem Schiff etwas fehlt. Das sieht doch so aus, als wäre die Mannschaft einfach weggegangen, um einen Spaziergang zu machen. Vielleicht können wir sie wieder in Dienst stellen.«

Die Mutter hatte ein paar Räume angesehen, dann das Interesse verloren und das Schiff wieder verlassen. Tex borgte sich eine der orangeroten Leuchtkugeln aus und sah sich im Schiff um, während Matt und Oscar das Cockpit überprüften. Nach einer Weile meinte Oscar: »Ich glaube, wir gehen jetzt besser. Die Mutter wird sonst ungeduldig.«

»Seht, was ich gefunden habe. Essen!«

Matt und Oscar eilten in die Kombüse. »Glaubst du, daß das noch gut ist?« fragte Matt.

»Warum nicht? Sind ja alles Konserven.« Tex schnappte sich einen Dosenöffner. »Pfui!« sagte er gleich darauf. »Hat jemand Appetit auf einbalsamiertes Corned Beef? Wirf es hinaus, Matt, eh' alles danach stinkt.«

»Tut es schon.«

»Aber seht euch das an!« Tex zeigte eine Dose mit der Aufschrift: *Pfannkuchenmischung.* »Das ist bestimmt nicht verdorben. Pfannkuchen zum Frühstück, Leute – ich kann es kaum erwarten!«

»Wer mag denn schon Pfannkuchen ohne Sirup?«

»Die Auswahl hier ist nicht übel – ein halbes Dutzend Dosen.« Er zeigte eine mit der Aufschrift: *Echter Vermonter Ahornsirup, ungesüßt.*

Tex wollte etwas davon mitnehmen. Oscar legte aus praktischen und diplomatischen Gründen sein Veto dagegen ein. Tex schlug vor, im Schiff zu bleiben und gar nicht in die Venusstadt zurückzukehren. »Bald, Tex«, beruhigte ihn Oscar. »Du hast wohl Lieutenant Thurlow vergessen.«

»Ja, das habe ich. Dumm von mir.«

»Weil wir schon von Thurlow sprechen«, warf Matt ein, »da bringt ihr mich auf eine Idee. Er rührt den Eingeborenenfraß ja kaum an. Wie wär's mit diesem Zuckersirup? Ich könnte ihm aus einer Trinkblase welchen geben.«

»Schaden kann es ihm nicht, vielleicht hilft es sogar«, entschied Oscar. »Wir nehmen die Hälfte des Sirups mit.« Tex nahm die Dosen, Matt steckte einen Büchsenöffner ein, und sie gingen hinaus.

Zu Matts Freude hatte Th'wing in Thurlows Zimmer Krankenwache, als sie zurückkamen; mit ihr war leichter zurecht zu kommen als mit den anderen Pflegerinnen. Er erklärte ihr mit höflichen Umschreibungen, was er beabsichtigte. Sie nahm eine Dose, die Matt geöffnet hatte, und kostete, wobei sie ihm höflich den Rücken wandte.

Sie spuckte sofort wieder aus. *»Bist Du sicher, daß das Deiner kranken Mutter nicht schadet?«*

Matt begriff ihr Zögern; schließlich ernährten sich die Venerianer von Stärke und Protein, nicht von Zucker. Er versicherte ihr, daß der Sirup Thurlow guttun würde, worauf sie den Inhalt der Dose in eine Blase praktizierten.

Nach dem Abendessen diskutierten die Kadetten, was sie mit der *Astarte* machen sollten. Matt bestand darauf, daß man sie wieder einsatzfähig machen solle; Tex beharrte auf seiner Meinung, daß jeder Versuch zum Scheitern verurteilt sei. »Sie kommt vielleicht hoch genug, um abzustürzen – höher nicht.«

Oscar hörte zu und meinte dann: »Matt, hast du die Tanks überprüft?« Das hatte er. »Dann weißt du auch, daß kein Treibstoff da ist.«

»Worüber streiten wir dann?« unterbrach Tex. »Damit ist die Angelegenheit doch erledigt.«

»Nein, das ist sie nicht«, verkündete Oscar. »Wir versuchen, sie zu fliegen.«

»Wie?«

»Sie kann nicht fliegen, aber wir versuchen es trotzdem«, fuhr Oscar fort.

»Aber warum?«

»Okay – ich will es euch sagen. Wenn wir lange genug hier warten, wird doch eines Tages die Patrouille hier erscheinen und uns finden, oder?«

»Vermutlich«, nickte Matt.

»Absolut sicher. So funktioniert die Patrouille. Die lassen uns nicht im Stich. Schaut euch doch die Suchaktion nach der *Pathfinder* an – vier Schiffe, Monat für Monat. Und wenn die bei ihrem Pech nicht ums Leben gekommen wären, dann hätte die Patrouille sie lebend zurückgebracht. Wir leben noch und befinden uns irgendwo in der Nähe unseres ursprünglichen Zielortes. Sie werden uns finden. Daß sie bis jetzt noch nicht aufgetaucht sind, bedeutet nur, daß sie nicht sicher sind, daß wir verschollen sind; so lange ist ja die Verbindung noch nicht abgerissen. Außerdem wissen wir, daß weder am Nordpol noch am Südpol ein Schiff bereit war, um eine Suche in der Äquatorialzone durchzuführen, sonst hätten wir von vorneherein den Auftrag nicht bekommen. Es dauert also vielleicht eine Weile, bis sie uns holen. Aber kommen werden sie.«

»Warum warten wir dann nicht einfach?« beharrte Tex.

»Aus zwei Gründen. Da ist erstens unser Boß. Wir müssen ihn in ein ordentliches Krankenhaus bringen, ehe er uns unter den Händen stirbt.«

»Vielleicht wird er den Start nicht überstehen.«

»Vielleicht. Ich vermute, daß er das Risiko nicht scheuen würde. Der zweite Grund ist – *wir* sind die Patrouille.«

»Was? Nochmals, bitte.«

»Wir sind uns darüber einig, daß die Patrouille uns nicht aufgeben würde, okay? Gut. Dann werden sie uns aber auch mit dem Versuch beschäftigt finden, aus eigenen Kräften hier herauszukommen, und nicht einfach auf unseren fetten Hintern sitzend und wartend, daß jemand uns hilft.«

»Das verstehe ich«, sagte Tex. »Ich hatte schon Angst, daß du auf die Idee kommen würdest. Also gut – dann spielen wir eben die Helden. Ich leg' mich jetzt besser schlafen, denn ich hab' das schreckliche Gefühl, daß dieses Heldengeschäft uns noch einigen Schweiß kosten wird.«

Und das tat es auch. Die Venerianer halfen ihnen zwar weiterhin, aber die eigentliche Arbeit beim Versuch, das Schiff wieder startbereit zu machen, mußte von den Menschen geleistet werden. Mit Erlaubnis der Stadtmutter verlegte Oscar ihr Hauptquartier in die *Astarte*. Thurlow blieb wo er war, aber jeden Tag begab sich einer der Kadetten in die Stadt, um ihm zu essen zu bringen und den anderen über seinen Zustand zu berichten. In der *Astarte* waren nur noch einige wenige Vorräte genießbar.

Wenigstens die Pfannkuchenmischung erwies sich als brauchbar. Tex hatte eine Art Ölbrenner zusammengebastelt – über Elektrizität verfügten sie bis jetzt noch nicht – und das Produkt seiner Bemühungen mit Fischöl gespeist, das ihm die Eingeborenen lieferten. So briet er seine Pfannkuchen. Sie schmeckten schlechter als erhofft, denn das Mehl war gealtert und hatte seinen Geschmack verändert. Außerdem wollten sie nicht aufgehen.

Aber es waren Pfannkuchen, und sie übergossen sie mit Ahornsirup. Mit diesem Zeremoniell begannen sie jeden Arbeitstag, was sie allerdings vorsichtshalber hinter einer verschlossenen Türe taten, um ihre puritanischen Freunde nicht zu beleidigen.

Und dann machten sie sich daran, systematisch die beiden anderen Schiffe nach allem durchzukämmen, was man vielleicht bei der Ausrüstung der *Astarte* brauchen konnte. Auch dabei benötigten sie die Hilfe der Eingeborenen; Matt oder Tex wählten aus, was sie brauchten, aber sie mußten die Amphibier einsetzen, um alles kilometerweit durch Sumpf und Wasser und weglosen Dschungel zu schaffen.

Sie redeten von dem Flug stets so, als beabsichtigten sie wirklich, ihn anzutreten. »Wenn du mir ein Radargerät herbeischaffst«, sagte Matt zu Oscar, »irgendeinen Landungsradar, damit ich eine Chance zur Landung habe, dann setze ich dir die irgendwo am Südpol auf. Das Astrogationszeug kannst du vergessen; das erledige ich im Blindflug.«

Sie hatten sich für New Auckland am Südpol als Zielort entschieden. Ebensogut hätten sie sich für den Nordpol entscheiden können, aber Oscar stammte aus der Südkolonie, und das gab den Ausschlag.

Und dann kam eines Tages der Morgen, an dem sie alles getan hatten, was man tun konnte. Tex verteilte gerade Pfannkuchen. »Ich glaube fast, jetzt wären wir startbereit«, sagte er, »wenn wir nur Saft hätten.«

»Wie soll das denn gehen?« fragte Matt. »Der Bordcomputer ist noch nicht einmal mit dem Triebwerk verbunden.«

»Na und? Ich muß ohnehin die Einspritzung von Hand steuern. Wir verlegen einfach das Stück Rohr, das wir aus der *Gary* geholt haben, von dir hinten zu mir. So kannst du mir zurufen, wieviel Saft du brauchst, und wenn ich einverstanden bin, gebe ich dir am Steuerknüppel soviel Gas, wie du willst.«

»Und wenn du nicht einverstanden bist?«

»Dann geb' ich dir weniger – halt, Oscar, langsam mit dem Sirup; es ist der letzte.«

Oscar hielt die Sirupdose in der Hand. »Oh, tut mir leid, Tex. Da – ich geb dir etwas von meinem ab.«

»Schon gut. Ich hab' das nur so gesagt. Ehrlich gesagt, kann ich keine Pfannkuchen mehr sehen. Wir essen jetzt seit mehr als zwei Wochen nichts anderes.«

»Mir hängen sie auch zum Halse raus, aber ich wollte das nicht sagen, weil du gekocht hast.« Oscar schob seinen Teller weg. »Mich stört es nicht, daß der Sirup ausgeht.«

»Aber er ist ja gar nicht . . .« Matt hielt inne.

»Ist was, Matt?«

»Nein, ich – nichts.« Aber sein Blick war nachdenklich.

»Dann mach den Mund zu. Sag mal, Oscar, wenn wir Saft für die *Astarte* hätten, was würdest du dann am liebsten nehmen?«

»Monoatomischen Wasserstoff.«

»Ausgerechnet den einzigen Treibstoff, den sie nicht verträgt? Ich wäre mit Alkohol und Sauerstoff zufrieden.«

»Wenn man schon keinen kriegen kann, warum soll ich mir dann nicht den besten Treibstoff wünschen?«

»Weil wir ausgemacht haben, daß wir es ernst meinen. Und jetzt müssen wir eben so tun, als wollten wir Treibstoff zubereiten. Von jetzt an, bis die uns finden. Deshalb sage ich Alkohol und Sauerstoff. Ich werd' eine Art Destilationsanlage bauen und anfangen, Alkohol zu kochen, während du und Matt euch überlegt, wie man mit bloßen Händen flüssigen Sauerstoff zubereitet.«

»Wie lange, glaubst du wohl, wird es dauern, bis du ein paar Tonnen Alkohol destilliert hast?«

»Das ist ja das Schöne. Ich werde immer noch damit beschäftigt sein, ein richtiger kleiner Schwarzbrenner, wenn die hier auftauchen. Sag mal, hab ich dir schon einmal von Onkel Bodie und den Schwarzbrennern erzählt? Ich glaube . . .«

»Hör mal«, unterbrach ihn Matt, »wie würdest du es anstellen, Ahornsirup zu kochen – hier?«

»Was? Warum soll ich mir den Kopf darüber zerbrechen? Wir mögen ja ohnehin keine Pfannkuchen mehr.«

»Schon gut, aber ich möchte wissen, wie man hier Ahornsirup machen kann. Oder besser gesagt, wie die Eingeborenen das machen?«

»Hast du jetzt den Verstand verloren, oder soll das ein Rätsel sein?«

»Keines von beiden. Ich hab' mich nur gerade an etwas erinnert, was ich übersehen hatte. Du hast gesagt, es sei kein Ahornsirup mehr da, und ich wollte gerade sagen, daß in Thurlows Zimmer noch eine ganze Menge ist.« Vor zwei Tagen war Matt an der Reihe gewesen, in die Stadt zu gehen. Er hatte wie gewöhnlich Thurlows Krankenzimmer besucht. Seine Freundin Th'wing hatte Wache gehabt und ihn zwanzig Minuten mit dem Lieutenant allein gelassen.

Während dieser zwanzig Minuten war der Patient aufgewacht, und Matt hatte ihm etwas zu trinken geben wollen; es waren ein paar Trinkblasen im Zimmer gewesen.

Die erste, die Matt nahm, war mit Ahornsirup gefüllt. Die nächste und übernächste auch – die ganze Reihe. Dann fand er die mit Wasser gefüllte Blase auf der Couch. »Zuerst dachte ich mir nichts dabei – aber jetzt geht es mir im Kopf herum: er hat eine ganze Menge von dem Sirup getrunken; praktisch hat er davon gelebt. Ich habe die erste Dose geöffnet, als wir sie zu ihm brachten, und die beiden anderen Dosen habe ich auch selbst aufgemacht – Th'wing kam mit dem Dosenöffner nicht zurecht. Also weiß ich, daß der Sirup praktisch alle war. Wo also kam der restliche Sirup her?«

»Nun, ich nehme an, die Eingeborenen haben ihn gemacht«, antwortete Oscar. »Kann doch nicht so schwierig sein, Zucker aus den Pflanzen hier zu gewinnen. Am Pol gibt es eine Art Zuckerrohr. Bestimmt finden die hier auch so etwas.«

»Aber Oscar, es war *Ahornsirup*!«

»Was? Unmöglich. Dein Gaumen muß nicht richtig funktioniert haben.«

»Ich sage dir, daß es Ahornsirup war.«

»Nun, und wenn schon. Wohlgemerkt, ich will nicht behaupten, daß man außerhalb von Vermont nicht richtigen Ahornsirup bekommen kann – aber welchen Unterschied würde es schon machen?«

»Ich glaube, wir haben da etwas übersehen. Du hast vom Alkohol destillieren gesprochen; ich wette, die Eingeborenen können uns jede Menge Alkohol liefern.«

»Oh.« Oscar überlegte. »Ja, wahrscheinlich hast du recht. Die sind in solchen Dingen recht geschickt – das Zeug, mit dem sie den Schlamm hart gemacht haben, und diese Lösungsmittel, mit denen sie die *Astarte* gesäubert haben. Küchenchemiker.«

»Vielleicht sind sie gar keine Küchenchemiker, Oscar. Vielleicht sind sie echt.«

»Was?« sagte Tex. »Was meinst du damit, Matt?«

»Was ich gesagt habe. Wir wollen Saft für die *Astarte.* Vielleicht brauchten wir bloß die Mutter der Vielen darum zu bitten, und sie würde uns welchen geben.«

Oscar schüttelte den Kopf. »Ich wünschte, du hättest recht, Matt. Keiner hat mehr Respekt für das Kleine Volk als ich, aber es gibt einfach keinen Raketentreibstoff, der nicht auch verflüssigte Gase enthielte. Wir könnten denen vielleicht auch begreiflich machen, was wir brauchen, aber sie hätten nicht die Einrichtungen dafür.«

»Warum bist du da so sicher?«

»Ganz einfach, Matt: flüssiger Sauerstoff – ja sogar flüssige Luft – erfordert Hochdruck und eine Menge

Energie, und Hochdruckbehälter für die Zwischenstufen. Das Kleine Volk setzt sehr wenig Energie ein, sie benutzen kaum Metall.«

»Keine Energie, was? Und was ist mit diesen orangefarbenen Leuchtkugeln?«

»Nun ja, aber dazu braucht man nicht viel Energie.«

»Kannst du eine machen? Weißt du, wie sie funktionieren?«

»Nein, aber ...«

»Worauf ich hinaus will, ist nur, daß es auch andere Techniken geben kann als die unseren. Du hast selber gesagt, daß wir die Eingeborenen eigentlich gar nicht richtig kennen, nicht einmal die, die an den Polen leben. Fragen können wir doch zumindest!«

»Ich glaub', da hat er recht«, meinte Tex. »Fragen wir.«

Oscar blickte nachdenklich. »Mir ist schon seit einiger Zeit klar, daß unsere Freunde hier zivilisierter sind als die in der Umgebung der Kolonien, aber ich wußte nicht recht, in welcher Hinsicht.«

»Was ist denn Zivilisation?«

»Sparen wir uns die Philosophie. Gehen wir.« Oscar schloß die Außentür des Schiffs auf und sagte zu einer Gestalt, die in der hellen Sonne – dem, was für sie helle Sonne war – dastand und sich die Bilder in einer Ausgabe der *Saturday Evening Post* aus dem Jahre 1992 ansah. *»He, Mädchen! Würdest Du uns gütigst zum Heim Deiner Mutter geleiten?«*

Es *war* Ahornsirup. Tex und Oscar mußten das zugeben. Th'wing erklärte ihnen unumwunden, daß sie welchen gemacht hatten, als der ursprüngliche Vorrat zu Ende ging. Oscar suchte die Stadtmutter auf und nahm eine Flasche Alkohol aus der Bordapotheke der *Gary* mit. Matt und Tex warteten im Schiff, weil sie inzwischen übereingekommen waren, daß Oscar am besten mit der Matriarchin klar kam, wenn er alleine war. Er blieb fast zwei Stunden bei ihr, und als er schließlich zurückkam, wirkte er verblüfft.

»Nun, was gibt's? Was hast du erfahren?« wollte Matt wissen.

»Schlechte Nachrichten«, sagte Tex. »Das sehe ich ihm am Gesicht an.«

»Nein, keine schlechten Nachrichten.«

»Dann raus damit, Mann, raus damit! – Soll das heißen, daß die das können?«

Oscar fluchte leise auf Venerianisch. »Die können alles!«

»Fang am besten von vorne an«, riet Tex. »Mundharmonika können sie jedenfalls nicht spielen. Das weiß ich; ich hab' sie es versuchen lassen. Also, jetzt erzähl.«

»Ich hab' ihr zuerst den Alkohol gezeigt und versucht, ihr zu erklären, daß wir ein Problem hätten. Ich hab' sie gefragt, ob ihre Leute das Zeug machen könnten. Sie schien der Ansicht zu sein, daß das eine dumme Frage sei – sie hat bloß daran geschnüffelt und gesagt, ja, sie könnten das. Und dann habe ich mich abgemüht, ihr flüssigen Sauerstoff zu erklären, zuerst, indem ich ihr sagte, daß es zwei verschiedene Dinge in der Luft gebe, eines träge und eines aktiv. Ich hab' dazu ihre Worte für ›lebend‹ und ›tot‹ benutzt. Ich sagte ihr, ich wolle den lebenden Stoff, und der solle wie Wasser sein. Sie unterbrach mich und ließ eine ihrer Helferinnen kommen. Sie redeten ein paar

Minuten miteinander, und ich schwöre dir, daß ich nur jedes zweite oder dritte Wort verstanden habe. Es war ein Teil ihrer Sprache, der mir völlig fremd war. Und dann ging das alte Mädchen aus dem Zimmer.

Wir warteten. Sie fragte mich, ob wir bald abreisen würden, wenn wir bekämen, was wir wollten. Ich sagte ja, wenn – und dann bat sie mich um den Gefallen, Burke mitzunehmen; es schien ihr etwas peinlich zu sein, aber sie bestand jedenfalls darauf. Ich versprach es.«

»Das freut mich«, sagte Matt. »Ich kann Stinky zwar nicht leiden, aber ich brächte es doch nicht fertig, ihn einfach hier zurückzulassen. Er soll zumindest einen fairen Prozeß bekommen.«

»Halt den Mund, Matt«, sagte Tex. »Wen interessiert jetzt schon Stinky? Weiter, Oscar.«

»Nach einer Weile kam das Mädchen mit einer Blase zurück, die aussah wie eine ganz gewöhnliche Blase, nur dunkler. Die Herrscherin reichte sie mir und fragte mich, ob es das sei, was ich wolle. Ich sagte, es täte mir leid, aber ich wolle kein Wasser haben. Sie drückte mir ein paar Tropfen auf die Hand.« Oscar streckte die Hand aus. »Seht ihr das? Es hat mir die Hand verbrannt?«

»Es war tatsächlich flüssiger Sauerstoff?«

»Entweder das oder flüssige Luft. Ich konnte das nicht prüfen. Ich glaube, es war Sauerstoff. Aber denkt doch – die Blase war nicht einmal kalt. Nicht einmal geraucht hat sie, bis sie die Tropfen herausdrückte. Das andere Mädchen trug diese Blase so gleichgültig, als wäre es eine Wärmeflasche.«

Oscar starrte einen Augenblick ins Leere. »Ich kapiere das nicht«, sagte er.

»Warum willst du es denn kapieren?« fragte Tex. »Du würdest ja doch nicht dahinterkommen. Wollen wir es doch einfach dabei belassen, daß die eine Menge von Chemie wissen, mehr als wir. Und wir kriegen unseren Saft.«

Zwei Tage lang bewegten sich zwei Reihen der kleinen Amphibienwesen zwischen dem Ufer und der *Astarte* hin und her. Sie trugen volle Blasen ins Schiff und kehrten mit leeren zurück. Thurlow war bereits an Bord, und mit ihm seine geduldigen kleinen Pflegerinnen. Burke wurde unter Bewachung zum Schiff gebracht und dort freigelassen. Die Kadetten kümmerten sich nicht um ihn, was ihn zu ärgern schien. Er sah sich in dem Schiff um – er hörte an diesem Tage zum erstenmal davon – und ging schließlich zu Jensen.

»Wenn du glaubst, daß ich in diesem fliegenden Sarg mitkomme, dann irrst du dich.«

»Wie du meinst.«

»Nun, und was wirst du tun?«

»Gar nichts. Du kannst im Dschungel bleiben oder versuchen, die Stadtmutter dazu zu überreden, daß sie dich zurücknimmt.«

Burke überlegte. »Ich glaube, dann bleibe ich bei den Fröschen. Wenn ihr durchkommt, könnt ihr denen sagen, wo ich bin, dann können sie mich abholen.«

»Ich werde ihnen sagen, wo du bist, und all das andere auch.«

»Du mußt nicht glauben, daß du mir Angst machen kannst.« Burke machte auf dem Absatz kehrt und ließ Jensen stehen.

Kurz darauf kam er zurück. »Ich habe es mir anders überlegt. Ich komme mit.«

»Du willst sagen, daß die dich nicht haben wollten.«

»Nun – ja.«

»Also gut«, antwortete Kadett Jensen, »nachdem die ortsansässigen Behörden dich aus ihrer Zuständigkeit entlassen haben, verhafte ich dich hiermit nach dem Kolonialgesetz, das den Umgang mit Eingeborenen betrifft; die einzelnen Punkte der Anklage werden dir bei Eröffnung der Verhandlung bekanntgegeben werden und brauchen sich nicht notwendigerweise auf das erwähnte Gesetz zu beschränken. Gleichzeitig mache ich dich darauf aufmerksam, daß alles, was du künftig aussagst, als Beweis gegen dich verwendet werden kann.«

»Das kannst du nicht tun!«

»Matt, Tex! Greift ihn euch und schnallt ihn fest.«

»Mit Vergnügen!« Sie schnallten ihn auf eine Notpritsche in der Kombüse, wo er sie am wenigsten stören würde.

Anschließend meldeten sie Oscar die Ausführung seines Befehls.

»Meinst du, daß du genügend Beweismaterial gegen ihn hast?« wollte Matt wissen.

»Das bezweifle ich, sofern sie nicht unsere Aussage gelten lassen. Natürlich gehört er eigentlich aufgehängt, aber wahrscheinlich werden sie allerhöchstens seine Lizenz einziehen und ihm den Paß wegnehmen. Die Patrouille wird unserem Bericht glauben, und das genügt mir.«

Weniger als eine Stunde später verließen Thurlows Pflegerinnen das Schiff, und die Kadetten verabschiedeten sich von der Mutter der Vielen, eine blumenreiche, gewundene Angelegenheit, in deren Verlauf Oscar sich zu der Zusage verleiten ließ, eines Tages zurückzukehren.

»Bist du sicher, daß die sich weit genug zurückhalten, wenn wir die Düse zünden?« fragte Matt.

»Ich habe die Absperrungslinie mit der Mutter abgeschritten und gehört, daß sie entsprechende Befehle erteilt hat. Mach dir also keine Sorgen und begib dich auf deine Position.«

»Aye, aye, Sir.«

Matt und Oscar gingen nach vorne. Oscar setzte sich auf den Sessel des Co-Piloten und schlug das Logbuch auf.

Dann nahm er einen Bleistiftstummel, den er in der Kombüse gefunden hatte, trug das Datum ein und fing an zu schreiben.

Nach einer Weile blickte er auf und sagte zu Matt: »Ich glaube, jetzt sollte ein anderer das Kommando übernehmen.«

»Quatsch«, sagte Matt. »Wenn Commodore Arkwright die *Randolph* ohne Augen kommandieren kann, kannst du die *Astarte* auch mit einem lahmen Flügel kommandieren.«

»Okay, wenn ihr es so wollt.« Er schrieb weiter.

*O. Jensen, diensthabender Kapitän*

*M. Dodson, Pilot und Astrogator*

*W. Jarman, Chefingenieur*

*Ltd. R. Tharlow, Passagier (Krankenstand)*

*G. Burke, Passagier, Zivilist (Gefangener)*

»Mannschaften antreten, Mister.«

»Aye, aye, Sir. Soll ich deinen Namen auch rufen, Oscar?«

»Sicher, die Liste ist ja ohnehin so kurz.«

»Was ist mit Stinky?«

»Natürlich nicht. Den habe ich als Fracht eingetragen.« Matt atmete tief durch und rief dicht an dem Sprachrohr, damit Tex ihn hören konnte: »Lieutenant Thurlow!«

Oscar antwortete: »Ich spreche für ihn.« Er blickte zu dem Lieutenant, der so angeschnallt war, daß er ihn sehen konnte. Thurlow schlug die Augen auf und hatte wieder den leicht verwirrten, fragenden Blick, den er immer zu haben schien, wenn er wenigstens einen Teil seiner Umwelt wahrnahm.

»Jensen!«

»Hier.«

»Jarman!«

»Hier!« erwiderte Tex, und seine Stimme klang durch das Rohr gedämpft und hohl.

Matt sagte: »Dodson anwesend«, feuchtete sich dann die Lippen an und zögerte.

»Dahlquist!«

Oscar wollte sich gerade melden, als Thurlows Stimme hinter ihnen erklang. »Ich spreche für ihn.«

»Martin!« fuhr Matt mechanisch fort, zu verblüfft, um Aufhören zu können.

»Ich spreche für ihn«, sagte Oscar, ohne den Blick von Thurlow zu wenden.

»Rivera!«

»Ich spreche für ihn«, kam Tex' Stimme.

»Wheeler!«

»Wheeler ist auch hier«, antwortete Tex wieder. »Alle sind sie hier, Matt. Wir sind bereit.«

»Mannschaft vollständig, Captain.«

»Ausgezeichnet, Sir.«

»Wie geht es ihm, Oscar?«

»Er hat die Augen wieder zugemacht. Du kannst starten.«

»Aye, aye, Sir. Planmäßig – *Schiff ab!«* Er griff nach dem Knüppel und wartete. Die *Astarte* hob sich auf ihren Rumpfdüsen, stieg empor und stieg immer weiter, hinein in den dichten Nebel der Venus.

# 18
# Im Büro des Kommandanten

Die Kadetten Dodson und Jarman, die gerade mit dem Raumschiff *Pegasus* aus New Auckland auf der Terra-Station eingetroffen waren, stiegen aus dem Beiboot der *Randolph* und betraten das Schulschiff. Kadett Jensen befand sich nicht in ihrer Gesellschaft; man hatte ihm sechs Monate Heimaturlaub gewährt, allerdings mit der Auflage, während des Urlaubs den ersten Konsul der Äquatorialzone an seinen neuen Dienstort zu begleiten und ihn dort bei der Herstellung freundschaftlicher Beziehungen mit den Eingeborenen zu unterstützen.

Matt und Tex zeigten dem Wachoffizier ihre Befehle, worauf dieser ihnen die Quartiere zuwies – im gleichen Korridor, den sie vor einer Ewigkeit schon einmal bewohnt hatten. »Scheint, als wären wir nie weg gewesen«, meinte Tex, als er seine Tasche auspackte.

»Nur, daß es mir komisch vorkommt, daß Oscar und Pete nicht dabei sind.«

»Ja, ich warte dauernd darauf, daß Oscar den Kopf hereinsteckt und uns fragt, ob wir mit ihm und Pete zusammenziehen wollen.«

Das Telefon summte. Tex meldete sich.

»Kadett Jarman?«

»Am Apparat.«

»Der Kommandant läßt grüßen – Sie sollen sich sofort bei ihm melden.«

»Aye, aye, Sir.« Er schaltete ab und fuhr zu Matt gewandt fort: »Viel Zeit lassen einem die nicht, was?«

Dann blickte er nachdenklich zu Boden und fügte hinzu: »Weißt du, was ich glaube?«

»Vielleicht kann ich es erraten.«

»Nun, vielversprechend klingt dieser schnelle Service schon. Und wir *haben* unsere Sache ganz gut gemacht, Matt. Das ist nun mal so.«

»Finde ich auch. Die *Astarte* nach vierundachtzig Jahren zurückzubringen war schon etwas. Selbst wenn wir sie auf Rädern angerollt hätten, wäre das noch eine Leistung gewesen. Ich will ja noch nicht gleich anfangen, dich mit ›Lieutenant‹ anzusprechen – aber es könnte schon sein, daß wir unser Offizierspatent bekommen.«

»Drück mir die Daumen. Wie sehe ich aus?«

»Hübsch bist du nicht, aber zehnmal besser als bei der Landung am Südpol. Geh jetzt.«

»In Ordnung.« Tex ging, und Matt wartete nervös. Und dann kam der Anruf, den er erwartete, und auch er erhielt Befehl, sich beim Kommandanten zu melden.

Als er hinkam, war Tex noch drinnen. Er zog es vor, draußen im Korridor zu warten. Nach einer Weile kam Tex heraus. Matt ging ihm neugierig entgegen. »Nun, wie war's?«

Tex sah ihn eigenartig an. »Geh nur hinein.«

»Kannst du nichts sagen?«

»Wir unterhalten uns später. Geh jetzt hinein.«

»Kadett Dodson!« rief jemand aus dem Vorzimmer.

»Zur Stelle«, rief er zurück. Ein paar Augenblicke darauf stand er vor dem Kommandanten.

»Kadett Dodson meldet sich wie befohlen zur Stelle.«

Der Kommandant wandte ihm das Gesicht zu, und

Matt verspürte erneut das unheimliche Gefühl, daß Kommodore Arkwright ihn besser sehen konnte als ein gewöhnlicher Mensch mit gesunden Augen. »Ach ja, Mister Dodson. Rühren!« Der Kommandant nahm mit sicherem Griff eine Akte von seinem Schreibtisch. »Ich hab' mir Ihre Personalakte angesehen. Sie haben Ihre Schwächen in Astrogation ausgeglichen und sich Praxis erworben. Captain Yancey scheint insgesamt mit Ihnen zufrieden zu sein, aber er findet, daß Sie manchmal etwas geistesabwesend sind und dazu neigen, sich in eine Sache zu Lasten Ihrer anderen Pflichten zu stark hineinzuknien. Sehr störend finde ich das nicht – bei einem Mann Ihres Alters.«

»Danke, Sir.«

»Das war kein Kompliment, nur eine Feststellung. Und jetzt sagen Sie mir, was würden Sie tun, wenn ...« Fünfundvierzig Minuten später war das Verhör zu Ende. Als Matt das Dienstzimmer des Kommandanten betreten hatte, war er sich vorgekommen, als läge ihm die ganze Welt zu Füßen. Das Gefühl war ihm gründlich vergangen.

Der Kommandant machte eine kurze Pause, als denke er nach, und fuhr dann fort: »Wann glauben Sie, für Ihr Offizierspatent reif zu sein, Mister Dodson?«

Matt schluckte und meinte nach einer Weile: »Ich weiß nicht, Sir. In drei oder vier Jahren vielleicht.«

»Ich glaube, ein Jahr sollte genügen, wenn Sie sich zusammenreißen. Ich schicke Sie jetzt nach Hayworth Hall. Sie können den Nachmittagsflug nach Terra nehmen.

Vorher treten Sie natürlich den üblichen Erholungsurlaub an«, fügte er dann hinzu, als hätte er es vergessen.

»Vielen Dank, Sir!«

»Erholen Sie sich gut. Hier habe ich noch etwas für Sie ...« Der blinde Mann zögerte einen Augenblick und griff dann nach einer anderen Mappe, »... die Kopie eines Briefes von Lieutenant Thurlows Mutter. Eine weitere Kopie geht zu Ihren Personalakten.«

»Ah, wie geht es dem Lieutenant?«

»Völlig wiederhergestellt, höre ich. Noch etwas, bevor Sie gehen ...«

»Ja, Sir.«

»Schreiben Sie mir noch einen kurzen Bericht über Ihre Probleme bei der Wiederindienststellung der *Astarte,* und gehen Sie dabei besonders auf die Dinge ein, die Sie dabei gelernt haben – auch Fehler, die Sie machten.«

»Äh, aye, aye, Sir.«

»Ihr Bericht wird bei der nächsten Revision des Handbuches über veraltetes Gerät berücksichtigt werden. Hat keine Eile – Sie können das nach dem Urlaub erledigen.«

Als Matt das Büro des Kommandanten verließ, fühlte er sich wesentlich kleiner als eine Stunde zuvor. Und doch verband sich damit ein seltsam erhebendes Gefühl – er war gar nicht deprimiert. Er eilte in die Kabine, die er mit Tex teilte. Der sah ihn an. »Ich sehe, du hast dein Fett weg.«

»Richtig.«

»Hayworth Hall?«

»Genau.« Matt musterte seinen Freund verblüfft. »Ich versteh' das nicht. Als ich hineinging, war ich ehrlich überzeugt, ich würde mein Patent bekommen. Aber ich fühle mich herrlich, warum wohl?«

»Da darfst du nicht mich anschauen. Mir geht es

genauso, und doch erinnere ich mich an kein einziges freundliches Wort, das er mir gesagt hat. Die ganze Geschichte auf der Venus tat er einfach mit einer Handbewegung ab.«

Matt meinte: »Genau das ist es!«

»Was ist es?«

»›Er hat es einfach mit einer Handbewegung abgetan.‹ *Deshalb* fühlen wir uns so wohl! Er hat überhaupt nichts daraus gemacht, weil er nicht weniger erwartet hat – *weil wir zur Patrouille gehören!*«

»Was? Ja, das ist es – genau das ist es. Wir gehören einfach zum selben Verein.« Tex fing zu pfeifen an.

»Ich fühl' mich viel besser«, sagte Matt. »Ich hab' mich vorher schon wohl gefühlt, aber jetzt, wo ich weiß warum, fühl' ich mich noch viel besser. Sag mal – eines noch – du hast ihm doch nichts von der Prügelei erzählt, die ich in New Auckland mit Burke hatte, oder?«

»Natürlich nicht.«

Tex war fast entrüstet.

»Komisch. Ich habe es außer dir keinem erzählt und hätte schwören können, daß niemand es gesehen hat. Ich hab' das so eingerichtet.«

»Und er wußte davon?«

»Und ob.«

»Und war er böse?«

»Nein. Er sagte, es sei ihm bekannt, daß Burke auf Kaution entlassen sei und daß ich Urlaub hätte, und er wolle sich nicht in meine Privatangelegenheiten einmischen – aber einen Rat müsse er mir geben.«

»So? Und was für ein Rat war das?«

»Nie mit der linken Faust zu führen.«

Tex sah ihn überrascht an und wurde dann nachdenklich. »Ich glaube, er wollte dir eben nahelegen, etwas besser auf deine Kinnspitze zu achten.«

»Kann schon sein.« Matt fing an, seine Tasche zu packen. »Wann geht das nächste Boot zur Station?«

»In etwa dreißig Minuten. Sag mal, Matt, du hast natürlich Urlaub, oder?«

»Stimmt.«

»Wie wär's dann, wenn du diesmal meine Einladung annehmen und ein paar Wochen auf der Jarman-Ranch verbringen würdest? Ich möchte, daß du meine Familie kennenlernst – und Onkel Bodie.«

»Onkel Bodie unbedingt. Aber – Tex?«

»Ja?«

»Pfannkuchen zum Frühstück?«

»Bestimmt nicht.«

»Dann komme ich.«

»Schlag ein!«

ENDE

Die Ringwelt ist gerettet, doch Millionen intelligenter Wesen bezahlten dafür mit dem Leben. Eine gewaltige Last auf dem Gewissen eines einzelnen Mannes. Rätselhafte Ereignisse zwingen Louis Wu jedoch, aus seiner Lethargie zu erwachen und noch einmal aktiv zu werden: Eine unbekannte Macht zerstört eintreffende Raumschiffe; Vampire vermehren sich explosionsartig und bedrohen alle anderen Lebensformen; die Protektoren, jene unvorstellbar intelligenten und starken Erbauer der Ringwelt, beginnen Kämpfe untereinander, die sich bald auf andere Spezies ausdehnen. Wenn die Ringwelt überleben soll, benötigt sie einen eigenen Protektor. Doch wer soll den Thron der Ringwelt besteigen?

Nach langen Jahren Wartezeit endlich ein brandneuer Ringwelt-Roman: das finale furioso, Höhepunkt und würdiger Abschluß einer der berühmtesten und erfolgreichsten Science-Fiction-Zyklen . . . und ein Larry Niven, der wieder einmal zur Höchstform aufläuft.

ISBN 3-404-24236-X

BASTEI LÜBBE

Einsam steht sie auf Iapetus, einem Mond des Saturn: die riesige Statue eines außerirdischen Wesens, mit einer Inschrift, die allen Entschlüsselungsversuchen trotzt. Sie ist nicht das einzige Relikt. Nach Entwicklung des überlichtschnellen Antriebs entdecken Forscher weitere geheimnisvolle Bauwerke – und alle auf Welten, die von kosmischen Katastrophen heimgesucht wurden. Die Archäologen von der Erde stehen vor einem Rätsel. Gibt es einen Zusammenhang zwischen den fremden Wesen und dem Untergang so vieler Zivilisationen? Und wohin sind die Monument-Erbauer verschwunden?
Doch es bleibt nicht mehr viel Zeit, Antworten zu finden, denn die Erde, die sich am Rande einer ökologischen Katastrophe befindt, kann keine weiteren Gelder für Forschungen bereitstellen – selbst wenn in ihnen der Schlüssel für das Überleben der ganzen menschlichen Rasse liegen könnte ...

Ein neuer, ungewöhnlicher SF-Roman aus der Feder des Philip-K.-Dick-Anward-Preisträgers JACK McDEVITT.

›Interstellare Archäologie mit erstaunlichen Ideen, einer beeindruckenden Atmosphäre und der Spannung eines ausgeklügelten Krimis. Unwiderstehlich!‹‹ *Gregory Benford*

ISBN 3-404-24208-4

›Die Leute behaupten, daß es einen Dämon gibt – den Traumdieb –, der die Träume der Menschen stiehlt, während sie schlafen. Sie sagen, er lebe in den Bergen des Himalaja, wo er die gestohlenen Träume in einem großen Rubin eingeschlossen hält. Es heißt, wenn ein Mensch keine Träume mehr hat, dann schickt ihn der Traumdieb in die Nacht hinaus, so daß er sich sein Leben nimmt.‹

Der ehrgeizige junge Wissenschaftler Spencer Reston ist Traumforscher auf Gotham, einer riesigen Weltraumstation, wo er die Auswirkungen langer Aufenthalte im All studiert. Eine unheimliche Macht scheint während seiner Selbstversuche nach seinem Geist zu greifen. Ohne es zu ahnen, ist er zum Bindeglied eines gewaltigen Komplotts geworden, geschmiedet von einem geheimnisvollen Wesen. Die abenteuerliche Suche nach dem Traumdieb führt Spencer und seine Freunde vom Mars bis in die Bergwelt Nordindiens.

ISBN 3-304-24241-6

BASTEI
LÜBBE